81 古诗词
课

康震古诗词81课

康震 著

人民文学出版社

图书在版编目（CIP）数据

康震古诗词81课/康震著.—北京：人民文学出版社，2021（2024.6重印）
ISBN 978-7-02-017002-9

Ⅰ.①康… Ⅱ.①康… Ⅲ.①古典诗歌—诗歌欣赏—中国 Ⅳ.①I207.2

中国版本图书馆CIP数据核字（2021）第038746号

责任编辑	陈彦瑾　陈　旻　刘　彦
装帧设计	刘　静
责任印制	苏文强

出版发行	人民文学出版社
社　　址	北京市朝内大街166号
邮政编码	100705

| 印　　刷 | 北京盛通印刷股份有限公司 |
| 经　　销 | 全国新华书店等 |

字　　数	327千字
开　　本	890毫米×1290毫米　1/32
印　　张	13　插页3
印　　数	610001—630000
版　　次	2021年4月北京第1版
印　　次	2024年6月第32次印刷

| 书　　号 | 978-7-02-017002-9 |
| 定　　价 | 59.00元 |

如有印装质量问题，请与本社图书销售中心调换。电话：010-65233595

目录

序 _____ 1

第 1 课　曹操《观沧海》_____ 3
第 2 课　陈子昂《登幽州台歌》_____ 9
第 3 课　贺知章《咏柳》_____ 15
第 4 课　王之涣《登鹳雀楼》_____ 19
第 5 课　王之涣《凉州词》（其一）_____ 23
第 6 课　孟浩然《春晓》_____ 27
第 7 课　孟浩然《宿建德江》_____ 33
第 8 课　王昌龄《从军行》（其一）_____ 39
第 9 课　王昌龄《闺怨》_____ 45
第 10 课　王昌龄《芙蓉楼送辛渐》（其一）_____ 51
第 11 课　高适《别董大》（其一）_____ 55
第 12 课　王维《使至塞上》_____ 61
第 13 课　王维《终南别业》_____ 65
第 14 课　王维《鹿柴》_____ 71
第 15 课　李白《望庐山瀑布》（其二）_____ 75
第 16 课　李白《望天门山》_____ 81
第 17 课　李白《行路难》（其一）_____ 85

第18课	李白《将进酒》	91
第19课	李白《送友人》	97
第20课	李白《闻王昌龄左迁龙标遥有此寄》	101
第21课	李白《赠汪伦》	105
第22课	李白《早发白帝城》	111
第23课	杜甫《望岳》	115
第24课	杜甫《月夜》	119
第25课	杜甫《春望》	123
第26课	杜甫《赠花卿》	127
第27课	杜甫《茅屋为秋风所破歌》	133
第28课	杜甫《绝句》（其三）	139
第29课	杜甫《登高》	143
第30课	张继《枫桥夜泊》	147
第31课	孟郊《游子吟》	153
第32课	韩愈《晚春》	157
第33课	韩愈《早春呈水部张十八员外》（其一）	161
第34课	白居易《琵琶行》（并序）	168
第35课	白居易《大林寺桃花》	177
第36课	白居易《钱塘湖春行》	183
第37课	白居易《忆江南》（三首）	187
第38课	刘禹锡《秋词》（其一）	193
第39课	刘禹锡《酬乐天扬州初逢席上见赠》	197

第40课	柳宗元《江雪》	203
第41课	元稹《离思》（其四）	211
第42课	贾岛《题李凝幽居》	217
第43课	李贺《雁门太守行》	221
第44课	杜牧《清明》	229
第45课	杜牧《山行》	233
第46课	杜牧《过华清宫绝句》（其一）	237
第47课	李商隐《夜雨寄北》	241
第48课	李商隐《无题》	245
第49课	李商隐《锦瑟》	251
第50课	李煜《浪淘沙·帘外雨潺潺》	255
第51课	李煜《相见欢·无言独上西楼》	259
第52课	李煜《相见欢·林花谢了春红》	263
第53课	李煜《虞美人·春花秋月何时了》	267
第54课	范仲淹《渔家傲·秋思》	271
第55课	晏殊《蝶恋花·槛菊愁烟兰泣露》	277
第56课	王安石《登飞来峰》	283
第57课	王安石《泊船瓜洲》	289
第58课	苏轼《六月二十七日望湖楼醉书》（其一）	293
第59课	苏轼《饮湖上初晴后雨》（其二）	297
第60课	苏轼《江城子·乙卯正月二十日夜记梦》	301
第61课	苏轼《江城子·密州出猎》	305

第62课　苏轼《水调歌头·明月几时有》　311

第63课　苏轼《定风波·莫听穿林打叶声》　317

第64课　苏轼《题西林壁》　321

第65课　苏轼《惠崇春江晚景》　327

第66课　李清照《点绛唇·蹴罢秋千》　333

第67课　李清照《如梦令·常记溪亭日暮》　339

第68课　李清照《一剪梅·红藕香残玉簟秋》　343

第69课　李清照《醉花阴·薄雾浓云愁永昼》　349

第70课　李清照《夏日绝句》　355

第71课　陆游《游山西村》　361

第72课　杨万里《小池》　365

第73课　朱熹《春日》　369

第74课　辛弃疾《西江月·夜行黄沙道中》　373

第75课　辛弃疾《清平乐·村居》　377

第76课　辛弃疾《破阵子·为陈同甫赋壮词以寄之》　381

第77课　叶绍翁《游园不值》　385

第78课　钱福《明日歌》　389

第79课　纳兰性德《木兰花令·拟古决绝词》　393

第80课　袁枚《苔》（其一）　399

第81课　龚自珍《己亥杂诗》（其五）　405

后记　407

序

在中国文化的历史长河里，古典诗词是明亮的星辰、飞舞的精灵。

春天来了，漫步田野，细雨纷纷扬扬，青草悄悄冒头，人们感慨春光真好！诗人说："天街小雨润如酥，草色遥看近却无。最是一年春好处，绝胜烟柳满皇都。"（唐·韩愈《早春呈水部张十八员外》二首其一）

明月升起，遥望夜空，思乡之情油然而生，诗人说："海上生明月，天涯共此时。情人怨遥夜，竟夕起相思。"（唐·张九龄《望月怀远》）

诗，首先是一种精神，一种立场，一种价值观，一种生活方式，然后才是文学。因为有诗，我们知道人生肯定会更精彩，生活肯定会更幸福，道路肯定会更宽广；因为有诗，我们知道险滩过后，大江横流，越过沟壑，必有高峰，云层之上，就是阳光。诗，能让略显慵懒的日常瞬间精致，略显迷茫的情思瞬间闪亮，略显沉闷的人生瞬间飞扬。

诗人，是以诗为马的骑士与勇士。当初，被贬夜郎的李白，愤懑悲慨，一路颠簸，身心俱疲。但在诗里，他依然活力四射，决不服输："朝辞白帝彩云间，千里江陵一日还。两岸猿声啼不住，轻舟已过万重山。"（唐·李白《早发白帝城》）苏轼被贬海南，已到天涯海角，再贬就贬到海里了。但在诗里，六旬老翁依然倔强，勇敢地自我解嘲："寂寂东坡一病翁，白须萧散满霜风。小儿误喜朱颜在，一笑那知是酒红。"（宋·苏轼《纵笔》三首其一）

这就是诗，它是文学的星辰与精灵。如果散文是原野，那么诗就是原野上奔驰的骏马；如果戏剧是森林，那么诗就是林间欢歌的黄鹂；如果辞赋是天空，那么诗就是云间翱翔的雄鹰；如果文学是宇宙，那么诗句、诗行就是永恒时空里永远闪耀的一颗颗恒星。

  我们为什么需要诗？因为只有在诗里，我们才能再次起飞，重新燃烧，尽情呐喊，才能持续刷新我们对世界的最美印象。

  热爱诗吧，就是在热爱你自己，热爱这个世界；

  高唱诗吧，就是在高唱你的生命，高唱你我的未来！

辛丑年正月初一
古都长安，春意渐浓

观沧海

[汉] 曹操

东临碣石，以观沧海。
水何澹澹，山岛竦峙。
树木丛生，百草丰茂。
秋风萧瑟，洪波涌起。
日月之行，若出其中。
星汉灿烂，若出其里。
幸甚至哉，歌以咏志。

选自《曹操集》(中华书局2012年版)。

曹操(155—220)

字孟德，沛国谯(今属安徽亳州)人。东汉末年政治家、军事家、文学家。曹操一生戎马征战，擅长乐府创作，诗风慷慨悲凉。麾下文人汇聚，推动了文坛发展，是"建安风骨"的代表人物。《三国志》有传，有《曹操集》行世。

第 1 课 / 曹操《观沧海》

曹操的诗豪迈、雄壮，后人评价："魏武帝如幽燕老将，气韵沉雄。"（宋·敖陶孙《臞翁诗评》）其实，曹操绝不只是一位将军，更是一位杰出的统帅、不世的英雄。

"碣石"，又名碣石山，位于今河北省境内。大家可能会问，曹操的大本营在许昌，怎么会跑到河北去写诗呢？想当年，曹操"挟天子以令诸侯"，将汉献帝刘协紧紧攥在手中，自己做丞相，号令天下，意欲统一华夏。但他面临几大挑战：一是河北枭雄袁绍，二是江东霸主孙权，三是荆州刺史刘表，以及当时蛰伏在刘表麾下的刘备。曹操只有将他们扫荡殆尽，才能一统天下。

汉献帝建安四年（199），曹操与袁绍正式开打。第二年，官渡一战，曹操大败袁绍，北方最大的威胁基本消除了。建安七年（202），袁绍去世，他的两个儿子袁尚和袁熙逃往乌桓。

乌桓是草原民族，兴起于秦汉之际，势力范围在今辽西、辽东一带，袁绍已灭，北方最大的威胁就是乌桓。建安十二年（207），曹操力排众议，主动出兵，平定乌桓，并先后灭掉袁尚、袁谭、袁熙。之后，率大军回师，途经今河北秦皇岛碣石山，登临其上，遥望大海，写下这首著名的《观沧海》。

"东临碣石，以观沧海。"我登上碣石山，向东远望，浩渺的大海尽收眼底。"水何澹澹，山岛竦峙。"海水宽阔浩荡，山岛在海中高高挺立。

宋·佚名《沧海涌日》

"树木丛生，百草丰茂。秋风萧瑟，洪波涌起。"秋风阵阵，吹动繁盛的草木，发出萧瑟悲凉的声响，大海的波涛翻滚涌动，眼前的景象，真是令人内心无比激荡！

从"东临碣石"直到"洪波涌起"，这八句写的都是眼前的实景，后面的六句则是咏志了。

"日月之行，若出其中。星汉灿烂，若出其里。"大海、树木、百草、秋风、洪波、天地自然，真是浩荡无垠！我感觉日月的运行、星河的辉光，都仿佛是从这浩瀚的大海里跃入飞出。显然，诗人的视野早已超越了碣石、大海与草木，他抒发着无限的感怀，将目光投向了日月和宇宙。"幸甚至哉，歌以咏志。"我是多么幸运，眼前的景象让我壮怀激烈，就用这首诗来表达我内心的志向吧！

曹操的《观沧海》气象不凡，我们不由得想起他的另一首诗——《龟虽寿》："神龟虽寿，犹有竟时。腾蛇乘雾，终为土灰。老骥伏枥，志在千里。烈士暮年，壮心不已。盈缩之期，不但在天。养怡之福，可得永年。幸甚至哉，歌以咏志。"人生苦短，生命无常，但是对于曹操这样的英雄豪杰而言，生命的价值绝不仅仅只是凭年寿长短来衡判，而是在心怀壮志的奋斗中获得最大的实现。五十多岁的曹操完成了统一北方的大业，第二年，也就是建安十三年（208），他出兵征伐东吴与刘备，这才有了赤壁之战，才有了著名的《短歌行》："对酒当歌，人生几何。譬如朝露，去日苦多。慨当以慷，忧思难忘。何以解忧？唯有杜康。青青子衿，悠悠我心。但为君故，沉吟至今。……山不厌高，海不厌深。周公吐哺，天下归心。"从这首诗里，我们更能看出曹操一统天下的雄心壮志。

曹操年轻的时候，请名士许劭评价自己，许氏不愿意，曹操坚持问到底，许劭无奈，只好说："子治世之能臣，乱世之奸雄。"你这样的人，太平盛世是治国理政的能臣，如果遭逢乱世，一定是个奸雄啊！曹操听罢哈哈大笑。当初曹操与袁绍起兵讨伐董卓，袁绍问他，如果讨伐不利，如何据守？曹操反问，你说怎么办？袁绍说，我向南据守黄河，向北以燕、代之地为阻隔，聚合戎狄的兵力，然后南下夺取天下，也许能够成就功业吧？曹操回答说，"吾任天下之智力，以道御之，无所不可"。我将天下英才汇聚帐下，以道义统御之，一定无所不能。(《三国志·魏书》卷一《武帝纪》)可见，曹操的见识的确高于袁绍一筹。在他看来，济济人才、人心所向，这才是夺取天下的制胜法宝。

曹操挟天子以令诸侯，不少人骂他名为汉相，实为汉贼。为此，曹操专门写了一篇《让县自明本志令》，向天下人表白心迹。他回顾三十多年的经历，表明自己最初的志向不过是讨贼封侯。后来平定北方，"身为宰相，人臣之贵已极，意望已过矣"。已经做到宰相，没有更大的野心。"今孤言此，若为自大，欲人言尽，故无讳耳。设使国家无有孤，不知当几人称帝，几人称王！"今天我摆自己的功劳，好像非常自大，其实不过是为了消除人们的非议，才无所顾忌地说出来。要知道，假使国家没有我，不知道会有多少人称帝，多少人称霸！

他又说："然欲孤便尔委捐所典兵众，以还执事，归就武平侯国，实不可也。何者？诚恐己离兵为人所祸也。既为子孙计，又己败则国家倾危，是以不得慕虚名而处实祸，此所不得为也。"意思是：有人说，既然你没有野心，就将兵权交回朝廷好了。曹操认为这万万使不得，他一旦放弃了兵权，不仅本人会遭陷害，子孙也会深陷危机，国家更会陷入混乱和动荡。他认为，绝不能为了邀取让权于天下的虚名而招致现实的祸患。这些见解都体现出曹操务实的政治态度与政治智慧。曹操最后表示，将他三块封地的二万户赋税交还朝廷，只保留一块封地，以此来缓解世人对他的非谤、议论和指责。

通过这些诗篇、这几则小故事和这篇文章,我们可以感受到,曹操的确是一位有鲜明个性、有历史担当、有博大胸怀、有真性情的大英雄、大政治家、文学家。曹操的魅力也就在于此。

1954年夏天,毛泽东来到碣石山,写下著名的《浪淘沙·北戴河》。词云:"大雨落幽燕,白浪滔天,秦皇岛外打鱼船。一片汪洋都不见,知向谁边? 往事越千年,魏武挥鞭,东临碣石有遗篇。萧瑟秋风今又是,换了人间。"在《沁园春·雪》(1936年2月)中,毛主席曾纵论历代风云人物:"惜秦皇汉武,略输文采;唐宗宋祖,稍逊风骚。一代天骄,成吉思汗,只识弯弓射大雕。"这些大英雄都是武略有余,文韬不足啊!但毛主席对曹操评价很高,说他是个了不起的政治家、军事家,也是一个了不起的诗人。毛主席喜欢曹操的诗,认为他的诗"气魄雄伟,慷慨悲凉,是真男子,大手笔"。曹操在《观沧海》里说"秋风萧瑟,洪波涌起",毛泽东说"萧瑟秋风今又是,换了人间"。他们的诗篇都代表着自己时代的理想与精神,他们都是中华民族历史上不朽的英雄。

登幽州台歌

［唐］陈子昂

前不见古人，后不见来者。
念天地之悠悠，独怆然而涕下！

- 选自《陈子昂集》（中华书局1960年版）。
- 怆然：悲伤凄恻的样子。
- 涕：古时指眼泪。

陈子昂（659？—702？）

字伯玉，梓州射洪（今属四川）人。初唐著名诗人，初唐诗歌革新的先驱。他主张复兴"汉魏风骨"，革除齐梁柔靡诗风。他的诗作指斥时弊，沉郁质朴，对后世影响很大。新旧《唐书》有传，有《陈伯玉文集》行世。

第 2 课　陈子昂《登幽州台歌》

这首诗非常短，但是冲击力非常强，给我们展现了诗人俯仰天地之间，喊出内心不平的孤独、悲壮景象，其中所承载的内涵和情感是非常沉重的。

陈子昂写这首诗的时候，正是武周王朝万岁通天二年（697）。在前一年，北部的契丹李尽忠、孙万荣等攻陷了营州（今属辽宁朝阳）。情况危急，武则天委派自己的侄子武攸宜担任大将军，率军征讨契丹。陈子昂在武攸宜幕府中担任参谋，随军出征。据史书记载，武攸宜为人轻率，毫无谋略，所以很快就吃了败仗。陈子昂立刻向武攸宜提出建议，武攸宜不听；陈子昂于是请求自带一万精兵去前线作战，武攸宜还是不听；这之后，陈子昂反复进言，武攸宜不但不听，反而将其降职。也许在武攸宜看来，陈子昂不过是一介文人，岂可轻言兵事？但陈子昂并不这样认为，他的建议接连被拒，眼看报国宏愿成为泡影，他无比郁愤，只好独登幽州台，慷慨悲吟，唱出心中的愤懑！

幽州台应在今河北或北京境内，除了《登幽州台歌》，陈子昂这一时期还写了《蓟丘览古赠卢居士藏用七首》等诗篇。在这些诗中，他赞颂燕国的明君与群贤，表达自己怀才不遇、失意苦闷的情怀。《登幽州台歌》没有交代登台背景，也没有写远望之景，只有横空而出的感慨，第一句就是："前不见古人，后不见来者。"向前看是空，向后看仍是空；向历史深处看，过去的已经过去了，未来却不可触及，空间和时间里都只有"我"孑然一身。实际上就是说，从古到今都没有我这么不得志的人，这样的感慨是贯通古今的。我们看到在苍茫的北方原野，在广阔无垠的背景中，那样一种胸怀大志却无路可走的孤独和悲伤。

《楚辞》中有《远游篇》说："惟天地之无穷兮，哀人生之长勤。往者余弗及兮，来者吾不闻。"天地是无穷的，人生是有限的，生命太短暂了，向前追，我追不上，后来的，我也听不见，只有此生是如此短暂。也许，陈子昂这首《登幽州台歌》受到了《楚辞》的启发。

这幽燕之地，历史上的确发生过很多可歌可泣的故事。当初，燕昭王希望振兴燕国，想要招揽贤士。他的谋士郭隗就给他讲了一个故事：古代有君王想以千金求千里马，三年不能得，有人说我可以为君王得到。这人拿了五百金，买了一匹死马，献给君王。君王大怒，我要的是活马，你怎么拿五百金买了匹死马？这人说君王愿用五百金购死马，天下人认为大王是真心要买千里马，不久活马就会来到。果然，没过一年，千里马就来了三匹。郭隗对昭王讲，如果大王真想招揽贤士，就请先从我开始，您用对待贤者的态度来礼遇我，那么比我才华更高的人还愁不来吗？（《战国策》卷三四）于是燕昭王筑黄金台，待郭隗以帝王师之礼。没过多久，魏国乐毅来了，齐国邹衍来了，赵国剧辛来了，大家争相前来为燕国效命，燕国因此强大起来。（《史记》卷三四）站在幽州台，也就是古黄金台的遗址，诗人当然会思接千载，心游万仞，发出了"念天地之悠悠，独怆然而涕下"的感慨。

这首诗的个性气质，与陈子昂的个性、才华也有很大的关系。陈子昂是四川射洪人，家财巨富，少年任侠，后来发奋读书，长于诗文，有

11　　　　　　　　　　　　　　第 2 课　陈子昂《登幽州台歌》

宋·马远《雕台望云图》

《感遇诗》三十八首，时人惊叹说："此子必为天下文宗。"（《旧唐书》卷一九〇）陈子昂不仅才华卓著，而且特立独行，常有惊人之举。据说他当初在京城住了十年，默默无闻。集市上有人卖胡琴，价值百万，但有钱人都不识货。陈子昂花大价钱一把买下，大家都很震惊，问所要何用？陈子昂说我擅长演奏胡琴。大家说既然这样，不如给我们展示一下？陈子昂说没问题，于是邀请京城中"重誉之士"百余人第二天来到他的住处，酒醉饭饱之后，陈子昂捧起胡琴说，我是四川人，有文章百轴，但奔走京城数年，不为人知。这把胡琴，价高百万，算什么东西？我岂能看得起它？说完将胡琴丢在一边。然后将堆放在文案上自己的文稿，赠给前来赴宴之人。一天之内，陈子昂的名声立刻传遍京城。（《太平广记》卷一七九引《独异志》）此事真伪莫衷一是，但很能说明陈子昂独特的性格。

其实，在初唐，像陈子昂这样家财万贯、门第不高的士人，纵然才华卓异，要想置身显宦，实属不易。所以陈子昂应该非常重视这次随军出征，渴望能够建功立业。孰料主帅始终不肯让他带兵出战，白白错过了这么好的机遇。在极度的愤懑与孤独中，他写下了这首著名的《登幽州台歌》。

王勃有一首名诗《送杜少府之任蜀州》："城阙辅三秦，风烟望五津。与君离别意，同是宦游人。海内存知己，天涯若比邻。无为在歧路，儿女共沾巾。"少府是个很小的官，这位杜仁兄还要从长安出发，远涉千里去成都做这个小官，可见当时得官不易。诗说："与君离别意，同是宦游人。"今天在这里与您分别，为了得到一官半职，我们都不得不奔波在仕途上。王勃、陈子昂这样的人，就是宦游人，他们代表着初唐士人的大多数，素有大志却难以施展，正因为这样，我们才是海内知己，天涯虽远也心意相通啊。"无为在歧路，儿女共沾巾"，也让我们想到李白的《行路难》（三首其一）："行路难，行路难。多歧路，今安在？长风破浪会有时，直挂云帆济沧海。"面对仕途的歧路，就连诗仙也不由得发出"行路难"的感慨。

  宋代文学家欧阳修曾提出"诗穷而后工"理论，用在《登幽州台歌》上很是契合。感发人心的好诗，往往要从诗人的内心流出，特别是那些不得志的诗人，心中有块垒，积郁既久，出自真情，发愤为诗，自然撼人心魄！陈子昂的这首诗看似写个人遭遇，其实抒发的是当时一代人的心声。每个时代都会有人怀才不遇，这首《登幽州台歌》，一方面抒发了怀才不遇的悲怆心境，一方面也展现了初唐文人的壮烈情怀，悲怆中有渴望，郁愤中仍不失理想。

咏　柳

[唐] 贺知章

碧玉妆成一树高，万条垂下绿丝绦。
不知细叶谁裁出，二月春风似剪刀。

·选自《全唐诗》卷一百十二（中华书局1960年版）。

贺知章（659—744）

　　字季真，自号四明狂客，越州永兴（今属浙江萧山）人。初盛唐著名诗人。他个性放旷，工书，少以文词知名，与张旭、包融、张若虚合称"吴中四士"。他的诗作构思新奇，饶有兴味。新旧《唐书》有传，有《贺秘监集》行世。

第 3 课　贺知章《咏柳》

当我们还是孩子的时候，就读过这首诗。它像一首儿歌，谁都能听懂，谁都能明白，谁都能感受得到这一阵盎然的春风。

第一句"碧玉妆成一树高"，"碧玉"是古代诗词中常见的意象，如东晋诗人孙绰的《碧玉歌》说"碧玉破瓜时，郎为情颠倒"，王维的《洛阳女儿行》说"自怜碧玉亲教舞，不惜珊瑚持与人"，都用碧玉形容年轻貌美的女子。这一句诗的意思是，柳树好像妙龄美女一样，亭亭玉立，婀娜多姿。用"碧玉"这个意象，温润优美，用"一树高"，则写出了柳树高挑、婷婷袅袅的风姿。

第二句"万条垂下绿丝绦"，"丝绦"指的是裙带。这千万条柳枝，就像美女身上飘动的裙带。一个"垂"字，写出了杨柳在风中款款摇摆的飘逸姿态。据说南北朝时期，南齐益州刺史刘悛之呈献给齐武帝几株蜀柳，这些柳树"枝条甚长，状若丝缕"，好像美人腰间的丝带。齐武帝将这些柳树移植在他的宫殿前面，闲暇时在其间赏玩吟咏，不禁赞叹杨柳"风流可爱"。(《南史·张绪传》)有学者认为，这一句诗也许借用了这个优美的典故。

这首诗的前两句文人气颇足，后两句则洋溢着民间歌谣般的真率、活泼："不知细叶谁裁出，二月春风似剪刀。"诗人问，不知道这柳叶是谁裁剪出来的呢？你可能会说，谁裁出来的？那是人家柳树自己长出来的。但这就不是诗人的语言啦！诗人的思维就是无理而妙，就是看似平常，看似常识，却偏偏要问一两个似乎很幼稚很天真的问题。在诗人看来，春风好比一把小巧灵便的剪刀，将这千万条绿丝绦裁剪成细小俏皮的小柳叶，真是充满了童真、童趣、童心！

其实，贺知章本来就是一个快乐、率真的人，他个性狂放，才华横溢，喜欢谈笑，深得大家的爱慕。他的好友甚至跟别人说，贺兄谈吐非凡，真是一位风流倜傥之士！我一天见不到他，就会觉得自己浅薄无知。(《旧唐书·贺知章传》)到了晚年，贺知章言谈更加放浪形骸，常在市井街巷嬉戏玩乐，自称"四明狂客"。他喜欢喝酒，只要喝醉了，下笔就是诗文，滔滔不绝，不必润色也很出色。他擅长草书和隶书，只要心情好，可以说是有求必应，每次纸上也只写十几个字，世人都视之为珍宝。

唐玄宗天宝二年(743)，贺知章因年迈请求还乡，玄宗赋诗为他送行，皇太子并百官为他饯行。这一年，他八十五岁，写下著名的小诗《回乡偶书》："少小离家老大回，乡音无改鬓毛衰。儿童相见不相识，笑问客从何处来。"从武则天证圣元年(695)考中进士，到回乡的这一年，贺知章在外闯荡了将近半个世纪。可他一点儿也不世故、油滑，依然能够写出这样充满童趣的小诗，这真是一位富有童心的老爷爷！也许，正因为如此，他在长安一见到李白，两人就成了忘年之交。李白超凡脱俗的气质、超逸绝伦的诗文，让年迈的贺知章深为叹服，他惊呼李白为谪仙人，也就是天上下凡的神仙，并解下系在腰间的金龟换酒，与李白一醉方休。这件事给李白留下了极为深刻的印象，贺知章去世后，李白专门在诗中回忆这位前辈："四明有狂客，风流贺季真。长安一相见，呼

我谪仙人。昔好杯中物，翻为松下尘。金龟换酒处，却忆泪沾巾。"(《对酒忆贺监》二首其一)

贺知章不仅性格豪放洒脱，而且学识渊博。唐玄宗开元十三年（725），他被皇帝连续任命为礼部侍郎、集贤院学士。礼部侍郎代表很高的政治礼遇，集贤院学士代表很高的文化声誉，能够并获两项殊荣，贺知章的德才可见一斑，当时也在朝中传为美谈。

《咏柳》是一首很小的诗，但流传久远，沁人心脾。这正是唐诗的妙处：既有李白那样飘逸洒脱的诗篇，也有杜甫那样关怀民生的诗篇；既有李商隐那样写爱情的诗篇，也有王昌龄那样写边塞的诗篇，更有像贺知章的《咏柳》这样轻快而富有童趣，词语简单、造境深妙，影响后代深远的小诗。

登鹳雀楼

[唐]王之涣

白日依山尽,黄河入海流。
欲穷千里目,更上一层楼。

·选自《全唐诗》卷二百五十三(中华书局1960年版)。

王之涣(688—742)

字季凌,绛州(今属山西新绛)人。盛唐著名诗人,倜傥有才略,遍游山水,长于边塞诗。开元中,与高适、王昌龄齐名。生平事迹见《唐才子传》等,《全唐诗》存诗六首。

第 4 课　王之涣《登鹳雀楼》

我上小学二年级的时候，老师教我们背诵这首诗。我清楚地记得，老师告诉我们：荒草的"荒"少一点，海流的"流"多一点，要认清，不要写错。《登鹳雀楼》从此深深地刻印在我的脑海中，我也牢牢地记住了王之涣这个名字。长大后才知道，王之涣名气虽大，留下来的诗却很少，只有六首，但每一首都是精品，《登鹳雀楼》就是其中的一首。

第一、二句："白日依山尽，黄河入海流。"一个"依"字，让我们感觉到太阳在一点一点顺着山势，慢慢落到山的那边去，仿佛看到了日落的整个过程。鹳雀楼位于今山西省永济市，登楼可以远眺黄河，但大海肯定是看不到的。所以，"白日依山尽"写的是眼前的景象，"黄河入海流"则是在写自己遥想的景象，一个是眼前之景，一个是遥想之景，两个景象结合在一起，气象就非常壮大。

这里要特别注意的是王之涣的用词。写太阳就是简单的"白日"；写太阳顺着山势慢慢落下，就是简单的"依山尽"这三个字；写黄河也不像李白那样"黄河之水天上来"，只是简简单单的"黄河入海流"。我想这正是诗人的高明之处。他用极简的词语，造就了巨大的想象空间，这空间是留给读者的，让读者在丰富的想象中体味黄河、高山、落日和海流的气势。

更出奇的是三、四句："欲穷千里目，更上一层楼。"诗的一、二两句固然写得很好，但也不过是普通的写景之语。这三、四两句诗人突然说，想要看到更远的景象，那就需要登上更高的一层楼，作者使用的词语依然非常简单，可以说简单到了极致，世上的事情就是这样：越简单，就越接近真相，就越有力量，就越容易被人们崇尚。

今天，这四句诗早已超越了诗歌的范围，成为人生的至理名言，它鼓励人们更加努力地学习，探索真理、探索未知的世界，激发积极向上的人生态度。有时候，仅仅只是再向上一步，就可以看到完全不同的奇绝风光，就可以达到完全不同的新境界。

关于这首诗，还有一个特别有趣的问题：《登鹳雀楼》的作者到底是谁？难道不是王之涣吗？学术界对此有不同的看法。

第一，盛唐时期有个文人叫芮挺章，他编选了一本诗选《国秀集》，也就是一本唐人编选的唐诗选集，其中收录了《登鹳雀楼》这首诗，但标注的作者却是盛唐人朱斌，并不是王之涣。有趣的是，《国秀集》也编选了王之涣的三首诗，其中却没有《登鹳雀楼》。这就奇怪了，因为芮挺章编选《国秀集》时，王之涣刚刚去世不久，按理说不应该发生这样的错误，难道是芮挺章记错了？

第二，《登鹳雀楼》的作者署名为王之涣，这个记载最早出现于北宋诗文总集《文苑英华》。据学者推断，这个记载的材料来源可能有两个：一是北宋时，鹳雀楼上以墨迹、石刻或某种方式记录着这首诗及其作者王之涣，《文苑英华》的编者前往鹳雀楼实地抄录了有关这首诗的全部信息，也包括作者王之涣；二是编者转抄自不知何人的抄本，但以上这些都是推测之论。《登鹳雀楼》的作者到底是谁，目前学界还有争议。正因为如此，清代康熙年间纂修《全唐诗》，《登鹳雀楼》的作者便标注为:"一作朱斌诗","一作王之涣诗"。

其实,这首诗的作者姓王还是姓朱并不是最重要的,最重要的是盛唐诗人创作的这首佳作,流传千年,盛传不衰,让我们能感受到盛唐诗人的蓬勃朝气和大唐王朝的盛世气象,既形象生动、富有哲理,又很有气派。

唐人写鹳雀楼的诗,当然不止这一首,李益、畅诸的诗作也很好。李益的诗较长,比较伤感。畅诸的诗较短,与王之涣同题,也很有气势:"迥临飞鸟上,高出世尘间。天势围平野,河流入断山。"(引自宋·沈括《梦溪笔谈》)总之,以王之涣这首诗为例,我们能感到,大气磅礴、至情至理、简洁明快、便于记诵,这是大家喜爱唐诗的重要原因。好诗不在长,不在繁,而在善于剪裁,善于简洁。做人也是这样,不要太复杂,要简单一点。简单而有特色,才会有力量。

凉州词（其一）

[唐]王之涣

黄河远上白云间，一片孤城万仞山。
羌笛何须怨杨柳，春风不度玉门关。

·选自《全唐诗》卷二百五十三（中华书局1960年版）。
·仞：古代计量单位。

第 5 课　王之涣《凉州词》(其一)

"凉州词"不是诗的题目，是唐代一种曲调的名称。凉州治所在今甘肃省的武威市。唐玄宗开元时期，凉州都督郭知运搜集了一批西域曲谱，敬献给玄宗。玄宗的皇家教坊将其改编成中原曲谱，并配上新的歌词演唱，就用凉州命名这些曲谱。唐代很多诗人都喜欢用这个曲调填写新词，内容大多与边塞有关。王之涣《凉州词》二首其一，就是其中脍炙人口的名篇。

诗的前两句说："黄河远上白云间，一片孤城万仞山。"气象非常远大。汹涌澎湃的黄河水竟然像一条丝带飞上了云端，与皑皑白云紧紧地衔接在一起，这真是出奇的想象。李白《将进酒》说"君不见，黄河之水天上来"，说黄河水如此汹涌澎湃，好像从九天之上落到了地面。这是由上向下写，而王之涣这首诗是由下向上写，黄河一路奔涌，直到青天之上，奔上白云之巅。虽然角度不同，但都是极写黄河之气魄，"黄河之水天上来"凸显的是黄河汹涌壮大的不凡气象，"黄河远上白云间"凸显的是黄河源远流长、广阔悠远的意境。

第二句"一片孤城万仞山"，"一片"是唐代口语，一座的意思；"孤城"，指孤零零的戍边的城堡。"一片孤城"给人一种单薄、瘦弱的感觉，极力渲染西域大漠的荒凉感和城堡茕茕孑立的孤独感。"万仞"言山之高，连绵的高山中坐落着这样一座戍守边陲的孤城。"黄河远上白云间"写自然之景，"一片孤城万仞山"写人文之景。在这里虽然没有点出将士的名字和形象，但万仞山里的这一片孤城中，自然暗含着戍边的将士。

三、四两句说："羌笛何须怨杨柳，春风不度玉门关。""羌笛"就是胡笛，是唐代域外民族吹奏的笛子。"杨柳"有两个含义：第一，指《折杨柳》乐曲；第二，表达惜别的怅惘。唐朝有折柳赠别的风俗，《乐府诗·横吹曲调》之《折杨柳歌辞》说："上马不捉鞭，反拗杨柳枝。下马吹横笛，愁杀行客儿。"朋友将要远行，折下一枝杨柳，取其谐音"留"，想让朋友留下来。总之，"折杨柳"既是乐曲名称，也是当时赠别的一种风俗。

"羌笛何须怨杨柳"的意思是说，在这遥远的边塞，即便吹起了《折杨柳》曲，也很难折柳送别，漫漫大漠，何处能有杨柳呢？似乎笛声此刻也在埋怨杨柳了，所以诗人说"何须怨"，其实就是在说：不要再埋怨啦！

"春风不度玉门关"，意思是说，这边远的荒漠连春风都吹不到，春风吹到玉门关就止步不前了，戍守边陲的人想要感受到春风太难了！东汉班超长期戍守西域，开拓西域疆土，到了晚年的时候，他给汉和帝上书说："臣不敢望到酒泉郡，但愿生入玉门关。"我思念家乡，但是岁数大了身体不好，我不敢奢望回到酒泉郡，能活着走进玉门关就谢天谢地了。（《后汉书》卷四七）

通过这样一个历史事件的回顾，我们知道玉门关对古人来讲，就是中原和西域的分界点，只要能够进入玉门关，那就离家乡不远了，如果出了玉门关，那就离家乡越来越远啦。因此玉门关或阳关在唐代诗歌中就成了一个鲜明的边塞意象，寄托了戍边将士对家乡的一片思念。

整体来说,"羌笛何须怨杨柳,春风不度玉门关"是一种宽解的语气,全诗的整体基调不是悲观,而是壮大、豪迈。这是盛唐边塞诗给予我们的一种特别的感受。盛唐军队非常强大,在守卫边塞的同时,也对外宣示了国力的强盛。所以边塞诗中虽有忧伤,虽有思乡之苦,虽有怅然不得志,虽有生死难测的悲凉之情,但是整体来讲,强大的国力依然赋予他们的诗作以骄傲和朝气。

今天的边疆风物跟一千多年前相比有了很大变化,但当我们重温这首《凉州词》的时候,眼前还会浮现出大漠风光,还能感受到盛唐气象,还能触摸到王之涣写《凉州词》时内心涌动的情感,这大约就是《凉州词》为什么能有持久生命力的重要原因。

春　晓

[唐] 孟浩然

春眠不觉晓，处处闻啼鸟。
夜来风雨声，花落知多少。

·选自《孟浩然诗集校注》卷第四（中华书局2018年版）。

孟浩然（689—740）

名浩，字浩然，以字行，号孟山人，襄州襄阳（今属湖北襄阳）人。盛唐著名诗人，与张九龄、王维、李白等人友善。他工于五言，诗作清旷高妙，是盛唐山水田园诗的代表人物，与王维并称"王孟"。新旧《唐书》有传，有《孟浩然集》行世。

第 6 课 / 孟浩然《春晓》

这是一首非常简单的诗,也是一首非常奇妙的诗。

"春眠不觉晓,处处闻啼鸟。"春天里,诗人一觉睡到大天亮。为什么会醒来？不是被人唤醒,而是被春日的晨光唤醒,被欢快的鸟鸣声唤醒。换句话说,诗人的春天有两个关键词：一是春眠,一是春晓。在春夜里沉沉睡去,在春晓里慢慢醒来。可见诗人的生活是多么惬意,诗人的心情是多么舒缓,诗人的感觉是多么美好,看来作者的隐居时光真不错,比起陶渊明动不动"饥来驱我去,不知竟何之"（《乞食》）的日子可舒服多啦!

诗题《春晓》中的"晓"是个名词,意思是春天的早晨,而诗句"春眠不觉晓"中的"晓"则是个动词,是天亮的意思。这个春天注定是美好的,一觉睡去,不知不觉间天就亮了,一觉醒来,耳边处处鸟语,鼻中阵阵花香。孟浩然哪里是在写隐居的生活,分明是在写天堂般的美好生活,可是,这不正是他想要告诉我们的吗？隐居的生活、隐士的生活就是这么美好,这么自由,这么自在!

请看三、四句："夜来风雨声,花落知多少。"表面似乎是说诗人醒来后,推开窗子一看,大吃一惊,窗外纷纷扬扬落了一地花瓣。其实这两句的意思是：昨夜一场风雨过后,想必花落了不少吧？看来,作者真的是无比珍惜、眷恋这个美好的春天,唯恐春天悄悄溜走。只不过这点儿珍惜显得特别富有童趣,也特别浪漫。

四百多年后，李清照也有着同样浪漫的担心与答案："昨夜雨疏风骤，浓睡不消残酒。试问卷帘人，却道海棠依旧。知否，知否，应是绿肥红瘦。"（《如梦令》）昨夜一场风雨，不知道海棠花还是否盛开如初？想必红花早已凋落，仅剩绿叶了吧？

孟浩然不仅写春光，更擅长写田园："故人具鸡黍，邀我至田家。绿树村边合，青山郭外斜。开轩面场圃，把酒话桑麻。待到重阳日，还来就菊花。"（《过故人庄》）乡村的风光真是太好了！有绿树，有青山，有桑麻，有场圃，老友邀我到他家做客，一边喝酒一边拉家常，等到重阳节我还要再来！

这就是孟浩然的风格，人的风格，诗的风格。

当时，有位高官叫韩朝宗，喜欢奖掖人才，名气很大。人们都说："生不用封万户侯，惟愿一识韩荆州。"（唐·李白《与韩荆州书》）李白也曾写自荐信给他，希望得到他的推荐。而韩朝宗推荐的人物，大多都得到朝廷重用。韩朝宗很欣赏孟浩然，要将他推荐给朝廷，于是两人约好时间。谁知孟浩然正好有好友来访，于是他便招待好友喝酒，喝得正高兴呢，有人提醒他：您与韩大人约好的时间快到啦！孟浩然却说："业已饮，遑恤他！"已经喝得这么高兴啦，哪儿有工夫管那么多？！结果他真的没有赴约。韩朝宗等啊等，等得花儿都谢了，也没有等来孟浩然，于是大怒，拂袖而去。最重要的是，孟浩然并不因为这件事情感到后悔。（《新唐书》卷二〇三）由此可见，他是多么率性的一个人。

孟浩然和王昌龄是很好的朋友。据说，王昌龄路过襄阳，去看望他，当时孟浩然背上的毒疮正在治疗中，按照常理，既不能喝酒也不能吃鱼虾，总之一切容易使毒疮复发的食物都不能吃。谁知，孟浩然看见好朋友来了，非常高兴，两个人不仅喝了很多酒，还吃了很多河鲜之类的食物。总之，吃得喝得很尽兴。结果，孟浩然背上毒疮发作，终于不治，去世了。(唐·王士源《孟浩然集序》)这件事是否完全属实，还需要考证，但由此也可看出孟浩然是一个非常重情义、讲义气的人！

　　孟浩然很耿直，不会转弯儿。据说他去拜访王维，正在办公室里聊着天儿，唐玄宗忽然来了，孟浩然躲避不及，只好藏到床底下。王维哪儿敢隐瞒，只能实情相报。谁知玄宗非常高兴，说：我早听说他是个大诗人，不曾见过，有什么好怕的？干吗躲起来？出来吧！孟浩然出来了，玄宗问他最近写了什么好诗，孟浩然脱口而出："不才明主弃，多病故人疏。"(《岁暮归南山》)我没有才华，所以当今圣上嫌弃我；我自己多病，所以老朋友们都疏远了我。你瞧瞧，一听就知道是发牢骚的话，而且是当着玄宗的面发牢骚，这不是让皇上下不来台吗？玄宗听了很不高兴，说："卿不求仕，而朕未尝弃卿，奈何诬我？"意思是说，你自己不愿意出来做官，我又没有抛弃你，你怎么能这样诬蔑我呢？不如你继续去做隐士吧。(《新唐书》卷二〇三)

　　这则故事真伪难辨，但这首诗肯定写于孟浩然科举落第之后，他对自己无缘仕途极不满意。在给宰相张九龄的诗中，他写道："欲济无舟楫，端居耻圣明。坐观垂钓者，徒有羡鱼情。"(《望洞庭湖赠张丞相》)想要渡河却没船和桨，身处盛世没事儿干，羞愧！看到人家在钓鱼，钓上那么多大鱼，自己真是羡慕嫉妒恨！可见，孟浩然有着很强烈的入世之心，只是没有找到入世之路。可是面对玄宗的时候（我们姑且认

宋·马远《梅石溪凫图》

为孟浩然撞见唐玄宗是一个真实的事件），却又不免牢骚太盛，太过耿直啦！

　　总之，孟浩然是个非常典型的盛唐诗人，一方面，想要入世为官，治国平天下；一方面，又不愿意遮蔽、束缚自己的个性，希望保持独立自由的个性。这样的诗人、文人，在唐代比比皆是，他的好朋友李白、王昌龄都是这样的人。《春晓》这首诗很能代表孟浩然的个性——随性、自在、天然、纯粹。可以想象,这个春天,对孟浩然来讲是多么自由、多么洒脱! 若非极度率性之人,绝对写不出这样天然、天真、天籁的诗篇,正像闻一多说的:"淡到看不见诗了,才是真正孟浩然的诗。"(《唐诗杂论》)

宿建德江

[唐]孟浩然

移舟泊烟渚,日暮客愁新。
野旷天低树,江清月近人。

选自《孟浩然诗集校注》卷第四(中华书局2018年版)。

第 7 课　孟浩然《宿建德江》

"宿建德江",意思就是:住在建德江江畔。建德江在哪儿? 就在今浙江省建德市。浙江省内有一条江叫浙江,浙江的上游是新安江,新安江由西向东汇入富春江,富春江再向东汇入钱塘江,钱塘江最终流入东海。新安江流经建德这个地方时,这一段江水被称为建德江。

第一句"移舟泊烟渚","移舟",划动小船;"泊",停船靠岸;"烟渚",指江中雾气笼罩的小洲、小岛,比如《三国演义》第一回卷首词说"白发渔樵江渚上,惯看秋月春风","渚"就指江中小岛。所以这句诗的意思就是划动小船到江中的小岛旁停靠。

为什么诗人会把船停靠在建德江中的小岛边呢? 这要从孟浩然的经历说起。孟浩然热爱自然,特别率性,很有个性,他的山水田园诗写得非常好,喜欢过隐士的生活,但也喜欢功名利禄,也要去参加科举考试。唐代诗人就是这样,一方面想要置身显贵,治国平天下;一方面又不愿放弃自由自在的生活。

唐玄宗开元十六年(728)年底,年近四十岁的孟浩然奔赴长安参加科举考试。在那里他结识了著名诗人王维。王维年龄虽然比孟浩然小,但在政坛、诗坛出道都比较早,当时已经很有名望了。两位诗人一见如故,从此结下了深厚友谊。可惜孟浩然没有考中进士,他在长安住了一段时间后,开始了漫游吴越的生活。

盛唐时代,无论是李白、王维、孟浩然,还是高适、岑参,他们在年轻的时候都有过一段漫游经历。这一方面是为了游览名山大川，遍交天下名士；一方面也是想将自己的诗文介绍给四方名士，让自己的名声远播九州。孟浩然在江苏镇江和浙江杭州、绍兴等地漫游。开元十八年（730）前后，他来到浙江新安江一带，写下了这首诗。

第二句"日暮客愁新"，到了傍晚时分，诗人陷入了忧愁。孟浩然是湖北襄阳人，住在建德江畔，当然就是客人。正如王维诗《九月九日忆山东兄弟》说的，"独在异乡为异客"。既为客，当然就会思念家乡、亲人，同时，没有考中进士的失落和漂泊漫游的茫然，也一起深化了"愁"的内容。其实，一路走来，孟浩然一直都处在思念、失落、茫然、忧伤的情绪中，只是到了傍晚时分，江边薄雾缭绕，使得忧伤更加浓郁了，所以说"客愁新"。李清照在《凤凰台上忆吹箫》里说："念武陵人远，烟锁秦楼。惟有楼前流水，应念我、终日凝眸。凝眸处，从今又添，一段新愁。""新愁"的意思就是愁上加愁，这愁一层一层地叠加起来，变得更加厚重了。

这样的日暮时分，渴望回归家园的淡淡忧伤与新愁，不独孟浩然有，其他诗人也有。比如陶渊明说："羁鸟恋旧林，池鱼思故渊。"（《归园田居》五首其一）笼中鸟、池中鱼最想念的还是属于自己的那片森林、那潭碧水。初唐诗人王绩说："树树皆秋色，山山唯落晖。牧人驱犊返，猎马带禽归。"（《野望》）秋天傍晚的时候，牧民赶着牛羊，猎人带着鹰犬，都回家啦！但此时此刻孟浩然却无法回家，他一方面如此地思念家乡和亲人；一方面又不得不继续在外漫游，寻找可能的机遇。

第三、四句说："野旷天低树，江清月近人。"写得实在太好了。如

明·戴进《月下泊舟图》

果说前两句只是一般性陈述，一般诗人都能写出来，后两句就只属于孟浩然了。"野旷天低树"，是诗人在船里看到的景象，也是诗人独特的视觉、心理感受。远远望去，江天浩渺，天际线非常旷远，以至于视觉上产生了错觉，好像近处的树木比天宇还要高大。其实，无论是人、小舟还是树木，都是在天宇的怀抱之中。"江清月近人"，建德江是如此清澈，特别是在这朗月高照的夜晚，作者坐在船中想念家乡，俯身看时，一轮明月倒映水中，如在手边，真所谓左手明月，右手江水，这真是奇妙的感受。苏东坡说："但愿人长久，千里共婵娟。"（《水调歌头》）孟浩然此刻则是"掬水月在手"（唐·于良史《春山夜月》），心中牵系的也还是千里之外的家乡和亲人吧！

所以，这首诗的核心还是思念家乡，也有科场失意的忧伤。作者在京城科举落第，在江浙一带漫游，看到了这样的天，这样的烟，这样的小洲，这样的日暮，这样的清江水和江水里的明月，写下这份淡淡的忧伤。不错，孟浩然是个旷达率性的人，但是再旷达、再率性的人也有家乡，也有亲人，也有牵挂呀！

孟浩然不曾做过什么官，也没有什么轰轰烈烈的业绩，但他淡泊自在的人生态度，率真自然的人生个性，深得唐代大诗人的仰慕。李白的表达就非常直接："吾爱孟夫子，风流天下闻。"（《赠孟浩然》）——我爱孟夫子，他那风流倜傥的风度天下闻名。王维的怀念特别惆怅："故人不可见，汉水日东流。借问襄阳老，江山空蔡州。"（《哭孟浩然》）——再也见不到老朋友孟夫子喽，只看见这襄阳的汉江水日日向东流。杜甫的敬仰也很实在："吾怜孟浩然，裋褐即长夜。赋诗何必多，往往凌鲍谢。"(《遣兴》五首其五）——孟浩然一生布衣，只是个普通老百姓，诗写得并不多，但诗歌成就却比鲍照和谢灵运高得多。就连中唐的白居易，在游襄阳的时候也禁不住怀念孟浩然："秀气结成象，孟氏之文章。今我讽遗文，思人至其乡。"(《游襄阳怀孟浩然》）——襄阳的山水风物，渗透进孟浩然的诗文，气象具足，来到夫子的家乡，吟咏夫子的诗文，不由得更加感念他的才华。

为什么这么多诗人喜欢孟浩然，仰慕孟浩然？因为在他的身上洋溢着盛唐气象，这气象不是高适、岑参那样的雄浑奇绝，不是李白那样的豪放奔腾，不是王昌龄那样的清俊超迈，而是以他的纯真、天然、旷远的真性情，表现出来的从容不迫的人生态度与境界。从这个意义上来讲，孟浩然对于盛唐文化的意义丝毫不逊于王维和李白。

从军行（其一）

[唐]王昌龄

烽火城西百尺楼，黄昏独坐海风秋。
更吹羌笛关山月，无那金闺万里愁。

·选自《王昌龄诗注》卷四（上海古籍出版社1984年版）。
·黄昏独坐海风秋：一作"黄昏独上海风秋"。

王昌龄（694？—756？）

　　字少伯，京兆万年（今属陕西西安）人，盛唐著名诗人。曾任江宁丞，世称"诗家夫子王江宁"。殷璠编《河岳英灵集》，王昌龄入选诗居诸家之首。其诗作多边塞闺怨，清刚俊爽，尤长于七绝，后人誉为"七绝圣手"。新旧《唐书》有传，《全唐诗》存诗四卷。

第 8 课 / 王昌龄《从军行》(其一)

王昌龄是京兆万年人。他为人个性豪放,不拘小节,遭人议论诽谤,先后两次遭遇贬谪。后来在安史之乱中,不幸被权贵所杀,去世的时候大约六十岁。在盛唐时代,他的诗名可与孟浩然、李白、王之涣等人比肩,人称"七绝圣手"、"诗家夫子"(一说是"诗家天子")。古人说"国家不幸诗家幸"(清·赵翼《题遗山诗》),意思是说不幸的经历更能造就杰出的诗人和作品。王昌龄的一生平凡而不幸,但他的作品却很不平凡,他的诗歌清刚俊爽,大多是流传千古的名篇佳作。这首《从军行》就是佳作中的佳作。《从军行》是古代乐府旧题,古人用这个题目主要写艰难困苦的边塞征战题材。盛唐许多著名诗人也常常借用《从军行》来写边塞战事。

王昌龄早年曾经漫游西北边塞,足迹遍涉泾州、萧关、临洮、玉门关一带,最远可能到达葱岭以西,这是他边塞诗创作的重要基础。他这一组《从军行》,共七首,表达边塞将士思念家乡亲人之情,展现他们誓死戍守边关、保家卫国的壮志豪情。这首《从军行》是其中的第一首。

诗的第一句"烽火城西百尺楼","烽火"指的是烽火台,这是古代边防重要的军事防御设施,承担着通讯、预警的功能。一般来讲,在烽火台中经常备有柴草,如果有紧急军情,那么"昼则放烟,夜则举火",白天燃起柴草,滚滚烽烟飘上高空,远在几十里外的下一站烽火台看到后，一站接一站燃起烽烟，传递军情；如果在夜晚，则燃起烽火，火光熊熊，也可以把敌情一站一站传下去。就是平时无战事时，也会燃起平安火报平安。这样说起来，烽火很有点儿类似于现在的防空警报和报警电话。"百尺楼"指戍楼，也就是瞭望楼、瞭望台。这一句的意思是，在烽火台的西边是百尺高的瞭望楼，这是为了点明"从军行"的大背景——边塞的地理背景，特别是标志性的建筑——高高的烽火台和瞭望台。

紧接着第二句"黄昏独坐海风秋"，由地理转向情感。到了黄昏时分，将士们独自坐在烽火台边，遥望着漫漫戈壁和荒无人烟的大漠，感觉十分孤独。正值深秋季节，寒风阵阵，怎能不思念父母妻儿？而家中亲人这个时候想必也正在思念远在边塞的将士。这里的"海风秋"不是指大海的风，而是指青海湖方向吹来的风。唐代西北方向的强敌，一是吐蕃，二是突厥，青海湖正是唐军与吐蕃军、吐谷浑军队交战的区域，唐朝在此驻军，设置节度使，目的在于隔断吐蕃与突厥的交通，守护河西走廊。所以，"海风秋"是指从青海湖方向吹来的秋风。

一、二句总的意思是：在浩瀚无垠的青海湖地区，在渺无人烟的边塞戈壁上，伫立着高高的烽火楼和瞭望台，也许还有滚滚升起的狼烟烽火。此时此刻，正是深秋时节，黄昏时分，夕阳西下，戍边的将士们坐在高高的烽火台旁，迎着青海湖方向吹来的阵阵秋风，倍加思念家乡的亲人，倍感戍边的艰辛与劳苦。这两句诗，抒写的是边塞肃杀悲凉的秋景，但气象壮大——万里长风、千里戈壁、百尺高楼、茫茫大湖，正是盛唐苍凉、悲壮、雄健的边塞气派！

再看第三句"更吹羌笛关山月",《关山月》是古乐府曲调,《乐府诗集·乐府解题》中说:"《关山月》,伤离别也。"这个曲调的主题就是表达戍边将士与家人彼此相思、离别之情的。这句诗承接上句,意思是说,将士们本来正在思念家乡和亲人,又听到阵阵悠扬悲伤的羌笛声,吹奏的正是《关山月》这样伤离别的乐曲,让人怎么受得了啊!

最后一句"无那金闺万里愁","无那",就是无可奈何,没有办法;"金闺",装饰精美华丽的闺房,这里指将士们的妻子,遥远家乡的闺中思妇。李白曾在诗中说自己的愁是"万古愁",那么这里的愁就是"万里愁",从遥远的青海湖、玉门关、阳关,到中原的长安、洛阳等地,不正是相隔千山万水,不正是万里乡愁、万里相思吗?这一句的意思是:万里之外的妻子无论如何也无法消除这万里相思啊!

由戍边将士突然转到万里之外的闺中思妇,这是古典诗词中常用的"对面写来"手法。简言之,前三句写的是当下,是将士们戍守在青海湖地区,思念远在故乡的亲人,最后一句却从家乡的思妇那边写来,正当羌笛吹奏《关山月》的时刻,也许自己的妻子在万里之外的故乡也正思念着自己! 这样的思念是如此刻骨铭心,是没有办法消除的。

唐代很多诗人都喜欢用这种"对面写来"的手法渲染情感。譬如,杜甫在《月夜》中说:"今夜鄜州月,闺中只独看。遥怜小儿女,未解忆长安。"杜甫写这首诗的时候在长安,他思念远在鄜州的妻子儿女,但他却说遥想今夜的鄜州,我的妻子在闺房之中,正独自看着月亮,思念着我,孩子们却并不能理解,此刻他们的妈妈正在思念爸爸。这种手法的最大优势,就是从自己一方抒发情感,又从对方角度通过想象抒发情感，这样来回反复渲染，彼此烘托，情感越来越浓厚，浓得都化不开了。

说到这儿，我们明白了整首诗的意思：在深秋黄昏的边塞，将士们坐在高高耸立的烽火台、瞭望楼边，迎着青海湖吹来的萧瑟秋风，听着哀怨悠悠的《关山月》，无比思念万里之外的亲人，而亲人们此时此刻也许和他们一样，也正在思念着戍守边陲的将士们。

王昌龄的《从军行》一共七首，这是其中的第一首，其他几首也非常精彩。比如第二首："琵琶起舞换新声，总是关山旧别情。撩乱边愁听不尽，高高秋月照长城。"如果说第一首的关键句是"无那金闺万里愁"，强调的是将士与家人彼此思念，那么第二首的关键句就是"高高秋月照长城"，依然是相思，这里的相思是借着皎洁的月光表达彼此的心声，虽然忧伤，但是明亮。还有第四首："青海长云暗雪山，孤城遥望玉门关。黄沙百战穿金甲，不破楼兰终不还。"关键句是"不破楼兰终不还"，虽然非常思念亲人，虽然边愁依然听不尽，虽然金甲破碎，但是誓死戍守边陲、誓死征战沙场的英雄情怀永远不会衰减，而这，恐怕才是盛唐气象、盛世情怀的真实写照。

在盛唐时代，包括王昌龄在内的一批大诗人，比如王之涣、高适、岑参、王维、李白等，他们目睹边塞风光和戍边将士的艰辛，深切地同情这些将士，同时又为他们戍边报国的豪情所感动、所激发。就像王昌龄的《从军行》，既有"无那金闺万里愁"这种缠绵悱恻的思念之情，也有"不破楼兰终不还"这种英雄壮志的报国之情，这两种情感紧密地结合在一起，共同铸就了盛唐时代的边塞风情、边塞情怀。鲁迅《答客诮》

说:"无情未必真豪杰,怜子如何不丈夫?"自古以来,大丈夫多情,真英雄也多情,这种情,既有儿女情长,也有家国情怀。盛唐的边塞诗正是这两种情感的反复交织,一方面具有浓郁的人情味,另一方面又具有强烈的家国情。因此,盛唐的边塞诗并不是一味地悲凉、思念,一味地为亲情所纠缠,其最主要的核心气质,是表达出盛唐时代诗人们那种壮大的情怀和报国的热情。总的来讲,以王昌龄《从军行》为代表的一系列盛唐边塞诗,彰显的正是一种保家卫国、建功立业的豪情。

闺　怨

[唐]王昌龄

闺中少妇不曾愁，春日凝妆上翠楼。
忽见陌头杨柳色，悔教夫婿觅封侯。

· 选自《王昌龄诗注》卷四（上海古籍出版社1984年版）。
· 不曾：一作"不知"。

第 9 课　王昌龄《闺怨》

先说说这诗的题目。闺怨，是中国古代诗歌的传统主题，主要抒写古代社会的思妇之怨，包括征人之妇、商人之妇、游子之妇、官人之妇；还有一部分是弃妇之怨，比如《诗经》中的《氓》就写了被抛弃的妻子内心的不平；还有一些闺怨诗是表达少女怀春、思念情人的情感。其实，这类闺怨诗大都不是女性自己写的，而是男性诗人模拟女性的口吻写的，比如中唐诗人张仲素的《春闺思》："袅袅城边柳，青青陌上桑。提笼忘采叶，昨夜梦渔阳。"就是非常典型的例子。总而言之，闺怨诗多写女性在闺阁中的忧愁、怨恨和思念之情。

王昌龄的这首《闺怨》，写少妇在家中思念远方从军的丈夫。第一句"闺中少妇不曾愁"，闺中的少妇从来就没有忧愁。第二句"春日凝妆上翠楼"，"凝妆"就是盛装，打扮得非常漂亮；"翠楼"可能是她家的高楼，也可能是她出游时登上的一个楼阁。这两句是说，这闺中的少妇生活很优裕，很安逸。春天到了，她把自己打扮得非常漂亮，登到翠楼上，看看眼前的春色。

这两句叙事平淡，看不出王昌龄的水平。王昌龄的水平在三、四两句体现出来了。他说："忽见陌头杨柳色，悔教夫婿觅封侯。""陌头"就是路边的意思。这位少妇一打眼，看见春天到了，路边的杨柳发芽了，柳枝开始泛绿了，看到这春色，她忽然感到非常后悔。后悔什么？后悔让自己的丈夫去"觅封侯"。去哪儿"觅封侯"？ 去前方打仗立功"觅封侯"。王昌龄所处的盛唐时代，国力强盛，军队强大。唐军对外征战，屡次获胜。很多读书人自愿从军，远征出塞，希望在那里建功立业，将来赢得高官厚禄。初唐诗人杨炯说得明白："宁为百夫长，胜作一书生。"(《从军行》)盛唐诗人岑参也说："功名只向马上取，真是英雄一丈夫。"(《送李副使赴碛西官军》)这是当时很多人的理想。想要封侯，就得去边塞立军功。

那么，诗中的思妇为什么后悔了呢？这里有几层意思。唐人送别亲友的时候，有个说法叫"灞陵（也作霸陵）送别"。灞陵位于今西安市东郊白鹿原，临近灞水，水边多植柳。唐人常常在此送别友人，喜欢从柳树上折下一根柳枝送给离别的亲友，因为"柳"和"留"谐音，人们用这种方式表达眷恋对方的心情，希望对方不要走，留下来。所以，这位闺中少妇看见杨柳色，想起当初送丈夫出征的情形——或许就像杜甫《兵车行》写的："车辚辚，马萧萧，行人弓箭各在腰。耶娘妻子走相送，尘埃不见咸阳桥。"当初，丈夫要去边塞从军立功，自己不仅鼓励他去，还折下一枝杨柳送别他。现在看见这路边的杨柳色，想起当初折柳送别的情形，一股思念丈夫的忧伤忽然涌上心头："悔教夫婿觅封侯。"为什么悔？因为这大好春色，她本应像往常一样跟丈夫相依相伴，徜徉在这春光里，卿卿我我，这才叫幸福。可现在，自己独守闺中，一年两年三年四年，很多读书人出塞一二十年后才返回——那这一二十年的青春时光恐怕都要在孤独中度过了，怎能不悔！也许，只要丈夫守在身边就是幸福，至于他是不是王侯，倒并不那么重要了。

当然，这一种后悔，说的是丈夫能回来，那如果回不来呢？像唐代

清·陈枚《月曼清游图册·杨柳荡千》

诗人王翰说的:"葡萄美酒夜光杯,欲饮琵琶马上催。醉卧沙场君莫笑,古来征战几人回?"(《凉州词》二首其一)别笑话我喝醉了,我告诉你,我醉不了几回了。我这回去前方能不能活着回来,能不能接着醉,还不好说呢!战争固然能够让人立功,封侯赐爵,可是战争也是残酷无情的。有战争就有死亡。晚唐诗人陈陶说:"誓扫匈奴不顾身,五千貂锦丧胡尘。可怜无定河边骨，犹是春闺梦里人。"(《陇西行》)这诗写得太惨痛了！前两句写打仗，多么勇猛，多么壮烈，可这些都不是最惨的，最惨的是什么？是这位奋不顾身的战士早已牺牲，成了无定河边的一堆白骨，而他家中的夫人还不知道呢，她还在春天的晚上，在闺阁里做着梦，梦见跟她的丈夫重逢了，她还盼着他早日回来团聚呢！陈陶的诗写在晚唐，若是写在初唐、盛唐，若是让这位闺中少妇读到了，恐怕她会更加后悔！她多么希望等回来的是一个活生生的人，而不是一堆白骨。

本诗前两句平铺直叙，后两句如山峰耸起，让人感觉到巨大的情感变化和心理转变，这是闺怨诗的一个特点。它往往表达闺阁中少妇、少女非常复杂的心情，一方面渴望跟有情人相守在一起，耳鬓厮磨；一方面又渴望有情人能够建功立业，衣锦还乡。在盛唐时代，有这位闺中少妇一样的矛盾心理是很常见的。每一个去边塞"觅封侯"的士人，他的家里都可能有这样一位充满哀怨的少妇。

闺怨诗分为几种，这首《闺怨》的主人公是征妇——军人之妇。李白《子夜吴歌·秋歌》写道："长安一片月，万户捣衣声。秋风吹不尽，总是玉关情。何日平胡虏，良人罢远征。"良人什么时候才能回来？胡虏不灭，他回不来啊。还有商妇——商人之妇，所谓"老大嫁作商人妇"（白居易《琵琶行》）。中唐诗人李益写道："嫁得瞿塘贾，朝朝误妾期。早知潮有信，嫁与弄潮儿。"（《江南曲》）这位商人妇的怨气更大，自从嫁给商人，天天都不回来，害得我夜夜守空房。早知道钱塘潮潮涨潮落是有规律的，我还不如嫁给弄潮儿，总能知道他什么时候回来吧！还有一种是游子之妇，如："行行重行行，与君生别离。相去万余里，各在天一涯。道路阻且长，会面安可知。胡马依北风，越鸟巢南枝。相去日已远，衣带日已缓。浮云蔽白日，游子不顾返。思君令人老，岁月忽已晚。弃捐勿复道，努力加餐饭。"(《古诗十九首》)表达了思妇对游子的一片思念之情。

中国古代还有所谓宫怨诗，是闺怨诗的一种特殊类型，主要描写古代宫女和失宠妃子的怨情，大部分都是文人模拟她们的语气写的。如中唐诗人元稹的《行宫》："寥落古行宫，宫花寂寞红。白头宫女在，闲坐说玄宗。"写宫女深锁在宫中，守着那寂寞的宫花，几十年过去了，当年的妙龄女郎早已变成白发老太，坐在那儿闲聊天儿，说的都是当年玄宗皇帝的那些风流韵事。杜牧《秋夕》写道："银烛秋光冷画屏，轻罗小扇扑流萤。天阶夜色凉如水，坐看牵牛织女星。"宫女坐在地上看牵牛织女星，因为她渴望一份真挚的爱情，可是待在后宫里，皇上的宠爱什么时候才能落在你的身上？恐怕等到你变成白头宫女也等不到吧。王昌龄也写过宫怨诗《长信秋词》："奉帚平明金殿开，暂将团扇共徘徊。玉颜不及寒鸦色，犹带昭阳日影来。"宫女们纵然是花容月貌，也不及飞来飞去的寒鸦，它们可以自由地出入昭阳殿，身上总会带有昭阳日影——暗喻总能见到皇上的面容——表达的也是类似的意思。宫怨诗有些共同的特点，首先语言浅近，有浓郁的民歌风情；其次描写细腻，感伤色彩浓郁，尤其擅长捕捉瞬息变化的心理活动，具有非常鲜明的艺术特色。

王昌龄边塞诗写得好，闺怨诗也写得好；大丈夫写得好，小女子写得同样好，真不愧是"七绝圣手""诗家夫子"！

芙蓉楼送辛渐（其一）

[唐] 王昌龄

寒雨连江夜入吴，平明送客楚山孤。

洛阳亲友如相问，一片冰心在玉壶。

·选自《王昌龄诗注》卷四（上海古籍出版社1984年版）。

第 *10* 课 　王昌龄《芙蓉楼送辛渐》（其一）

　　先来看看这首诗的几个基本知识点。芙蓉楼，原名西北楼，遗址在今江苏省镇江市西北。登临芙蓉楼，可以俯瞰长江，遥望江北。辛渐，王昌龄的朋友。这首诗作于唐玄宗开元二十九年（741）前后，当时王昌龄担任江宁（今属江苏南京）县丞。据史书记载，王昌龄个性豪放，不拘小节，说话做事不大注意细节，难免得罪人，遭人诟病，甚至达到了"谤议沸腾"的程度，结果先后两次被贬。第一次被贬岭南，后改任江宁县丞；第二次被贬龙标（今属湖南洪江）。

　　《芙蓉楼送辛渐》共有两首，这是第一首。第二首诗说："丹阳城南秋海阴，丹阳城北楚云深。高楼送客不能醉，寂寂寒江明月心。"写头一天晚上王昌龄在润州（今属江苏镇江）芙蓉楼为辛渐饯别。第一首诗则是写第二天早晨他们二人在江边离别的情景。当时辛渐的计划大约是经润州渡江，取道扬州，北上洛阳。王昌龄很可能是陪着辛渐，从江宁走到了润州，然后在润州分别。

　　第一句"寒雨连江夜入吴"，"寒雨"就是秋冬时节的冷雨；"连江"，雨水与江面连成一片，形容雨下得很大。之所以说"入吴"，是因为江浙一带是古代吴国、楚国的故地。在这里，诗人用了一个"连"字，又用了一个"入"字，两个动词连在一起，钩织成了一幅无边无际的秋雨江水图。因为是在秋季，所以雨是"寒"的；因为要送别友人，所以心是凉的。诗人用"寒雨连江"，将茫茫大雨连裹入江的画面描写了出来。

正是这满江的烟雨，在夜晚的时候进入了吴楚大地。

说到这儿，我们不由得想起了杜甫的《春夜喜雨》："好雨知时节，当春乃发生。随风潜入夜，润物细无声。"一个写春雨进入蜀地，一个写秋雨进入吴楚。"寒雨连江夜入吴"让我们看到，那飒飒秋雨不停地打在江面上，笼罩着吴楚大地，而杜甫笔下的春雨是静悄悄地滋润着巴蜀大地。虽然都是连天而来，但一个是春雨、暖雨，一个是秋雨、寒雨，这两位诗人都是写雨的高手。

第二句"平明送客楚山孤"，"平明"指天刚亮；"楚山"指吴楚一带的山，并不是指某一座具体的山。"楚山孤"是什么意思？其实，在吴楚之地，到处都是连绵起伏的丘陵小山，楚山肯定不孤独。这里的"孤"其实是指王昌龄，也是指辛渐，分别之后都将孤身一人踏上漫漫归途，所以这个"孤"又指的是一种心情，离别朋友之后难过的心情。

第三、四句："洛阳亲友如相问，一片冰心在玉壶。"王昌龄深知，自己因为被人议论诽谤，所以远离京城，在江宁为官。辛渐到洛阳后，朋友们不免要问自己的近况。他对辛渐说：到了洛阳，朋友们如果问起我，你告诉他们，我的心像冰一样纯净，像玉壶一样纯洁。

"一片冰心在玉壶"，这个比喻用得太好了。唐人的诗写得好有一个很重要的原因，那就是他们善于点化前人诗句。经过他们的妙手点化之后，很多诗句可以说是点石成金、脱胎换骨了。

南朝诗人鲍照曾使用"玉壶"和"冰"来形容纯洁的心灵："直如朱丝绳，清如玉壶冰。"（《代白头吟》）骆宾王也说："离心何以赠，自有玉壶冰。"（《别李峤得胜字》）李白也说："烈士击玉壶，壮心惜暮年。"

（《玉壶吟》）"白玉壶冰水，壶中见底清。"（《赠清漳明府侄聿》）还有王维："藏冰玉壶里，冰水类方诸。"（《赋得清如玉壶冰》）岑参："聊以玉壶赠，置之君子堂。"（《至大梁却寄匡城主人》）杜甫："气缠霜匣满，冰置玉壶多。"（《湖中送敬十使君适广陵》）他们都写得很不错，但是只有王昌龄的这一句长久地留在了人们的心底，因为他的表达更加形象，在这一句诗中，冰心与玉壶交相辉映，相得益彰，令人难以忘怀。

现在，我们看到了，王昌龄的朋友们都喜欢使用冰心、玉壶这样的意象，因为他们都是"一片冰心在玉壶"这样的人。王昌龄的朋友实在是太多了，跟他常有诗文往来的朋友有李白、孟浩然、王维、王维的弟弟王缙、王维的朋友裴迪，还有常建、李颀、岑参、高适等等。当初他到江宁做县丞时，好朋友岑参就写下《送王大昌龄赴江宁》，劝勉他"惜君青云器，努力加餐饭"，而王昌龄也写下《留别岑参兄弟》给这位好朋友。王昌龄被贬龙标后，还在贬谪路上，李白就写下《闻王昌龄左迁龙标遥有此寄》给他，诗云"我寄愁心与明月，随君直到夜郎西"，情义不可不谓深重。

王昌龄在后世的名气不如李白这么大，但是在盛唐时期，李白、王昌龄、孟浩然是同等量级的大诗人，他们彼此的友情也非常深厚。如果不是真挚的友情，不是对朋友交心，王昌龄是不会写出"洛阳亲友如相问，一片冰心在玉壶"这样深情的诗句的。所以，我们今天读了这首诗，会明白为什么盛唐诗人能写出那么多"清水出芙蓉，天然去雕饰"（李白《经乱离后天恩流夜郎忆旧游书怀赠江夏韦太守良宰》）的美好诗篇。关键还是人格，他们都拥有冰清玉洁的崇高人格。

别董大（其一）

[唐]高适

千里黄云白日曛，北风吹雁雪纷纷。
莫愁前路无知己，天下谁人不识君！

·选自《高适集校注》（上海古籍出版社2014年版）。
·千里：一作"十里"。

高适（700？—765）

字达夫，渤海修县（今属河北景县）人。盛唐著名诗人。曾任散骑常侍，世称高常侍。他是盛唐边塞诗派代表人物，与岑参并称"高岑"。其诗气韵沉雄，骨力刚健。新旧《唐书》有传，有《高常侍集》行世。

第 11 课　高适《别董大》(其一)

高适的《别董大》有两首，这是第一首。第二首也很有特点："六翮飘飖私自怜，一离京洛十余年。丈夫贫贱应未足，今日相逢无酒钱。"我们先来看诗题中的董大，是何许人也？董大，是按照排行来称呼他的，这个排行不是亲兄弟排行，而是同族兄弟排行。这是唐人的习俗，喜欢以排行来称呼对方，比如称呼李白为"李十二"，因为李白在他家族同辈当中排行十二；比如称呼杜甫为"杜二"，因为杜甫在他的家族同辈里排行第二。因此，董大就是董老大的意思，在他的家族同辈里排行老大。那么董大到底是谁呢？据研究推测，有可能是唐玄宗时著名的琴师董庭兰，擅长演奏胡笳。

董庭兰跟唐代很多诗人、官员都有交往。当时有位诗人叫李颀，他写了一首诗《听董大弹胡笳声兼寄语弄房给事》，题目很长，其实翻成白话文很简单：我听了董大弹奏胡笳，很有感受，为此专门写了一首诗，并寄给了给事中（唐代官职名）房琯。

晚唐有一位诗人叫崔珏，他写了一首诗《席间咏琴客》："七条弦上五音寒，此艺知音自古难。唯有河南房次律，始终怜得董庭兰。"席间听琴客弹琴，自古知音难觅呀，也许只有当年的河南房琯（字次律），才能真正懂得董庭兰的音乐吧。从这些资料能够看出来，董大可能就是董庭兰，他特别擅长弹琴，与诗人李颀、高适等都有交往，而房琯与他的关系更是非常密切。房琯是何许人呢？房琯，河南偃师人，在唐玄宗、

明·沈周《虎丘恋别图轴》

肃宗朝都做过宰相，精通音律，喜听琴，董庭兰因琴技高超而深得房琯欣赏，可能是房琯门下的一名乐师。

唐代盛行歌舞音乐，很多乐师都与朝廷官员有着密切的关系。比如杜甫有一首诗《江南逢李龟年》说："岐王宅里寻常见，崔九堂前几度闻。正是江南好风景，落花时节又逢君。"这首诗很短，但里面全是大人物：李龟年是当时著名的音乐家，岐王李范是唐玄宗的兄弟，崔涤是当时的重臣，杜甫曾在岐王李范、崔涤家中听过李龟年演唱歌曲。再比如王维，也是当时著名的音乐家，他与岐王李范、玉真公主也有很深入的交往。由此可见，高适当初在长安漫游的时候，可能就与董大相识。

这首《别董大》写于唐玄宗天宝六载（747），当时的高适仕途不达，在梁宋（今属河南）一带漫游。这一时期，房琯在朝廷担任给事中，为门下省官员，具体负责审议封驳诏敕奏章，是非常重要的职务。

就在这一年前后，唐玄宗想改温泉宫为华清宫，并要在华清宫周围建造百官官署，他命令房琯主持这项工作，不料尚未完工房琯就因受到党争事件牵连，被贬谪到地方做官，暂时离开了长安。(《新唐书·房琯传》)也许，就是在这个时期，包括董庭兰在内的房氏门客也受到牵连，不得不离开长安。在这样一个特殊的时刻，高适与董庭兰在梁宋相遇，怎能不感慨万千？

诗云"千里黄云白日曛"，所谓"黄云"指的是乌云，在阳光的照耀下，它发出了暗黄的光芒，黄昏时分的乌云就常常呈现出这样的颜色。"曛"就是夕阳西下时昏暗的阳光。所以这一句说的是，千里滚滚的黄云和夕阳都显得特别黯淡。

第二句说"北风吹雁雪纷纷",一阵北风吹来,大雪纷纷。"吹雁"是什么呢?北风呼啸,雪又下得这么大,怎么会有大雁的影子呢?实际上这里是借"吹雁"来渲染凄冷寒怆的惨别氛围。即将分别的友人就像漫天风雪里的大雁一样孤独凄凉。

诗的头两句写董大即将离别的凄惨景象,写出了诗人对他的同情,这份同情未尝不是写给同样落魄的自己的。为什么这样说呢?看下一句"莫愁前路无知己",这句话真是大有深意。想必董大在长安官场结交甚广,声名显著,无人不知,只是官场无情,一朝翻覆,命运叵测。但是作者劝董大不要发愁,天下谁不知道你董老大的名字呢?那些权贵、那些高官,都听过你的琴声,听过你的胡笳,他们谁不是你的知己呢?"天下谁人不识君!"你现在只是遇到暂时的挫折而已,只要这些知己还在,只要你的老朋友们还在,总有一天你董老大会再回长安,重现辉煌的。

王维有一首《送元二使安西》:"渭城朝雨浥轻尘,客舍青青柳色新。劝君更尽一杯酒,西出阳关无故人。"再饮下这最后一杯酒吧,出了阳关就没人认得你了。高适这首诗却说,你不要发愁,就是走出这离别的一步,天下谁人不知道你呢?因为这位元二去的可不是长安郊区,也不是洛阳、梁宋等地,而是茫茫大漠、阳关边塞啊,那个地方只能听见胡笳声声,哪里有故友亲朋?所以王维才说"劝君更尽一杯酒,西出阳关无故人",一定要记得我们这些为你送行的老朋友,到了那儿要多想着我们,多给我们写信,因为那里没有我们这些故友亲朋啊。可董大的情况恰恰相反,天下人都已经认得他了,他只是遇到了暂时的挫折,所以高适用"天下谁人不识君"这样的话激励他。

那么房琯后来命运如何呢？安史之乱爆发后，他一路追随唐玄宗，深受器重。后来受玄宗委派，去辅佐唐肃宗，在两个皇帝手下都做过宰相。可惜此人空有治理天下之志，却少有治理天下之才。肃宗委任他统帅军队，对抗安史叛军，但他用人失察，导致屡战屡败，败后却不自省，反而聚集门客大发牢骚，结果遭人进谗，渐渐失去了肃宗对他的信任。房琯因此称病不朝，终日与门客谈佛论道，听门客董庭兰弹琴。据史料记载，董庭兰此时或许也有弄权牟利行迹，结果被有司弹劾。房琯后来再次遭贬，想必门下清客也只能各自分飞。彼时乐工优伶之人，其命运也只能大体如此。

高适的经历也很不寻常。据史料记载，高适志向远大，胸襟开阔，极富才干。他好谈王霸大略，崇尚节义，"逢时多难，以安危为己任"（《旧唐书·高适传》）。他不仅仅是一位著名诗人，也是一位出色的政治家、军事家。安史之乱是高适人生的转折点，他曾辅佐哥舒翰防守潼关，后来追随玄宗到成都，深得玄宗器重。永王李璘事变中，他向肃宗进谏围剿策略，被任命为御史大夫、扬州大都督府长史、淮南节度使，负责剿灭永王李璘。后来蜀中发生叛乱，肃宗又任命高适为成都尹、剑南西川节度使。他后来官至刑部侍郎，转散骑常侍，并进封为渤海县侯。在盛唐诗人中，高适仕途最为显达。他在《别董大》（二首其一）中说"莫愁前路无知己，天下谁人不识君"，用在自己身上也很恰当。

使至塞上

[唐]王维

单车欲问边,属国过居延。
征蓬出汉塞,归雁入胡天。
大漠孤烟直,长河落日圆。
萧关逢候骑,都护在燕然。

· 选自《王维集校注》卷二(中华书局1997年版)。

王维(701—761)

字摩诘,祖籍太原祁县(今属山西),后徙家于蒲州(今山西永济)。盛唐著名诗人。官至尚书右丞,世称王右丞。他是盛唐山水田园诗派代表人物,与孟浩然并称"王孟"。他精于诗文、绘画、音乐,尚佛,诗作意境高远,画意具足,颇有禅趣。新旧《唐书》有传,有《王右丞文集》行世。

第 12 课 / 王维《使至塞上》

  这首诗的地名、官名较多,有必要先交代清楚。题目《使至塞上》,"塞上"指的是边塞,也就是这一次作者奉皇帝诏命出使的地方。第一、二句:"单车欲问边,属国过居延。""单车"本意是说单车独骑,在这里并不是指一辆车,而是形容作者轻车简从。"问边"指的是去慰问守卫边疆的将士。"属国"有多重含义,一是指在中国古代,有些少数民族政权依附于中原王朝,而仅存其国号,它们是附属国;二是指官职的名字,秦汉时专门有一种官职叫作"典属国",比如苏武牧羊故事中的苏武,回到汉朝之后,即被授予典属国的官职,专门负责外交事务,因此唐人有时用"属国"来代称出使外域的使者,这首诗里"属国"指的是王维自己。"居延"是地名,西汉张掖郡有居延县,故城在今内蒙古自治区额济纳旗东南。

  第三、四句:"征蓬出汉塞,归雁入胡天。"所谓"征蓬",就是随风飘飞的枯蓬草。"出汉塞"指的是自己已经离开了中原地区。"归雁"指的是大雁,大雁每到春天必从南方北迁,一到秋天又要南归过冬。"胡天"原指胡人的领地,但在这里指的是唐军所占据的胡人领地。这两句诗是同一个意思,都是指王维本人从首都长安出发,向边塞进发,对仗十分工稳。

  这首诗写于唐玄宗开元二十五年(737)。当时的河西节度副大使崔希逸在青海以西大败吐蕃军队。(《新唐书·本纪第五》)唐玄宗很高兴,命王维以监察御史的身份，出使边塞宣慰将士。根据当时的地理环境，王维的出使路线大概是：从长安出发，路上沿黄河、河西走廊西行，最终抵达河西节度使的治所凉州（今属甘肃武威）。有一种说法认为，这首诗是王维在出塞途中所作，但更多学者认为，写这首诗时王维已经到达凉州，不过是在回顾一路走来的经历。

第五、六句："大漠孤烟直，长河落日圆。"说的是诗人在一路行进的过程中看到的景象。

最后两句："萧关逢候骑，都护在燕然。""萧关"是唐代关中北部的重要关隘，今属宁夏回族自治区固原市。"候骑"是指负责侦察和通讯的骑兵。"都护"是指唐朝在西北边疆设置的安西、安北等六大都护府，他们的最高首长称为都护，负责辖区的军政事务，这里代指唐军的前敌统帅。"燕然"是古代山名，也就是今天蒙古国境内的杭爱山。据《后汉书·窦宪传》记载，窦宪率军大破匈奴，登上燕然山，刻石纪功。这两句的意思是说，他从长安出发去慰问边防将士，走到萧关（王维出使河西并不经过萧关，此处可能是化用南朝梁何逊《见征人分别诗》"候骑出萧关，追兵赴马邑"诗意），遇到了河西节度使的侦察通讯骑兵，才知道主帅和将士们还在前线，没有回到凉州。

我们重点来看五、六两句："大漠孤烟直，长河落日圆。"历来对于"孤烟直"都有争论：有人认为孤烟是烽火之烟，将草木点燃之后，烽火绵延入天，远远望去好像一根擎天的柱子；也有人认为孤烟是由于戈壁冷热不均，上下空气翻转所形成的旋风。

关于这一点，我想谈谈个人的体会。有一年夏天我去新疆出差，一路经过茫茫的戈壁滩，中间停车下来休息，这时忽然发现远处有一根细长挺直的旋风连接天地。旋风的直径并不大，但是非常高，从地上一直旋到天空。这股旋风一边自旋一边向前推进，它的聚合力、吸附力很强，所到之处，将树枝、石块、烟雾，一律吸入风柱，卷到天上，可见旋风的力量非常强大。我推测，王维看到的"孤烟直"，有两种可能，一种是大漠无风，一股烽烟直上云天；一种是旋风将烽烟席卷入内，直指云天，形成了"大漠孤烟直"的景象。

《红楼梦》第四十八回"滥情人情误思游艺，慕雅女雅集苦吟诗"中，香菱和林黛玉谈论读诗的感受时说："'大漠孤烟直，长河落日圆。'想来烟如何直？日自然是圆的。这'直'字似无理，'圆'字似太俗。合上书一想，倒像是见了这景的。若说再找两个字换这两个，竟再找不出两个字来。"这实际上就是古人说的"无理而妙"。

我们想一想，大漠在构图上是一道横线，苍茫无边。在这一望无边的大漠中，一柱孤烟袅袅直上。"大漠孤烟直"本已构成了一横一纵的画面。形容孤烟的"直"字尤其巧妙，因为烟雾本来不可能是笔直的，是弯曲袅娜而上的，但这里着一个"直"字，使人感受到孤烟的力量！与此相比，"长河落日圆"，又让人感到特别的温情、温润。与大漠相比，长河所到之处，润泽两岸，充满了绿意柔情。大家设想一下，日落时分，金色的余晖洒落在河面之上，泛起点点金光，落日远远望去，好像一颗巨大的橙子，慢慢地要沉入到金色的沙漠中。所以"大漠孤烟直"雄壮，"长河落日圆"温润。王维是精通诗歌、绘画的大家，苏轼称赞他"诗中有画""画中有诗"（《书摩诘蓝田烟雨图》），正是这两句诗的绝佳写照。

终南别业

[唐]王维

中岁颇好道,晚家南山陲。

兴来每独往,胜事空自知。

行到水穷处,坐看云起时。

偶然值林叟,谈笑无还期。

· 选自《王维集校注》卷二(中华书局2020年版)。
· 陲:靠边界的地方。
· 胜事:快意的事。

第13课 / 王维《终南别业》

这首诗题目里的"终南"指终南山，位于今陕西省西安市南部秦岭山脉中段。"别业"指的是在城外修筑的园林。像王维这样官职不很高、经济实力不很雄厚的官员，他们所修筑的别业也不会太大、太奢华。王维修筑终南别业，大概是在唐玄宗开元二十九年（741）前后，那时他刚刚过了不惑之年。

诗的第一、二句说："中岁颇好道，晚家南山陲。"这里的"道"首先指的是佛教，王维是一个虔诚的、造诣精深的佛教徒。当时，他与各派僧人都有广泛的交往，特别是与禅宗之北宗、南宗的重要禅僧有很深入的交流。另外，这个"道"可能不仅仅限于佛教，应该也泛指中年以后对人生的诸多感悟。这两句的意思是，人到中年之后，喜欢琢磨、思考佛法与人生之道，住在终南山陲的别业里，开始享受属于自己的时光。

这时光到底是怎样的呢？——"兴来每独往，胜事空自知。"有兴致的时候，就会独自出去走一走，看山、看水、看风景，走到哪里算哪里，怡然自得，随性而行，绝不强求，内心有所体会，也不必与人分享……换言之，听从内心的召唤，自己怎么高兴、怎么适意怎么来。

"行到水穷处，坐看云起时。"这两句诗写得太好了，简直是神来之笔，根本就不是写出来的，是从自由自在的内心世界里流出来的，有什么样的心就有什么样的诗。诗人在山水之间，沿着水流走，没有目标、没有方向，水到哪里就到哪里，心到哪里就到哪里，走啊走，走到水穷

明·沈贞《竹炉山房》

之地，无路可走，无水可循，怎么办？不走啦，坐下来，看着水边的白云缓缓飘升。在这终南山里，水是自然的，云是自然的，心是自由的，人是适意、快乐、自由的。

诗的结尾更加任性："偶然值林叟，谈笑无还期。"回家的山林路上，偶然碰到一个老头儿，两人虽不相识，但是说说笑笑，不知不觉，忘记了回家。这里特别用了"偶然"和"无还期"两个词，就是要突出一种随性、偶然性，其实就是在强调一种自由的不受约束的自在生活。

有人说，这首诗充满了禅意、禅趣。我想，所谓禅意、禅趣其实也就是对自由自在生活的体会、向往。我们的生活总是充满了规定性、约束力和必然性，生活因此很有规律，规则也很稳定，而在这首诗当中，我们感觉诗人的生活充满了随机性、偶然性，不受约束，非常自在，他的生活节奏不是围绕着某种规则与制度展开，而是由着自己的个性与主观想象展开。正因为如此，诗人感受到身边的一切都是美好的，都是惬意的，都是自由的，都是充满生机的。这也许就是王维"颇好道"的某种领悟吧。

王维是山西人，早在少年时代就来到长安，考中进士后曾在中央和地方任官。与其他盛唐诗人相比，王维不仅才华出众，而且才华是多方面的，因此在长安、洛阳深得皇亲国戚、王公贵族的欣赏、器重。（《旧唐书·王维传》）他不仅诗文写得好，也精通绘画、音乐，擅长草书、隶书，不同艺术门类之间是相互贯通的，这对于王维诗歌艺术的创新有积极影响。

王维出生在一个佛教氛围浓郁的家庭，他的母亲师事禅宗北宗领袖人物大照禅师三十余年。王维的字"摩诘",就来自大乘经典《维摩诘经》。王维和弟弟王缙长期奉佛,日常生活中常吃素食,不吃荤腥。晚年时候,穿衣更加朴素,几乎没有什么彩饰。在长安退朝之后,要么焚香独坐,默诵佛经,要么与禅僧一起谈玄论道。房间的陈设也非常简单,只有茶盅、药臼、经案等。这样的信仰形成了王维诗中浓郁的禅意。

当然,王维毕竟是一名朝廷的官员,他在青年时代对于朝政充满了理想和热情,尤其对于一代贤相张九龄非常钦佩。但唐玄宗开元二十五年(737),张九龄被罢相,李林甫担任了宰相,一般认为这个事件象征着盛唐政治开始由清明转向黑暗。这件事对王维的影响也很大,使他对仕途逐渐失去了信心,佛教信仰逐渐占据了他思想的主流,也开始在终南山(辋川)营建别业,开始了半官半隐的生活。到了晚年,由于受到安史之乱中任伪职事件的影响,王维虽然官职益高,但是内心离官场越来越远,更加倾心于这种生活方式。

其实,半官半隐或亦官亦隐,这本来也是唐代士人的一种生活方式,既可以追求山林自在的生活,又不必放弃仕宦功名前途。有的士人为了追求名声,也将这种生活当作追求仕途的"终南捷径"。王维营建的终南(辋川)别业,距离长安并不很远,驿路交通便利,又有林泉沟壑之美,的确是很不错的身心休憩之所。他常常与好朋友裴迪在辋川泛舟水上,弹琴赋诗,吟咏终日,别业周边有竹里馆、辛夷坞等二十处景致,风光绮丽,两人每一处则唱和两首五绝,共四十首,结为《辋川集》。

这样的生活在王维的笔下是如此美好,令人久久回味,不能忘怀:"晚年惟好静,万事不关心。自顾无长策,空知返旧林。松风吹解带,

山月照弹琴。君问穷通理，渔歌入浦深。"(《酬张少府》)

王维是盛唐诗人的杰出代表，他既能营造"人闲桂花落，夜静春山空。月出惊山鸟，时鸣春涧中"(《鸟鸣涧》)这样优美的意境，也能描绘"九天阊阖开宫殿，万国衣冠拜冕旒"(《和贾舍人早朝大明宫之作》)这样壮大的景象。这两者看似有较大的差异，但却又是如此完美地统一在诗人的心中，因为这两者本来就代表着盛唐气象的不同方面。《终南别业》展示的是盛唐诗人另一种生存状态：他们既能走出门去，治国平天下；又能回归内心，过率性闲适的生活。这种人格姿态，彰显着盛唐诗人别样的风采。

鹿　柴

[唐]王维

空山不见人，但闻人语响。
返景入深林，复照青苔上。

· 选自《王维集校注》卷五（中华书局2020年版）。

第 14 课 / 王维《鹿柴》

这首诗是《辋川集》四十首当中的第四首,写的是蓝田辋川别业所见景致。

鹿柴,"柴"通寨,就是栅栏、篱障、篱笆的意思。王维在辋川修建的别业,规模应该不会很大,最主要是与周边的山形水势融为了一体。王维是一位杰出的画家,也是一位有心人。辋川别业附近,山清水秀、林野烂漫,有的是好风景。王维与朋友踏山寻水,得自然之妙趣,形诸笔端,成辋川二十景:孟城坳、华子冈、文杏馆、斤竹岭、鹿柴、木兰柴、茱萸沜、宫槐陌、临湖亭、南垞、欹湖、柳浪、栾家濑、金屑泉、白石滩、北垞、竹里馆、辛夷坞、漆园、椒园。

只是看看这些名字,就能想象到是一处处怎样的风光。比如文杏馆,肯定是房前屋后种满了杏树,开满了杏花;比如茱萸沜,肯定是水边盛开着茱萸;竹里馆,肯定是亭台之间竹林幽幽;辛夷坞,肯定是山谷之内遍开紫红的辛夷花,等等。至于鹿柴,则肯定是茅屋周围插满了篱笆,围成一个小小的院落。

诗云"空山不见人",看似平常,其实奇崛。蓝田的辋川谷里,郁郁葱葱、草木丰茂,山谷里山民、隐士不会少,怎会"不见人"呢? 就算不见人,也不见得就是一座"空山"吧? 其实,这山从来就没有空过,空的,恐怕是诗人的心:"空山新雨后,天气晚来秋。"(《山居秋暝》)"人闲桂花落,夜静春山空。"(《鸟鸣涧》)"山路元无雨,空翠湿人衣。"

(《山中》)"积雨空林烟火迟，蒸藜炊黍饷东菑。"(《积雨辋川庄作》)

据说有这样一个故事：有弟子请教师父，什么是真如？师父听罢，举起茶壶往茶杯里倒茶水，茶杯已经满了还在不停地倒，弟子忙说不能再倒了，水都溢出来啦。师父说，你的头脑里装满了乱七八糟的东西，如果不空出来，我如何教给你什么是真如？"空"是佛教中的一个核心命题。王维喜欢用"空"这个意象，不仅是要表达实景地理上的空，更是要表达内心的空，因为只有心放空了，心纯净了，人才能拥有大境界、大景象。

可见，"空"并不是目的，而是通向智慧的路径。所以"空山不见人"不是真相，而是假象。所以作者才说"但闻人语响"，虽然看不到一个人，但还是听到从林子那边传来的说话声。这叫以动衬静，为了把空落到实处，表现出空的质感、空的感受，就必须用响声、用动来衬托、烘托它。只有这样，才能令人更深刻地领会"空"的感觉。

第三句说"返景入深林"，是指夕阳西下的时候，一缕斜晖突然照进了山林。我们都有过这样的体验，在山里游玩的时候，山色随着天色慢慢暗下来，我们走在林中，突然看到一缕光线照进了密密的丛林，真的美不胜收。紧接着，作者又出来第四句："复照青苔上。"阳光不仅照进了丛林，穿越了密密麻麻的树叶，而且照在了地上的一处青苔上，青苔苍翠的颜色映照在我们眼前。正是因为诗人心静、心空，才能捕捉到一切细微的景象。一缕阳光洒在青苔上或许并不起眼，但却暗喻着岑寂的空山里，只要有阳光洒进来，就能看到不寻常的绿意，这种可能性正是空山背后隐藏的无穷无尽的生机。

这首诗看似写静，实则写动；说是写动，实则还是为了衬托静，而最终目的是要写山的空。虽说是空山，其中也必有内容，就是这"复照青苔上"的光线。这一缕苍翠和阳光、这一丝领悟就是诗人行走在山林间、泛舟湖上，与朋友往来吟啸、赠答的全部用意。

王维这首诗具有很强的代表性，它让我们看到，在盛唐这样一个蓬勃兴起的王朝，诗人们依然固守着他们内心的安宁和平静，他们是如此地关注自己的内心，如此地执着于对生活和自然的领悟。正是这种领悟使他们的诗保持着纯净，使他们的人格保持着独立。因此盛唐诗人既能像李白一样"仰天大笑出门去"（《南陵别儿童入京》），也能像王维一样回到空山不见人的深林中，体察和体悟生命的真谛。

苏轼曾称赞王维"诗中有画""画中有诗"，"返景入深林，复照青苔上"正是一幅动态的画卷。夕阳的余晖里，青苔显现它的绿意，与幽暗、寂静的深林形成强烈的映照。王维曾说自己："当代谬词客，宿世应画师。不能舍余习，偶被世人知。"（《偶然作》六首其六）大意是说，我的前世应该是一位画家，不料在今生被世人错爱为诗人。我始终坚持着这个喜好，不曾舍弃，想必大家也都了解我的这点擅长。这当然是诗人的自谦之词，但恰恰从一个侧面说明了王维的绘画在当时影响非常大。

据说，王维曾绘有《辋川图》，此画流传到宋代，大词人秦观病中在枕上观赏此画，恍惚之间，仿佛进入辋川别业，徜徉在孟城坳、华子冈、竹里馆等林泉山石之间，心情大好，不久居然病愈。（宋·秦观《书辋川图后》）可见王维的画作是多么传神。今天读这首《鹿柴》，依然可以看到作者是怎样以画家的眼光来描绘眼前的景象，又是怎样以诗人的眼光来绘写这美好的意境，更如何以一颗静谧的禅心来体味当下的生活。

望庐山瀑布（其二）

[唐]李白

日照香炉生紫烟，遥看瀑布挂前川。
飞流直下三千尺，疑是银河落九天。

- 选自《李白集校注》卷二十一（上海古籍出版社1980年版）。
- "日照"二句，一作"庐山上与星斗连，日照香炉生紫烟"。
- 川：河流，这里指瀑布。
- 九天：极言天高。古人认为天有九重，九天是天的最高层。

李白（701—762）

字太白，号青莲居士，祖籍陇西成纪（今属甘肃秦安），出生于西域，五岁时随父迁居绵州昌隆（今属四川江油）。他是屈原之后中国古代最伟大的浪漫主义诗人，诗风雄放，想象奇绝，有着平交王侯、傲岸不群的人格魅力，被后世尊称为"诗仙"。他与杜甫并称"李杜"，是唐代诗坛的双子星座。新旧《唐书》有传，有《李太白文集》行世。

第15课　李白《望庐山瀑布》（其二）

这是中国文人写瀑布的第一诗！

"香炉"者，香炉峰，庐山的北部山峰，因峰顶烟雾缭绕，形状与香炉相似而得名。阳光照射在香炉峰上，为何生出紫烟呢？有人认为，红色的日光与蓝天云雾交织在一起，因此显示出紫色的烟雾；有人则认为，阳光照射在瀑布激起的水雾上，出现赤橙黄绿青蓝紫的彩虹，远远望去，就好像紫烟，如孟浩然《彭蠡湖中望庐山》诗云："香炉初上日，瀑布喷成虹。"这些说法都有一定的道理。

除此之外，可能还有一个原因：道教信仰。四川是中国道教的发源地之一，李白从小在四川长大，深受道教思想影响。在《感兴》（六首其四）中，他写道："十五游神仙，仙游未曾歇。吹笙坐松风，泛瑟窥海月。"可见，从少年时代起，他就喜好寻仙访道，套用现在的话来说，他是道教的忠实粉丝。

道教是唐代的国教，上至皇帝，下至老百姓，很多人都信仰道教，甚至有道士身份。道教崇尚紫色，认为紫色象征着高贵、吉祥。"紫烟"这个意象，更是在李白诗中频频出现。比如《送内寻庐山女道士李腾空》（二首其二）："多君相门女，学道爱神仙。素手掬青霭，罗衣曳紫烟。一往屏风叠，乘鸾着玉鞭。""罗衣曳紫烟"就与道教活动有关。

可见"日照香炉生紫烟"所表现的情形，一方面可能真有紫烟升腾，一方面是由于诗人的道教信仰。对于李白这样的游仙者、访道者而言，山上既有香炉，香炉里升起的当然不可能是白烟、黑烟或者别的什么颜色的烟，只可能是紫烟。

这里的"生"字用得好。晚唐诗人杜牧《山行》诗云："远上寒山石径斜，白云生处有人家。停车坐爱枫林晚，霜叶红于二月花。"诗中也用了"生"字。"生"有升腾的意思，在香炉峰里冉冉升起了朵朵紫烟，在寒山深处有白云升腾，特别富有动感。

第二句"遥看瀑布挂前川"，这是从远处看，巨大的瀑布悬挂在山的前面，像一幕巨大的水帘。这句气魄很大，"挂"字用得很精准，境界高、气势足，视觉冲击力强。古人常说，写诗要炼字，"挂"就是画龙点睛之笔，看似不着意，很寻常的一个字眼，认真琢磨起来，很难替代，非它莫属。

"飞流直下三千尺，疑是银河落九天。"这两句回答了"瀑布挂前川"的具体形态：瀑布从天而降，笔直地从天上冲到地下。我们甚至能想象出瀑布冲击地面发出的巨大轰鸣，李白不仅看到了这个气势，或许也听到了这个声音。可是，庐山瀑布真有"三千尺"吗？庐山主峰大汉阳峰，高一千四百七十多米。庐山上的瀑布有二十多处，最长的是三叠泉瀑布，落差大概有一百五十多米。"三千尺"用现在的长度单位换算，至少有一千多米长，只比庐山主峰矮四百米，三千尺的瀑布肯定不存在，至于"银河落九天"那就更是夸张到极致了。

李白之所以能这么写，原因很简单，因为年轻！

关于这首诗的创作时间，有学者认为是唐玄宗开元十三年（725）前后，李白出蜀沿江漫游至庐山时所作；也有学者认为作于唐肃宗至德元载（756），李白隐居庐山之时。品其诗意，我们姑取前说。当时李白

明·沈周《庐山高》

二十四五岁，仗剑去国，辞亲远游，从老家四川江油出发，沿江东下，遍览名山大川，遍访名人雅士，为的是见世面，扬名气，实现自己远大的抱负。李白的抱负很大，也很简单。在《代寿山答孟少府移文书》里，他说自己要"申管晏之谈，谋帝王之术，奋其智能，愿为辅弼，使寰区大定，海县清一"。一句话，要做帝王之师，要做盛世宰相，辅佐皇帝成就千秋大业。

一个二十多岁的年轻人，怀抱着青春的理想、远大的抱负，沿着长江一路漫游，远望庐山，看到的当然不仅仅是一百多米长的瀑布，而是飞天直下的银河。因为在诗人眼里，庐山的风光不仅仅是风光，更像是他的青春，放射着青春的光彩。所以，这是青春的诗篇。青春的诗篇就要有夸张，有想象，有浪漫。就不可能有一说一，而是要从一夸张出十百千万、十万百万亿万才痛快。

但这都还不够！也许在李白看来，"飞流直下三千尺"还是太俗气、太现实、太具体。于是他再次强调自己怀疑：这不是瀑布，而是从九天之上飘落到凡间的银河。李白真是浪漫派的高手，他故意说自己怀疑，但是在语气里要强调的却是肯定。其实他想说的是：这就是银河落九天，却偏偏说"疑是"。"飞流直下三千尺"还只是说瀑布落地很猛，长度很长，而银河落到人间，那是多么飘逸、多么洒脱、多么空灵、多么仙气十足！银河这一落，整个庐山都变成了一座仙山，一座宇宙之山！

李白为什么有这样的胸怀和情怀？因为他是盛唐的青年诗人，眼光之上是浩荡的星空，胸怀以外是不受约束、无边无际的辽阔想象，在这里，非凡的、勇敢的想象力就是时代的精神，就代表着盛唐时代的创造力和创新力。

有人很想学习这种想象力、创造力。例如中唐诗人徐凝写了一首《庐山瀑布》:"虚空落泉千仞直,雷奔入江不暂息。今古长如白练飞,一条界破青山色。"大意是:凭空落下千尺泉水,滚雷似的奔涌江中。宛如白练飞到眼前,一座青山由它分界。

两相比较,李白的诗是神仙诗,徐凝的诗是匠人诗。苏轼当年登上庐山,曾批评徐凝的诗说:"帝遣银河一派垂,古来惟有谪仙词。飞流溅沫知多少,不与徐凝洗恶诗。"意思是:上帝派银河来到人间,只有谪仙的诗才配得上它。瀑布的水流再多,也洗不掉徐凝这首糟糕的诗!东坡先生眼界实在太高,徐凝的诗虽然不比太白,但也不至于成为恶诗,但也由此可见东坡对太白的仰慕与推崇。

苏轼登庐山的最大成果当然不是批评徐凝,而是留下足以与太白争胜的好诗,这便是《题西林壁》:"横看成岭侧成峰,远近高低各不同。不识庐山真面目,只缘身在此山中。"

同样写庐山,李白的诗让我们激动,苏轼的诗让我们思考。唐诗注重写感情,所谓"重情致";宋诗注重讲道理,所谓"重理趣"。这是唐人与宋人性情的不同,也是唐朝和宋朝气质的不同。其实天下的诗,无非唐诗与宋诗两种;天下的性情,也无非情感与理智两种。李白和苏轼在庐山上为我们演绎了唐诗与宋诗的独特美感,以及人生性情的不同境界。

李白的《望庐山瀑布》共有两首。除了这一首,还有一首五言古诗,名气虽不大,但气势宏大:"西登香炉峰,南见瀑布水。挂流三百丈,喷壑数十里。欻如飞电来,隐若白虹起。初惊河汉落,半洒云天里。仰观势转雄,壮哉造化功。……"与刚才那一首的飘逸相比,显得尤为雄壮。

望天门山

［唐］李白

天门中断楚江开，碧水东流至此回。
两岸青山相对出，孤帆一片日边来。

· 选自《李白集校注》卷二十一（上海古籍出版社1980年版）。
· 至此：意为东流的江水在这儿转向北流。一作"直北"。
· 两岸青山：分别指东梁山和西梁山。

第 16 课 / 李白《望天门山》

这首诗写于唐玄宗开元十三年（725）。这一年，李白也就二十四五岁的样子。他第一次离开家乡四川江油，乘船一路沿长江向东，途经天门山时，看到景象壮观，不由得大发感慨，写下了这首著名的诗篇。

从四川进入湖北时，李白曾写过一首特别壮丽的诗《渡荆门送别》："渡远荆门外，来从楚国游。山随平野尽，江入大荒流。月下飞天镜，云生结海楼。仍怜故乡水，万里送行舟。"写这首《望天门山》时，他已经走到长江下游地区，到了安徽当涂、和州（今属安徽和县）附近。天门山，由东梁山和西梁山组成，分列在长江东岸（今属安徽当涂）和西岸（今属安徽和县）。两山隔江对峙，形同天设的门户，天门山由此得名。

"天门中断楚江开"，"楚江"即长江，因为当涂、和州古代属于楚国的地盘，因此这一段江水被诗人称为楚江。这一句的意思是，楚江冲开了天门山，将天门山冲成东西两半，分立东西两岸，形似天门。"碧水东流至此回"，另有一种版本是"碧水东流直北回"。其实两种说法殊途同归：长江的大势是由西向东流，但是沿途也有很多小曲折，进入安徽当涂地区，特别是进入天门山区域的时候，江水由自西向东流转折为自南向北流。"碧水东流直北回"重点强调的是江水东流到这儿转为北流了。

"两岸青山相对出"，李白行舟的方向是由南向北，夹江两岸都是山，他在船上迎着山走，犹如山在迎接他一样。李白离开四川的时候说"仍怜故乡水，万里送行舟"，那是蜀地亲友在欢送他；现在是长江下游的吴楚大地在欢迎他，两岸青山都在张开双臂欢迎他。当时的李白就是一介书生、一介布衣，身上什么都没有，也许只有背上的行囊、腰间的宝剑，面对未知的前途，他就敢讲这样的话，这就是自信！

"孤帆一片日边来"，一般来说，古诗词的"孤帆"意象，重点是表达一种孤独、悲伤的情感。比如："孤帆远影碧空尽，唯见长江天际流。"（唐·李白《黄鹤楼送孟浩然之广陵》）孟浩然要去扬州了，李白看着朋友乘孤零零的一艘船随长江水东去了，离别的忧伤浮上心头。再比如："乡泪客中尽，孤帆天际看。"（唐·孟浩然《早寒江上有怀》）远离家乡的游子，看到天际的孤帆，想到自己孑然一身，不由得潸然泪下。

但李白的这个"孤帆"重点表达的肯定不是孤独、悲伤，而是面对未来的希望。从实景而言，它指的就是从远方江天一色的日边缓缓驶来的一叶扁舟；从心境而言，也可能是李白自况。因为这片孤帆有点与众不同，它是从日边而来。这不禁让我联想到一则典故：据说，商朝的著名政治家伊尹，即将接受商汤的聘请就任宰相。头天晚上他做了一个梦，梦见自己坐着船经过日月之旁，其寓意在于预示伊尹即将获得君王重用。（《宋书》卷二七）李白后来在《行路难》（三首其一）中也使用过这则典故："闲来垂钓碧溪上，忽复乘舟梦日边。"其用意也是表达希望获得唐玄宗的重用。所以，"孤帆一片日边来"，应该也寄寓着年轻的李白此时心中的某种慨叹吧？此帆虽是孤帆，但却是前进的帆，希望的帆，承载着诗人的理想与诉求。

《望天门山》写于安徽当涂县。李白晚年时，曾打算加入李光弼的军队，参与平定安史叛军，但走到当涂一病不起，最后在当涂县令李阳冰家中去世。论资排辈，李阳冰算是李白的族叔，既是文学家，也是篆书大家。李白对他非常信任，将自己平生创作的诗文交付于他，请他代为整理编辑。李阳冰编辑的李白诗文集叫《草堂集》，这应该是李白的第一部诗文集，可惜已经失传。但是李阳冰为《草堂集》所写的序保存了下来，这就是《草堂集序》。在序言中，李阳冰详细地描述和评价了李白的一生。

我们有理由相信，李阳冰笔下的李白是真实的，因为他是见证李白生命最后岁月的人。让人无限感慨的是，即便在临终时刻，李白依然写下气壮山河的《临终歌》："大鹏飞兮振八裔，中天摧兮力不济。余风激兮万世，游扶桑兮挂石袂。后人得之传此，仲尼亡兮谁为出涕？"他将自己比作展翅奋飞的大鹏，虽然受了伤，飞不动了，但卷起的大风足以激荡万世，令人永远不能忘怀。而在开元十三年（725），年轻的李白第一次来到天门山，来到当涂，在这里唱出了他的理想。李白的确与安徽当涂有缘。这里不仅是"碧水东流至此回"的地方，也是李白命运即将发生重大转折的地方，更是李白璀璨人生放射最后光芒的地方。

今天我们读《望天门山》这首诗，想到李白与当涂的缘分，想到李白少年时代自诩大鹏，临终时依然不减大鹏气势，不由得感慨：盛唐气象在李白身上得到了一以贯之的呈现。无论在青少年时代还是晚年临终时刻，李白都充满理想的情怀，不曾放弃对远大理想的追寻。这首诗虽然很短，但诗里的内涵只有反复读通读透，才能更深刻地理解李白，更全面地了解盛唐文化的精神。

行路难（其一）

[唐] 李白

金樽清酒斗十千，玉盘珍羞直万钱。
停杯投箸不能食，拔剑四顾心茫然。
欲渡黄河冰塞川，将登太行雪满山。
闲来垂钓碧溪上，忽复乘舟梦日边。
行路难，行路难，多岐路，今安在？
长风破浪会有时，直挂云帆济沧海。

- 选自《李白集校注》卷三（上海古籍出版社1980年版）。
- 斗十千：一斗值十千钱，即万钱。
- 羞：同"馐"，美味的食物。
- 直：同"值"，价值。
- 碧：一作"坐"。
- 岐：一作"歧"，岔路。

第17课 / 李白《行路难》(其一)

《行路难》是古乐府旧题,多用来书写道路的艰险,歌咏人生的不易。李白用这样一个乐府旧题,写出他的心声,也写出了那个时代的心声。

"金樽清酒斗十千,玉盘珍羞直万钱。"李白吃饭,用的是金樽、玉盘,盛的是清酒、珍馐。这些饭菜,十分精美,非常昂贵。在诗的开始,诗人就把调子提得很高,其实是为他后边吃不下、喝不下埋了一个伏笔。

"停杯投箸不能食,拔剑四顾心茫然。"不仅是把酒杯放下、筷子丢掉,吃不下、喝不下,而且把宝剑也拔出来了。难道吃饭的时候还要佩剑在身? 此时此刻拔出宝剑,其实是表明一种态度,真实场景中诗人手边也许没有宝剑,也没有拔剑在手,但在诗里边需要这柄宝剑,需要拔出剑来四顾茫然,因为在这一刻,宝剑就是诗人的报国之志,就是诗人才华的象征。

在古诗文中,宝剑常常代表一个人的志向与才华。据说战国四公子之一的孟尝君,曾广纳能人,养士三千。有一位叫冯谖的士人,穷困不堪,除了腰间宝剑,一无所有。自言毫无所长,只是希望到孟尝君门下混口饭吃。孟尝君的左右看不起冯谖,只供给他粗茶淡饭。过了一段时间,冯谖倚门弹剑唱道:"长剑长剑,回去吧! 吃饭没有鱼。"左右把这件事报告了孟尝君,孟尝君说道:"给他吃鱼吧。"过了一段时间,冯谖又唱道:"长剑长剑,回去吧! 出门没有车。"左右觉得好可笑,孟尝君却说:"给他车子吧。"没过多久,他又开始弹剑唱道:"长剑长剑,回去吧!没有钱养家。"别人都觉得他太过分了,孟尝君倒不在意,派人去赡养他家中的老母,从此冯谖不再唱歌。后来,冯谖果然出手不凡,在孟尝君失势之时忠诚随扈,还为孟尝君设计"狡兔三窟",使之在诸侯间的博弈斗争中久盛不衰。(《战国策》卷一一)冯谖连弹三次的宝剑,其实就是冯谖自己的象征,也是他志向与才华的象征。

"拔剑四顾心茫然",宝剑拔出来锋芒毕露,可是有用吗?在房间里握着这柄宝剑,寒光闪闪,又有何用呢?"欲渡黄河冰塞川",我想要渡过茫茫大河,大河上全是冻结的冰块,将黄河的河道堵住了,根本没法渡河。"将登太行雪满山",我想要攀登太行山,山上却大雪弥漫,也上不去。渡河不成,登山也不成,做任何事情,都不成,困难太大了!

李白的《行路难》有三首,这是其一。他还有其二,头两句就是"大道如青天,我独不得出"。这大道像青天一样广阔,可我却找不到成功之路,行路真难!

"闲来垂钓碧溪上,忽复乘舟梦日边。"虽然渡河不成,登山无路,但是诗人心志不灭。"闲来垂钓碧溪上",这里用了一个典故——姜太公钓鱼,愿者上钩。据说,当年姜太公怀才不遇,每天都在渭水垂钓,钓钩笔直,钩上也无鱼饵,距离水面老远。别人就很好奇,问他这样怎能钓上鱼来,他就说愿者上钩。实际上是说,只要有人能识得我的才华,那自然就会来找我。果不其然,西伯侯姬昌发现了这个人才,姜太公先后辅佐姬昌、武王,成就了周王朝大业。(《史记》卷三二)"忽复乘舟梦日边"也用了一个典故:当年商汤欲聘请伊尹做自己的股肱之臣。在头几天，伊尹就梦到自己坐船从日月边上经过，这实际上是将要辅佐君王的一种预兆。(《宋书》卷二七)李白借助这些典故是想说，自己多么希望像姜太公、伊尹一样，能够到朝廷为玄宗效命，可这都只是一场梦，没法实现。

"行路难，行路难"，而最难的是："多歧路，今安在？"世上的道路千千万，却不知哪条道路是我的路。最后一句，作者说："长风破浪会有时，直挂云帆济沧海。"虽然很难，但我还要前进；虽然很难，但我不怕困难，我要克服困难。这里又用了一个典故，南朝宋人宗悫，小时候叔父问他未来的志向，宗悫回答"愿乘长风，破万里浪"，气势的确很大。(《宋书·宗悫传》)宗悫后来官至安西将军，成为一代名将。李白借用这个典故的用意很明显，他希望自己也能像宗悫那样，"乘长风，破万里浪"，他相信自己"长风破浪会有时，直挂云帆济沧海"。

诗人在《行路难》(其一)的开头，写了自己怀才不遇的愤懑，在人生和仕途道路上的艰难，发出了"行路难，行路难"的感慨。但是到最后他依然战胜了自己郁愤的心情，展望着美好的未来。学界一般认为，《行路难》(其一)作于天宝三载(744)李白辞别唐玄宗离开长安之后。之前他虽然供奉翰林院，与玄宗近在咫尺，但由于种种原因，依然未能施展自己的政治抱负，内心的痛苦可想而知，未来的方向也不得而知。这首诗将他这种痛苦的心情鲜明地表达了出来：虽然痛苦，依然前行；虽然困难，决不放弃。

在《行路难》(其二)里，李白说："大道如青天，我独不得出。"他想起当年燕昭王高筑黄金台，招揽天下名士；想起当年贾谊年少才高，

宋·梁楷《李白行吟图》

遭人嫉恨；想起当年淮阴市井嘲弄韩信等等，再想想现在："谁人更扫黄金台？"没有人任用我们这些贤才！"行路难，归去来！"算了算了，还是归去吧，还是回归田园吧！

在《行路难》（其三）里，李白更是发出了功成身退的感慨："吾观自古贤达人，功成不退皆殒身。"凡是功成身不退的，最后都没有好结果！最后诗人得出一个结论："且乐生前一杯酒，何须身后千载名？"还是把这杯酒喝下去，及时行乐吧！我们不需要身后千载名。

《行路难》这三首诗，并非作于一时，但总的来讲，反映了李白怀才不遇、孤独愤懑、极度矛盾的心境。诗人一方面确实想要成就一番伟业，一方面又面临"多岐路，今安在"的困境；一方面埋怨"大道如青天，我独不得出"，一方面又发出"行路难，归去来"的感慨，甚至发出"吾观自古贤达人，功成不退皆殒身""且乐生前一杯酒，何须身后千载名"的悲鸣。

但归根结底，李白毕竟是李白，他之所以是一个伟大的浪漫主义诗人，就是因为他不管遭遇多少困难，不管面临多少岐路，他的人生主导方向始终是："长风破浪会有时，直挂云帆济沧海。"虽然他也会有矛盾、摇摆不定的心情，但最终还是会归结到充满希望的结局上来。从这个意义上来说，《行路难》（其一）是这三首诗的主调、主题之所在。我们在生活当中会遇到很多的困难险阻，但是都应该像李白一样，充满"长风破浪会有时，直挂云帆济沧海"的雄心壮志！

将进酒

[唐]李白

君不见,黄河之水天上来,奔流到海不复回。君不见,高堂明镜悲白发,朝如青丝暮成雪。人生得意须尽欢,莫使金樽空对月。天生我材必有用,千金散尽还复来。烹羊宰牛且为乐,会须一饮三百杯。岑夫子,丹丘生,将进酒,杯莫停。与君歌一曲,请君为我倾耳听。钟鼓馔玉不足贵,但愿长醉不复醒。古来圣贤皆寂寞,惟有饮者留其名。陈王昔时宴平乐,斗酒十千恣欢谑。主人何为言少钱,径须沽取对君酌。五花马,千金裘,呼儿将出换美酒,与尔同销万古愁。

· 选自《李白集校注》卷三(上海古籍出版社1980年版)。
· 将进酒:属乐府旧题。将(qiāng),请。
· 会须:正应当。
· 五花马:指名贵的马。一说毛色作五花纹,一说颈上长毛修剪成五瓣。

第 *18* 课 / 李白《将进酒》

  这首诗，大家都非常喜爱。诗中有奔放的豪情、狂逸的恣情、火热的激情，以及喷涌而出的冲天怨气、牢骚气，所有这些都如此完美地融汇在一起，以一种异乎寻常的浪漫姿态扑面而来，来到我们的面前。历朝历代，有太多的能人志士，为这首诗所震撼；有太多的壮志未酬的人，在这首诗里找到了强烈的共鸣。

  《将进酒》是乐府的古题，一般多借用饮酒抒发人生苦短的感慨。李白却用这样一个古题写出了自己的胸怀，也写出了时代的胸怀。前两句："君不见，黄河之水天上来，奔流到海不复回。君不见，高堂明镜悲白发，朝如青丝暮成雪。"黄河之水怎么能从天上来呢？这当然是天才的想象。我们都还记得，王之涣曾写道："黄河远上白云间。"一个由天上奔来，一个由地下远去，但都写出了黄河那不可一世的气派：黄河之水从天上滚滚而来，奔流到东海，再也不可能回来。

  而"高堂明镜悲白发"，是因为"朝如青丝暮成雪"。早上还是青丝黑发，晚上就成了苍苍白发。诗人为什么对时间感到如此紧迫？写这首诗的时候，作者虽然诗名颇显，但仕途依然看不到任何希望，所以不免有老大无成的悲伤。越是志向远大的人，越是会对前途追逐得紧迫，对于时间流逝的感受自然比一般人更加深刻。

  正因为如此，李白紧接着说："人生得意须尽欢，莫使金樽空对月。"既然时间这么紧迫，生命如此宝贵，那就让我们及时行乐吧！人生在世，就是应该高高举起酒杯，切莫让手中的金樽空对明月，浪费了这人生的时光。

"天生我材必有用，千金散尽还复来。"这简直就是一个时代的宣言。在那样一个兼容并蓄、包容开放的时代，也许每一个人都感受到自己的才华必为世间所用，不管是为政之才，还是诗文之才，在这个时代一定会有前途。"天生我材必有用"，已经成为一切有才华、有抱负、有理想的有志之士，鼓励自己、鞭策自己、展示自己的头号宣言、头号广告语。

"千金散尽还复来"这句话，虽然只是个比喻，却尽显了李白的自信。盛唐时代，人们爱才惜才也用才。像李白这样著名的诗人，他的诗深得大家的喜爱，人们热爱他的创作，所以李白所到之处都有朋友，有朋友的地方就有酒，就有生活保障，只要朋友不散，千金散尽又有何妨？

"烹羊宰牛且为乐，会须一饮三百杯。"既然"人生得意须尽欢"，不要让手中的金樽空对月，那么就让我们烹羊宰牛，一次喝他个三百杯，喝个痛快吧！李白的酒量也许没有那么大，但在他的笔下，诗人饮酒最有神采，诗人饮酒最为豪放。酒在李白的笔下已经成为他豪放个性的象征，也成为他人生自信的一种象征。如果李白的诗中没有了酒，没有了明月，没有了白云，那肯定就不是李白的诗了。所以借着这酒气，借着这"一饮三百杯"，李白表达出了对人生和才华的自信。

"岑夫子，丹丘生，将进酒，杯莫停。与君歌一曲，请君为我倾耳听。"元丹丘是李白多年的好友，被李白看作是长生不死的仙人。李白写给元丹丘的诗多达十二首，如《西岳云台歌送丹丘子》《元丹丘歌》《颍阳别元丹丘之淮阳》等。元丹丘在李白的生命中扮演了非常重要的角色。李白能够在天宝元年(742)进入朝廷,面见唐玄宗,甚得唐玄宗的欣赏,元丹丘在其中起了很重要的作用。岑勋是李白的好友,生平不详,也多次出现在李白的诗作当中,与元丹丘也素有往来。李白一边和这两位好朋友饮着酒,一边告诉他们,你们喝着酒,酒杯不要停。我给你们唱一首歌,你们竖起耳朵好好听吧。这一句,就把三个好友在一起的那种惬意、那种欢畅,那种知己间的推杯换盏,彼此喝个不停也聊个不停的氛围展现在我们面前。

面对这两位老朋友,李白想说说他的心里话:"钟鼓馔玉不足贵,但愿长醉不复醒。""钟鼓",一般是富贵人家宴会中奏乐使用的乐器。"馔玉",是指像玉一样精美的食物。钟鼓和馔玉都不足以让我感到珍贵,只愿意长醉不醒来。其实就是说,无论多少高官厚禄,都抵不上今天的这三百杯酒。

"古来圣贤皆寂寞,惟有饮者留其名。"不管历代有多少圣贤,他们都是那样寂寞,只有我这样的饮者才能在历史上留下名声。钟鼓、馔玉难道真的不珍贵吗? 难道真的愿意"长醉不复醒"吗? 古来圣贤难道真的就那么寂寞吗? 难道真的只有饮者才能在历史上留下他们的名字吗? 当然不完全是这样,这正是李白怀才不遇之后抒发的一段牢骚。

李白还特别举了一个例子:"陈王昔时宴平乐,斗酒十千恣欢谑。"这里的陈王指的是曹植——曹操的第三个儿子。"平乐"是观名,据说当年在洛阳西门之外,是富豪显贵的娱乐场所。曹植在那里摆下酒宴,"斗酒十千恣欢谑",纵情任意,要一次喝他个痛快!

"主人何为言少钱，径须沽取对君酌。"主人不要说没有钱，只管换大杯来喝。这时李白的豪情达到了顶点。只要让我一次喝个痛快，只要我饮了这美酒，与你们"同销万古愁"，就是把所有的"五花马"和"千金裘"全都当了也值得。李白真的就把这名贵的五花马给当了，就把这价值千金的皮大衣给当了换成美酒了？真实的情况到底怎样我们并不清楚，但这确实是典型的李白式表达。

通观整首诗，黄河之水奔流到东海，一头黑发从早到晚一天就变成了白色。李白感慨时光的流逝是如此迅速，而自己老大无成，内心该是如何地焦灼，既然如此，不如及时行乐，对月饮酒。可他内心的信念依然坚定："天生我材必有用。"这一句才是全诗最重要的主题句和关键句。诗人的确是充满了牢骚，他的抱负得不到施展，只好把这所有的牢骚都化入酒中喷涌而出。

"莫使金樽空对月"，"会须一饮三百杯"，"将进酒，杯莫停"，"但愿长醉不复醒"，"惟有饮者留其名"，"斗酒十千恣欢谑"，"径须沽取对君酌"，"呼儿将出换美酒"，每一句都跟酒有关。今天就让我喝个痛快，让我醉个痛快，让我把这胸中所有的怨气都释放出来。应该说，这首诗通体的气质其实是消极的、消沉的。但是作者心中又始终相信，"天生我材必有用"，只不过我的杰出才华目前还没有为世所用，所以我心中暂有不平。李白虽然是在发牢骚，但诗的豪情不减；虽然是在埋怨，但诗的激情不减。这首诗表面看上去有些消沉，但它最终带给我们的是奔流到东海，与朋友们举杯对月的洒脱情怀。

从这首诗里我们感受到了李白的个性，也感受到了盛唐的气派。在盛唐时代，像李白这样的诗人，即便是发牢骚，即便是小有埋怨，喷发出来的诗情依然是如此豪迈，依然是如此充满了理想的色彩。想当初，接到朝廷命他入京的诏书，李白说："仰天大笑出门去，我辈岂是蓬蒿人。"(《南陵别儿童入京》)他以一介布衣之身，踏入了长安，见到了唐玄宗，玄宗皇帝命他为翰林供奉，在御前随侍，吟诗作赋，那时候李白一时风光无两。后来因为种种的原因，他不得不离开了长安，再次开始了他的漫游生涯。

这首《将进酒》应该是李白离开长安之后所作。虽然离开的岁月已久，但是那一段难忘的岁月，以及之后怀才不遇的窘境，让他实在是难以释怀。好在这是盛唐。诗人在仕途上虽然不得志，但是他的诗情、他的诗才却得到了世人的公认，不仅得到了当世人的公认，在千年之后他的诗作依然被后人反复吟咏，而我们也从这诗里获得了前所未有的自信和力量。我想这也是《将进酒》今天给予我们所特有的宝贵的价值。

送友人

[唐]李白

青山横北郭,白水绕东城。
此地一为别,孤蓬万里征。
浮云游子意,落日故人情。
挥手自兹去,萧萧班马鸣。

· 选自《李白集校注》卷十八(上海古籍出版社1980年版)。
· 一:助词,加强语气。
· 征:远行。
· 兹:此。

第19课 / 李白《送友人》

《送友人》是一首对仗工稳的五言律诗。李白擅长写古体诗、歌行体，那些诗体在格律方面束缚较少，字数的要求也没有那么齐整，能够比较自由、随性地抒发情感，跟李白的个性的确比较匹配。

其实，李白也是写格律诗的高手，这首诗就很有代表性。律诗的创作常常被比喻为"戴着镣铐跳舞"，既要自由地抒发情感，又要严格遵守创作规则，能够彼此兼顾，很不容易。看来，李白不仅能够驾驭歌行体式，也能把握五律格局，这就是所谓的"众体兼备"，不管什么样的诗体，拿来便能创新出奇，这才称得上是大诗人、大文学家。

开头句说："青山横北郭，白水绕东城。"景象非常阔大。"郭"，古代在城墙外修筑的外墙。"白水"，清澈的水。诗中的"青山""白水""北郭""东城"，都不是具体所指，既不是长江黄河，也不是淮水湘水；既不是长安洛阳，也不是扬州益州。之所以用这种笼统的、一言以蔽之的抽象概括的写法，主要是为了营造氛围。以"青山"和"白水"相对，点染出一种清亮的色调；用"横北郭"和"绕东城"相对，写出山和水、城和山、城和水之间彼此环绕、相映成趣的自然格局。在山、水、城相宜相近的温厚氛围里，展开送别友人的场景。

诗人接着说："此地一为别，孤蓬万里征。""孤蓬"，孤独的蓬草。据说蓬草干枯后根与茎断裂开，随风飘转，无所依恃。这两句诗意思是说，从这一刻开始，我们在这里分手，从此你像一缕孤蓬一样，即将踏上万里的征途。这里用"一为别"和"万里征"相对，突出了分别时的艰难、不舍的情怀。

古诗词中，表达依依离别的经典句子很多，比如："渭城朝雨浥轻尘，客舍青青柳色新。劝君更尽一杯酒，西出阳关无故人。"（唐·王维《送元二使安西》）比如："寒蝉凄切，对长亭晚，骤雨初歇。都门帐饮无绪，留恋处兰舟催发。执手相看泪眼，竟无语凝噎。"（宋·柳永《雨霖铃》）它们突出的都是诗人和友人之间恋恋不舍的情谊。

五、六句又说："浮云游子意，落日故人情。""浮云"，飘动的云；"游子"，远游的人。曹丕《杂诗》说："西北有浮云，亭亭如车盖。惜哉时不遇，适与飘风会。吹我东南行，行行至吴会。"就是用浮云飘飞无定比喻游子四方漂游。李白的这两句诗，将"浮云"比作"游子"，将"落日"比作"故人情"，实在绝妙：一方面，浮云、落日是送别时的真实场景。夕阳西下、浮云蔽日的黄昏时分，诗人送别友人，看到浮云，想到游子将漂泊在外，一去万里；看到落日，想到朋友间依依不舍的友情。那轮西沉的红日，缓缓地将要落到山的另一边去，将最后的余晖投向青山白水，好像不忍马上离开。由此，送别的伤感情怀被点染得分外强烈。

最后诗人说："挥手自兹去，萧萧班马鸣。""班马"者，离群之马，诗中指载人远离的马。"班"字，两块玉夹一把刀，意思是用刀割玉，就是分离的意思。"萧萧"指马鸣声。这两句意思说：我们挥手从此离去，就好像马儿彼此分离。听到那萧萧班马的鸣叫，内心里的伤感难以忍受。

李白是个重情重义的人。他在给安州（今属湖北安陆）裴长史的信（《上安州裴长史书》）中，回忆了他与朋友之间的深情厚谊。他说自己年轻时，漫游扬州不足一年，花费三十余万钱，都用来救济落魄书生朋友。他曾与一位朋友漫游洞庭湖。朋友忽得暴病身亡，他抚尸痛哭，泪尽继之以泣血。猛虎前临伤尸，他坚守不动，并将朋友临时安葬在洞庭湖畔。数年之后，他重返故地，重开墓穴，将朋友的尸骨背负到武昌正式安葬。可见，李白对待朋友非常真诚、富有真情，否则，写不出这样情深意切的诗文。

李白像风一样度过了一生，这风，有时候是春风、夏风，有时候是秋风，甚至是冬风，有时候还是狂风、暴风。他的一生坎坷不断，充满艰险，如果不是有一大批情深义厚的好朋友，很难想象他怎么才能闯过那些人生难关。唐玄宗天宝元年（742），他能够以布衣之身进入皇宫面见皇帝，老朋友元丹丘功不可没，也就是"岑夫子，丹丘生，将进酒，杯莫停。与君歌一曲，请君为我倾耳听"里的"丹丘生"。安史之乱中，李白不幸上了李璘的"贼船"，罪名本来很重，后来之所以判他流放夜郎，朋友的援助也是不可少的。

翻开李白的诗集，像《送友人》这样的送别、赠答诗很多。李白的朋友真不少，有官员、儒生、军士、道士、僧人、侠士、隐士、酒徒、商人、歌姬、工匠等等，五花八门，不一而足。朋友多，攒下的友情就多。正是这些友情使得李白名满天下，也正是这些友情使李白写出很多像《送友人》这样名满天下的诗篇。所以，只要你是一个情真意切的人，那么你就必然能写出情真意切的作品。只要作品是真情的，它就会因为这份真情而流传千古。直到现在，很多人还会引用"挥手自兹去，萧萧班马鸣"这样的诗句来送别友人，这就是李白诗的生命力所在，也是唐诗宋词至今吟咏不绝的原因所在。

闻王昌龄左迁龙标遥有此寄

[唐]李白

杨花落尽子规啼,闻道龙标过五溪。
我寄愁心与明月,随君直到夜郎西。

- 选自《李白集校注》卷十三(上海古籍出版社1980年版)。
- 杨花落尽:一作"扬州花落"。
- 龙标:诗中指王昌龄,古人常用官职或任官之地的州县名来称呼一个人。
- 随君:一作"随风"。

第20课　李白《闻王昌龄左迁龙标遥有此寄》

　　王昌龄是唐代大诗人，是李白的好朋友。他的七言绝句写得极好，比如"洛阳亲友如相问，一片冰心在玉壶"（《芙蓉楼送辛渐》二首其一），情深义重，千古传唱，真是不朽的经典！诗题中的龙标，今属湖南省洪江市。唐玄宗天宝年间，王昌龄被贬龙标任县尉，负责县城治安。古人尊右卑左，一般将降职、贬谪、流放称为左迁。诗题大意是：听说王昌龄被贬为龙标县尉，寄一封信（其实是一首诗）给远方的他吧！

　　第一句说"杨花落尽子规啼"，"杨花"就是柳絮。从赏花的角度而言，杨花真不算美，但古人对杨花却情有独钟，比如："似花还似非花，也无人惜从教坠。抛家傍路，思量却是，无情有思。"（宋·苏轼《水龙吟·次韵章质夫杨花词》）东坡笔下的杨花柔弱孤独，好似一位寂寞无助的思妇。王昌龄在遥远的贬地孤苦飘零，与柔弱无依的杨花何其相似！"子规"就是杜鹃鸟，也叫布谷鸟，啼声哀婉凄切，似乎在说："不如归去，不如归去。"（晋·张华注《禽经》）李白有诗云："又闻子规啼夜月，愁空山。"（《蜀道难》）可见诗词中的"子规啼"意象多形容哀婉凄苦的情形。总之，这一句既表明了时节，又表达了怜惜昌龄的情感。

　　第二句"闻道龙标过五溪"，李白真是消息灵通人士，似乎在实时追踪王昌龄。王昌龄刚刚路过五溪，李白在诗中就印证了这个消息。要知道，在一千多年前实时追踪可真不容易，说明李白对好朋友非常关心。"五溪"指酉、辰、巫、武、沅五条溪水，在今贵州、湖南、重庆交界处。

在唐代人的眼中，五溪之地极其蛮荒艰险，被贬谪到这样的地方，怎么能不令人担心！这两句诗的意思是：王昌龄呀我的好朋友，听说你被贬龙标那遥远的地方，好像杨花漂泊凋零，好似子规凄切啼鸣，你什么时候才能回到自己的家乡？

第三、四句："我寄愁心与明月，随君直到夜郎西。"唐代曾在今贵州桐梓、湖南沅陵等地设置夜郎县，因此这两地被称作夜郎。李白被流放的夜郎在今贵州省桐梓县，王昌龄被贬的龙标在沅陵之南而略偏西，所以李白称之为"夜郎西"。这两句诗想象大胆，大胆的根本原因在于真情流露：我要把思念你的愁心寄给明月，让它一路陪伴你到那夜郎以西的地方。这是典型的李白式想象，类似浪漫的诗句还有："客自长安来，还归长安去。狂风吹我心，西挂咸阳树。此情不可道，此别何时遇。"（《金乡送韦八之西京》）一阵风把我的心吹到了咸阳的树上，让你明白我的心。在李白看来，人心与天地是完全相通的，心可以随着风飘，风也可以带着心走，万千情思可以跨越千山万水，千山万水本身就是满满的人间真情。在李白的笔下，明月、清风都拥有了温情与生命，它们像亲人一样，每时每刻都能够给予我们温暖和关怀。

李白是通过"朋友圈"结识的王昌龄。王昌龄跟孟浩然关系非同寻常，李白又是孟浩然的超级粉丝，曾写《赠孟浩然》："吾爱孟夫子，风流天下闻。红颜弃轩冕，白首卧松云。"这样，李白跟王昌龄自然成了铁杆朋友。王昌龄仕途多难，史书记载，王昌龄"不护细行，屡见贬斥"，可能是工作生活上比较大大咧咧，得罪了人，所以屡屡遭到贬斥。唐玄宗开元二十八年（740），王昌龄被贬经过襄阳。据说，他去拜访孟浩然，两人相谈甚欢，孟浩然不顾自己大病将愈，热情招待王昌龄吃大餐，结果因为饮食不当致使病情复发而病逝。(唐·王士源《孟浩然集序》)可见，孟浩然、王昌龄、李白之所以能够成为朋友，是因为他们都重情义、有真性情。

　　盛唐诗中，表达朋友间思念、牵挂的天才诗句还有很多，比如："杨柳渡头行客稀，罟师荡桨向临圻。惟有相思似春色，江南江北送君归。"(唐·王维《送沈子归江东》)我的相思犹如春色一样，你走到哪里春色就绽放到哪里，你沿江所看到的江南、江北春色，那就是始终跟随着你的我。从这些诗里，我们看出唐代诗人表达情感是毫不遮掩的。他们之间有着共同的情感寄托，有着相依相惜的友情，就像王勃说的那样："海内存知己，天涯若比邻。"(《送杜少府之任蜀州》)虽然彼此相隔遥远，但我们的心永远在一起。人心最难得，真心更为难得。

　　王昌龄被贬谪，这本来是件糟糕的事情，但李白写这首诗告诉他：我们永远和你在一起。这首诗也因为真情焕发出了光彩。想当初，李白也有心情不好的时候，当他到泾县时，汪伦热情地招待他，给了他情感上莫大的安慰，于是写出千古名篇《赠汪伦》："李白乘舟将欲行，忽闻岸上踏歌声。桃花潭水深千尺，不及汪伦送我情。"

　　今天我们说到唐朝，说到唐诗，会想到兼容并蓄、海纳百川，觉得唐人有远大的胸怀与理想。其实，唐诗之所以流传千年，还要归结于另外两个字：真情，只有出自才华和真情的诗，才能够被后人一唱三叹，永远流传。像李白、王昌龄、孟浩然这些诗人，后人之所以对他们念念不忘，与其说是因为他们的名望，不如说是因为他们的才情和真情，尤其是他们在磨难中展现出的人性光辉和友情光辉。

赠汪伦

[唐]李白

李白乘舟将欲行,忽闻岸上踏歌声。
桃花潭水深千尺,不及汪伦送我情。

· 选自《李白集校注》卷十二(上海古籍出版社1980年版)。

第 21 课　李白《赠汪伦》

这首诗写于安徽泾县（今属安徽宣城）桃花潭。全诗只有二十八字，人名、地名、歌唱形式就占了九个字，三分之一。其中两个人名，一是作者李白，一是朋友汪伦；地名是桃花潭；歌唱形式是踏歌。李白、汪伦、桃花潭、踏歌，这九个字就是读懂全诗的关键字。

古人出于避讳、尊重，很少直接称呼朋友、亲人的姓名，而是称呼他们的字、号。比如李白，字太白，交往中朋友们一般不会直呼李白，而会称呼他"太白兄"；李白在家族中排行第十二，也可以称呼他"李十二"；李白曾经担任翰林供奉，还可以称呼他"李供奉"。但在这首诗中，李白却直呼汪伦的姓名，这是为什么？

首先是因为李白个性狂放，说话做事较少忌讳，特别是与亲近的人在一起，更是如此。他说："天生我材必有用，千金散尽还复来。"（《将进酒》）又说："仰天大笑出门去，我辈岂是蓬蒿人。"（《南陵别儿童入京》）一般人不敢说的话他都敢说。在很多赠别友人的诗题中，李白也直呼对方姓名，比如《黄鹤楼送孟浩然之广陵》《闻王昌龄左迁龙标遥有此寄》《赠孟浩然》等等，似乎不太尊重对方，其实不然。孟浩然、王昌龄、贺知章，都是他最要好、最交心的朋友。所谓："我爱孟夫子，风流天下闻。"（《赠孟浩然》）"我寄愁心与明月，随君直到夜郎西。"（《闻王昌龄左迁龙标遥有此寄》）"四明有狂客，风流贺季真。长安一相见，呼我谪仙人。"（《对酒忆贺监》二首其一）可见李白跟这些诗人的关系确实非常亲近。

李白还是个有着赤子之心的人，他的为人就像他的诗句："清水出芙蓉，天然去雕饰。"（《经乱离后天恩流夜郎忆旧游书怀赠江夏韦太守良宰》）只要是看得上的朋友、真诚相待的朋友，就直呼其名，毫无隔阂。这种真诚的情感，在送别时刻自然而然地喷薄而出，于是直接说出"李白乘舟将欲行"，说出"不及汪伦送我情"。可见他和汪伦的关系不一般，情谊非常深厚。

说到"踏歌"，这是唐代民间流行的一种歌舞形式。大家手拉手，顿足踏地为节拍，可以边走边唱，边歌边舞。所以踏歌声并不是汪伦一个人的歌声，而是一群人的歌声。我们可以设想一下当时的场景：清晨，李白来到桃花潭边，准备乘舟离去，结果发现除了船夫，周围空无一人，他的内心可能正在失落，忽然耳边传来歌声。回头一看，汪伦手里打着节拍，带着一大群亲朋好友手拉着手，踏着音乐的节拍，唱着欢快的歌儿来为他送行。那一刻，李白被朋友的深厚情谊感动，于是挥笔写下了这首流传千古的诗篇。

桃花潭到底有多深？笔者去过多次，目测可能有十几米深，肯定不像李白说的"深千尺"。他还说庐山瀑布"飞流直下三千尺"（《望庐山瀑布》二首其二），为什么任何长度到了李白这里都变成以"千"为单位呢？因为李白重情重义，因为李白对美好事物怀有巨大的热爱，他必须用超凡的想象、极度的夸张才能充分表达这种巨大的热爱。桃花潭李白虽然天天看见，但是今天与往日不同，因为汪伦的友情深，桃花潭水自然也就"深千尺"了。

清代文学家袁枚《随园诗话补遗》中讲了一个小故事。汪伦听说李白要来宣城泾县，赶紧写了一封信给李白说：先生喜欢旅游吧？这里有十里桃花；先生喜欢喝酒吧？这里有万家酒店。李白兴冲冲地跑来，结果一看，什么都没有。汪伦笑嘻嘻地告诉他：我们这里有一方潭，名曰桃花，但是方圆十里没有桃花；我们这里有家酒店，主人姓万，但是并没有一万家酒店。李白听罢，放声大笑，不以为意。是啊，没有桃花、酒店不算啥，只要有诚心实意的朋友就好。李白留下来，跟汪伦等一干朋友快快乐乐地喝起了酒。这个故事是真是假，如今已经很难判断。但李白来桃花潭肯定是真的，跟汪伦相识相交成为好朋友也是真的。

这首诗写于唐玄宗天宝十四载（755），这年年底安史之乱爆发。当时的形势正所谓"黑云压城城欲摧"。还是在十三年前，也就是天宝元年（742），李白进入长安，在唐玄宗身边担任翰林供奉，度过了一段难忘的时光。他渴望在政治上一展抱负，但后来机缘不合，不得不又叹息着离开长安，从此踏上再次追寻理想的道路。就像屈原《离骚》说的，"路漫漫其修远兮，吾将上下而求索"。在这十几年当中，李白漫游大河上下、长江南北，一转眼已是五十多岁，在他看来，自己只不过写得一手好诗，政治抱负一事无成，几年前北上幽燕，眼看安禄山蠢蠢欲动，国家将要陷入战乱，真是"抽刀断水水更流，举杯消愁愁更愁"（《宣州谢朓楼饯别校书叔云》）！好在李白的朋友多，朋友多了有好酒，好酒多了可以浇愁，这不吗？眼前就有一个，这个人就是汪伦。

汪伦，何许人也？汪伦的五世祖汪华乃歙州刺史，管辖范围涉及今黄山市、绩溪县等皖南地区以及江西婺源一带。可见汪氏乃是皖南世家望族，汪伦本人则做过泾县县令，在当地很有声望，也很有经济基础。

其实在桃花潭期间，李白不只写给汪伦《赠汪伦》这一首诗，还写了另外两首诗，这就是《过汪氏别业》二首。

其一云："游山谁可游，子明与浮丘。叠岭碍河汉，连峰横斗牛。汪生面北阜，池馆清且幽。我来感意气，捶炰列珍羞。扫石待归月，开池涨寒流。酒酣益爽气，为乐不知秋。"

大意是：谁与我们畅游？ 各位仙朋与道友。看那群山之巅满是银河星斗。汪生的别业面北筑就，亭台楼榭静雅清幽。主人的盛情让我感动，几案之上列满珍馐。洒扫石径静待着明月初上，引来寒泉就是池苑的一段清流。饮酒正酣，意气益爽，人生快乐，忘记是深秋！

其二云："畴昔未识君，知君好贤才。随山起馆宇，凿石营池台。星火五月中，景风从南来。数枝石榴发，一丈荷花开。恨不当此时，相过醉金罍。我行值木落，月苦清猿哀。永夜达五更，吴歈送琼杯。酒酣欲起舞，四座歌相催。日出远海明，轩车且裴回。更游龙潭去，枕石拂莓苔。"

大意是：过去与您素不相识，知道您喜欢结交天下贤士。您的别业依山挺立，馆宇楼阁错落有致。遥想这里的仲夏之夜，石榴荷花争妍斗奇，绮丽的景象令人着迷。虽然此刻正值深秋，月暗风急猿猴哀啼，可是在您的别业里，我们四方友朋正在把酒高歌，翩翩起舞。这一刻云海茫茫，托起彤彤红日，这一刻车马徘徊，准备游历龙潭。我们，枕石望山，轻拂莓苔，此乐何极！

可见桃花潭边的送别只是冰山一角，李白在桃花潭的这些天，他和汪伦等朋友可以说是日日夜夜都在一起，日日畅谈，夜夜酒酣。汪伦如此厚待李白，是因为他欣赏李白的才华。不仅汪伦如此，整个唐代都是一个重才、爱才的时代。只要你有才华，人们就追捧你，崇拜你，也愿意资助你。李白离开长安之后，也没有担任过什么官职，为什么还有"千金散尽还复来"的自信？就是因为有这些重情重义、爱慕他才华的朋友在帮助他。汪伦就是这样的人。正是在汪伦这些朋友面前，李白的才华得到了淋漓尽致的发挥。

今天，桃花潭当地人对于李白和汪伦的这段友情念念不忘、念兹在兹，他们认为桃花潭是中国人的情感圣地。李白感谢汪伦，话很少，诗很短，只有二十八个字。但一千多年过去了，我们都记住了这二十八个字，可见真心实意的话不在多，有时候一句就够。

无论是李白、王维，还是杜甫、白居易、李商隐，他们的人生经历各有不同，但他们无论走在大唐的哪一个角落，都受到民众热烈的追捧和欢迎，他们的才华和真情得到了老百姓的认可，也因为这种认可，他们的才华进一步得到了激发，促使他们写下一篇又一篇、一首又一首旷代的传世佳作和名篇。

早发白帝城

[唐]李白

朝辞白帝彩云间,千里江陵一日还。
两岸猿声啼不住,轻舟已过万重山。

- 选自《李白集校注》卷二十二(上海古籍出版社1980年版)。
- 白帝城:位于今重庆市奉节县瞿塘峡口长江北岸白帝山上。
- 彩云间:因白帝城在白帝山上,地势高耸,从山下江中仰望,仿佛耸入云间。

第22课 / 李白《早发白帝城》

这首诗写于白帝城。在李白之前,白帝城最著名的事件是"白帝城托孤"。《三国志·诸葛亮传》记载,刘备贸然讨伐东吴,大败后一病不起,在白帝城交代后事。他跟诸葛亮明确表态,如果太子刘禅够格,诸葛亮便辅佐他,否则就取而代之。诸葛亮哪敢取而代之?他也明确表态:一定竭力效忠刘禅,死而后已。刘备则几乎要求刘禅对诸葛亮执父子之礼。(《三国志》卷三五)总之,这是一个君臣同心同德的感人故事。李白此番被朝廷流放,病根子就在于君臣猜忌、同室操戈。此时此刻,在白帝城想到"白帝城托孤"的故事,李白的内心一定感慨万千!

李白为什么会来到白帝城?说来话长。安史之乱爆发后,唐玄宗避难成都,随即任命太子李亨为天下兵马元帅,负责应对北方战事,并收复被安史叛军占据的长安、洛阳;任命第十六子永王李璘为山南东道、岭南、黔中、江南西道节度使,坐镇江陵,呼应北方战事。其他皇子也各有分工。但玄宗做梦也没想到,时隔不久,太子李亨就在灵武(今属宁夏灵武)自行即皇帝位,尊奉玄宗为太上皇。唐玄宗远在成都,鞭长莫及,只好默许了这一事实。李亨做了皇帝,立刻下令李璘交出兵权,李璘拒不听从,率军沿江东下,直奔扬州。途经庐山时,他派人上山邀请李白入伙。此时的李白,满脑子宰相梦,一心要成就功业,结果头脑发热,认错了形势,看错了对象。他收了聘金,欣然下山,上了李璘的船。

李白哪知道,在李亨眼中,李璘这条船根本就是一条"贼船"。很快,李璘被杀，军队被摧毁，李白也被投入浔阳（今属江西九江）监狱。一度据说要判他死罪，但最终死罪免过、活罪难逃，朝廷下令将他流放夜郎（今属贵州桐梓）。这是李白一生最黑暗的时刻。杜甫《不见》诗中有两句，说的应该就是李白当时的境遇："世人皆欲杀，吾意独怜才。"——大家都说这人该杀，只有我觉得他实在是个人才。

李白从浔阳出发，一路向西，进入三峡，来到白帝城，迎来了转机。唐肃宗乾元二年（759），关内发生严重的旱灾，朝廷发布赦免令，将死刑减为流放，流放减为免刑。接到赦免令，李白欣喜若狂，喜不自胜，挥笔写下《早发白帝城》。这一年，李白已年近花甲，距离他生命的终点也只有两三年的时间，生活状况真是一团糟，政治前途更是黯淡无光，但在白帝城接到赦免令的一刻，阳光忽然照耀在李白的身上。从这首诗里，我们没有看到绝望与痛苦，只看到了两个字——青春。

第一句"朝辞白帝彩云间"，早上我离开白帝城的时候，彩霞满天。其实，这一天到底是晴天还是阴天并不重要，重要的是李白自己内心感觉彩霞满天。李白擅长描摹客观景物，但更喜欢写自己心中的景物：几十米的瀑布，在他笔下就有三千尺；十几米深的桃花潭，在他笔下就有千尺之深。这次也是一样，对李白而言，白帝城的赦免令，就是他人生的新起点，就是他的新希望，阳光人生，从此开始。

"千里江陵一日还"，江陵今属湖北省荆州市。北魏郦道元《水经注·江水》说："朝发白帝，暮到江陵，其间千二百里，虽乘奔御风，不以疾也。"早上从白帝城出发，晚上就能到江陵。因为是顺流而下，一千二百里的距离一天就到。这一次，李白讲了实情，没有夸张。不过在这一刻，别说是千里江陵，就是万里江陵，李白也会觉得一日便可抵达。显然，"一日还"表达的不是实际速度，而是主观愿望与心情，就算船没有到江陵，可是心早已经到了，这是浪漫的手法，更是暮年壮士的生命活力。

"两岸猿声啼不住"，"猿声"，据《水经注·江水》记载，"每至晴初霜旦，林寒涧肃，常有高猿长啸，属引凄异，空谷传响，哀转久绝。故渔者歌曰：'巴东三峡巫峡长，猿鸣三声泪沾裳。'"孟浩然《登万岁楼》诗云："万岁楼头望故乡，独令乡思更茫茫。天寒雁度堪垂泪，日落猿啼欲断肠。"可见三峡两岸之上，常常有群猿攀援鸣叫，声音凄恻，令人断肠。这一句既是实写猿声啼不住，也是比喻路途坎坷，世道艰难。

但"猿声啼不住"毕竟不是三峡的主流，世道艰难也不是人生的主流，不管山有多高，川有多深，轻舟也总有一天要走出万重山峦。这一刻，李白又回到了三十多年前，成为那个刚刚离开蜀地的少年。他说："渡远荆门外，来从楚国游。山随平野尽，江入大荒流。月下飞天镜，云生结海楼。仍怜故乡水，万里送行舟。"(《渡荆门送别》)极目远望，高山和大江层层叠叠、浩浩荡荡，渐渐融入广袤辽阔的原野，明月宛如天上飞来的明镜，空中的彩云结成绮丽的海市蜃楼。诗人迈出天府之国，走出雄伟的夔门，一望天下无边无际，所有的理想和阳光都在他的面前展开。如今虽已迟暮，年近花甲，但对李白来讲，只要还有一线希望，他依然可以像当年那样再次走出夔门，走向整个世界。

我问自己，当自己六十岁时，能否写出这样的青春之歌？为什么年届花甲、疾病缠身、颠沛流离的李白能够写出《早发白帝城》这样的青春之歌呢？归根结底，还是那句话：心中有理想，世界有阳光。

望 岳

[唐]杜甫

岱宗夫如何？齐鲁青未了。
造化钟神秀，阴阳割昏晓。
荡胸生曾云，决眦入归鸟。
会当凌绝顶，一览众山小。

- 选自《杜诗详注》卷一（中华书局2015年版）。
- 齐鲁：古代齐鲁两国以泰山为界，齐国在泰山北，鲁国在泰山南。后用齐鲁代表山东地区。
- 曾：同"层"。

杜甫（712—770）

字子美，其先祖为京兆杜陵（今属陕西西安）人，后徙居襄阳（今属湖北襄樊），又移居巩县（今属河南巩义）。官至工部员外郎，世称杜工部。他是中国古代最伟大的现实主义诗人，其诗关切普通民众疾苦，思想深刻，境界阔大，诗风沉郁顿挫，被后世誉为"诗史"，他本人也被尊称为"诗圣"。新旧《唐书》有传，有《杜工部集》行世。

第23课 杜甫《望岳》

杜甫的诗与李白的诗不大一样，李白的诗比较直接，一下子就说到心上了，杜甫的诗比较含蓄，需要认真琢磨，需要用心去体会，具有回味久远的魅力。

"岱宗夫如何"，"岱"就是大的意思，"岱宗"就是大山，指泰山。泰山是五岳之首、五岳之尊，所以叫岱宗。历代帝王总是在泰山举行封禅大典——"封"是祭天，"禅"是祭地——并赐予泰山一系列的荣誉称号。皇帝是天之子，在泰山举行封禅大典，其实就是昭告天地，祈求国泰民安、长治久安。

这首诗第一句便抛出问题："岱宗夫如何？"天下独尊的泰山，究竟是怎样的呢？其实是为了引出下文："齐鲁青未了。"春秋时代齐鲁两国便在泰山周围，如今这连绵不断的群山、郁郁苍苍的草木树林，笼盖着齐鲁大地——齐鲁本是孔孟思想发源的地方，所以"齐鲁青未了"也有隐喻儒家思想恩泽百姓的意思。

唐玄宗开元二十三年（735），杜甫的洛阳进士科考试落败，这一年他还不到三十岁，朝气蓬勃，志向远大，坚信人生依然有大把的机遇。之后，他漫游齐赵（今属山东、河南、河北一带），开始了一段"裘马清狂"的生活。在山东，他遥望泰山，引发无限的感慨：宏伟的泰山，郁郁苍苍，横越齐鲁，蔚为壮观，真是"造化钟神秀，阴阳割昏晓"。"造化"，大自然；"钟"，聚集的意思。这一句是说大自然偏爱泰山的钟灵毓秀，将世间最神奇、灵秀的景象都汇聚在这里了。"阴阳割昏晓"，"阴阳"，山北山南；"割"，分割；"昏晓"，一面昏暗，一面明亮。这句是说，高峻的山势，使得山南山北明暗迥然不同，好像分成了黄昏与白昼一般。这是从宏观的角度来写泰山的灵秀，同时也写出泰山光影变化形成的不凡气象。

有如此宏阔的景象，诗人自然会大发感慨："荡胸生曾云，决眦入归鸟。"望见山上的云气层层升腾，弥漫飘荡，令人的心胸也随之涤荡开阔；极目远望，回归山林的鸟儿都尽收眼底。"决眦"，瞪大了眼睛，好像要将眼眶都睁裂了，这是夸张的说法，意思是要将景象尽收眼底。

诗的最后，作者总结说："会当凌绝顶，一览众山小。"这里有个小典故，孟子曾说："孔子登东山而小鲁，登泰山而小天下。"(《孟子·尽心上》)孔子登上东山，觉得鲁国很小，登上泰山，觉得天下也变小了。诗人化用孟子的话，意思是说，如果我登上泰山的顶峰，俯瞰群山，也都不过是些小山罢了。这两句充分表达了年轻的杜甫对未来、对前程的无比自信。

杜甫的确有自信的资本，一方面，唐玄宗开元时期，大唐王朝的国力达到顶峰，盛世的光辉照耀在每个有志之士的身上，自信成为一种普遍的时代性格；另一方面，杜甫拥有光辉的家族传统，这一点，他还真是有可以炫耀的资本。

杜甫的十三世祖杜预，是西晋著名政治家、学问家。他的祖父杜审言是唐代大诗人，与苏味道、崔融、李峤齐名，并称"文章四友"，对于律诗的发展、成熟贡献甚巨。我们熟知的晚唐诗人杜牧，也属于杜氏家族，不过他是杜氏另一支京兆杜氏。当时民间有个说法："城南韦杜，去天尺五。"在长安如果你姓韦,比如韦应物,如果你姓杜,比如杜牧,那么你离上天只有一尺半,说明他们跟皇家的关系非常密切。有学者认为,杜甫的母亲姓崔,属清河崔氏,是世家望族出身;杜甫的家世还与李唐皇室有着千丝万缕的联系。在唐代,拥有这样的家族背景、传统,足以骄傲一生,生命想不燃烧都很困难! 因此,一次科举考试的失败又算得了什么呢? 我要接着登泰山;我不但要登泰山,而且我要小天下;我不仅要小天下,我还有志于治理天下。从这个层面来讲,这首诗不但蕴含着儒家传统,而且秉承了家族荣耀,更由此高唱出自己远大的时代理想。

　　杜甫曾说:"诗是吾家事。"(《宗武生日》)话虽如此,对于杜甫而言,他的家族传统、思想传统,怎么可能只有写诗这一桩事呢? 杜甫诗中所传达的内涵,对民生的忧叹、对君王的忠言、对国家兴亡的牵挂,种种情感都是中国古代知识分子所秉持的家国情怀。这首《望岳》也是一样,充分表达了杜甫意欲奉儒守官、治国平天下的志向。虽然在这条道路上受到了一点小挫折,但杜甫大声宣布要继续坚守自己的理想、信念,而且坚信自己一定能够登上理想的峰顶。

　　年轻的杜甫已然不可小觑,何况几年之后他还遇到另外一位更骄傲的诗人,这就是李白。当时李白刚刚离开长安、离开唐玄宗,心头虽有失落,面貌依旧欢欣。高适、杜甫、李白三个人在梁宋一带漫游。那段时光是杜甫最幸福、最快乐的时光,因为大家还都很年轻,虽然偶逢阴雨天,但雨后依然彩霞满天。在诗人们纷纷抒发自己志向、开拓自己心胸的氛围下,杜甫不写《望岳》都很难。可以说,《望岳》是早年杜甫面向盛世王朝献上的一份宏阔豪迈的内心表白。

月　夜

［唐］杜甫

今夜鄜州月，闺中只独看。
遥怜小儿女，未解忆长安。
香雾云鬟湿，清辉玉臂寒。
何时倚虚幌，双照泪痕干。

· 选自《杜诗详注》卷四（中华书局2015年版）。
· 未解：尚不懂得。

第 24 课 / 杜甫《月夜》

唐玄宗天宝十四载（755）十一月，安史之乱爆发。第二年六月，潼关失守，长安陷入叛军之手，杜甫不得不带着一家老小加入了流亡的难民队伍。当时太子李亨已经在灵武即位，即唐肃宗。杜甫将妻儿安置在鄜州羌村（今属陕西富县）之后，随即前往投奔肃宗，途中被叛军所俘，押解到长安。诗人失去了自由，又目睹叛军烧杀抢掠的暴行，悲愤之际，写下《哀江头》《春望》等一系列诗篇。在长安期间，杜甫日夜思念着远在鄜州的妻儿，《月夜》就是这种情思的写照。

诗的开头说："今夜鄜州月，闺中只独看。"在明月高悬的夜晚，诗人在长安举头望月，想象着远在鄜州的妻子应该也能看到这轮明月。南朝诗人江淹在《别赋》中说："闺中风暖，陌上草薰。""闺中"就是女子的闺房，这里特指夫人杨氏。诗人特意强调夫人今夜"独看"，可以想象，在以往岁月中诗人很可能常常与夫人在月圆之夜一起望月。

三、四句说："遥怜小儿女，未解忆长安。"杜甫很爱自己的家，在他的诗中，很多地方都提到他的妻子、儿女。杜甫的长子叫杜宗文，次子叫杜宗武。在教子诗中，他特别提到，宗文不大喜欢读书，所以他重点教导宗文怎么管家；宗武喜欢读书，所以他经常督促宗武读《文选》。（《宗武生日》）在《自京赴奉先县咏怀五百字》中，他写道："入门闻号咷，幼子饥已卒。"可见在灾荒年间，他还有一个儿子因饥饿而夭折。在《北征》中，他又写道："床前两小女，补绽才过膝。"这说明杜甫至少应该有两个女儿。《自京赴奉先县咏怀五百字》《北征》的写作时间与《月夜》大体同时，相距不远，所以这里说"遥怜小儿女，未解忆长安"，指的就是他膝下的这四个子女。

这两句诗的意思是说，我远在长安，遥想我的儿子、女儿，他们还都太小，怎么能够理解自己母亲在闺中独看月亮，心中思念长安、思念丈夫的情感呢？这是诗人想象子女们在遥远的鄜州，看着他们的母亲独自望月，对着月亮陷入思念，却不能明白母亲为何这么伤心。杜甫虽然把家小安顿在鄜州，但只有妻子独自抚养着四个孩子，那是多么艰难，多么不易。她不知道丈夫此时此刻到底是死是活，只能忍受着孤独、痛苦、贫寒，暗暗把思念藏在心里。

诗的五、六句接着说："香雾云鬟湿，清辉玉臂寒。""云鬟"是说妻子的头发像云一样浓密。月光下本无香雾，但妻子的云鬟散发出的香气，在月光照耀下，好似形成了香雾一样。"香雾云鬟湿"，是指夫人站在月下独自望月，一直到夜已深，露水打湿了她的头发，也打湿了头发里散发出的香气。"清辉"指月亮的光辉，"玉臂"是形容夫人的美貌、圣洁。月光照耀在妻子身上，夜色寒凉。这两句写得非常唯美，让我们想象到一位美丽的女子，站在月光下思念她的丈夫，她的云鬟高高绾起，被深夜的露水打湿，散发出阵阵的香雾；她在月下久久伫立，光洁的玉臂也渐渐生寒。

杜甫很少写他的夫人如何美丽，更多是称呼夫人"老妻""瘦妻"。比如："老妻书数纸，应悉未归情。"（《客夜》）给老妻写去几纸书信，让她知晓我难以归家的苦情吧。"昼引老妻乘小艇，晴看稚子浴清江。"

（《进艇》）白天带着老妻去划小船，看着孩子在江水里游泳、洗澡。"老妻寄异县，十口隔风雪。"（《自京赴奉先县咏怀五百字》）将老妻安顿在邻县，一家老小难以团圆。"瘦妻面复光，痴女头自栉。"（《北征》）瘦妻化妆过后容光焕发，小女则模仿母亲自己梳头打扮。

然而，在《月夜》中，月光下的妻子却如此美丽，散发着迷人的光彩。要知道，诗人此时此刻被安史叛军关押在长安，既孤独又愤懑。而他的妻子儿女远在北方的鄜州，也不知道过得怎么样，诗人的心情既迫切又无奈。在这样一种孤独、无奈、思念的情境中，"老妻"和"瘦妻"也变得美丽，这是杜甫对亲情，对妻子、儿女无比想念的真情流露。

诗人接着说："何时倚虚幌，双照泪痕干。""虚幌"指透明的床帘、床帷。什么时候我们两个人才能坐在一起，看着月光透过窗帘，照在我们的面庞上，照在脸颊的泪痕上？"双照泪痕干"与前面的"闺中只独看"是遥相呼应的，意思是说什么时候我们一家人才能团聚，一起举头望月？

由于安史之乱，杜甫和家人相隔两地，音信隔绝而无法团聚。在这首诗里，诗人表达的不仅是对亲人的思念，从深层次来讲，也是借一家人的分离，隐喻千万个家庭的背井离乡，妻离子散。《月夜》不仅为我们展示了亲情的力量，也展示了一代诗圣在那样一段黑暗的岁月里，以亲情为支撑，渴望平安团聚的信念。杜甫的诗之所以被人们称为"诗史"，就在于他不仅仅能够书写大历史，也善于书写一个家庭的"小历史"，而这样的"小历史"正是大历史中不可或缺的情感细节与道德力量。

春　望

[唐]杜甫

国破山河在，城春草木深。
感时花溅泪，恨别鸟惊心。
烽火连三月，家书抵万金。
白头搔更短，浑欲不胜簪。

· 选自《杜诗详注》卷四（中华书局2015年版）。
· 感时：为国家的时局而感伤。
· 浑欲：简直就要。
· 不胜：受不住，不能。

第 25 课 / 杜甫《春望》

读杜甫的诗,我们总能感受到他深厚的家国情怀,比如这首《春望》。

唐玄宗天宝十四载(755),安史之乱爆发。玄宗仓皇西逃蜀中,太子李亨在灵武即位,史称唐肃宗。杜甫将家人安顿在鄜州之后,意欲奔赴灵武,途中被安史叛军俘获。《春望》就是他被羁押长安时所作。

"国破山河在",国都虽然破败了,但山河依然存在。正因为山河在,所以家国重振总是有望可待。这短短的五个字里,就包含了这样两层意思。"城春草木深",字面上的意思是现在已经是春天了,草木旺盛。但是诗人的本意并不是盛赞水草丰茂、树木繁盛,而是说长安城人烟稀少,草木杂乱生长,一派荒凉景象,是为了呼应第一句"国破山河在"。

"感时花溅泪,恨别鸟惊心。"长安城的春天本来是非常美丽的,花花草草让我们赏心悦目,鸟儿欢快的鸣叫悦耳动听,但所有这一切美好的感受都因为家国破碎而走向了反常。花儿依然如此美丽地绽放,但是我却因为世事艰难而流下悲伤的泪水;鸟鸣依然如此地悦耳,但是我却因为与家人分别而感到刺耳,因为孤身一人身处险境而心惊肉跳。也有学者认为,这两句的意思是,因为感时伤怀,所以花流泪,鸟惊心。这样的感觉当然有悖常理、常情。但要知道,诗人当时身陷囹圄,并无人身自由,甚至还可能受到监视,所以无法直抒胸臆,也只能用这样晦暗的"曲笔"来抒写内心的郁愤。

"烽火连三月",唐肃宗至德元载(756)六月,安史叛军攻克唐都长安，杜甫这首《春望》则写于第二年三月，距离长安沦陷已经九个月了。所以"烽火连三月"应该是指烽火一直延续到第二年的三月。当然，这个"三月"，也可能是指战事延续了很长时间，不是实指。但不管是哪种理解，这句诗都表达了诗人对战火连绵不断的焦灼与忧虑。

因为"烽火连三月"，所以根本就没有办法收到家书，也没有办法将家书寄出去，当然就会"家书抵万金"。作者已经被羁押长安九个多月，国家破败，官军节节败退，家人生死未卜，音讯全无，杜甫能不发愁吗？能不焦虑吗？想到这些，诗人"白头搔更短，浑欲不胜簪"。杜甫这一年才不过四十六岁，可是头发已经全白了，不仅白了，而且越来越少了。诗人发愁啊，不停地挠头发，头发越挠越少，少到什么程度？连发簪都快插不上了。古代男子是要蓄长发的，成年后将头发束于头顶，用发簪横插住，以免散开，现在发簪都快用不上了，因为头发稀少，发束快要插不住发簪了。

这首诗写罢，一个月后，杜甫冒险从长安西边的金光门逃了出去。他逃出长安后，并没有先跑回鄜州羌村看望家人。苏轼评价杜甫说："古今诗人众矣，而杜子美为首，岂非以其流落饥寒，终身不用，而一饭未尝忘君也欤？"（《王定国诗集叙》）战乱年代，杜甫时刻惦记着皇上，他对家国的忠诚就是如此。所以他在逃出虎口之际，首先想到的不是去看望家小，而是去凤翔（今属陕西凤翔）寻找驻跸于此地的唐肃宗。他见到肃宗时是："麻鞋见天子，衣袖露两肘。朝廷愍生还，亲故伤老丑。"（《述怀》）脚上穿的是草鞋，衣袖破破烂烂，真可以说是颠沛流离，狼狈不堪。唐肃宗和朝廷感念他的忠诚，授予他左拾遗这个官职，官虽然不大，但随侍在皇帝左右，职责很重要，可见肃宗对他还是非常器重的。

这一年的闰八月，杜甫终于找到机会向朝廷请假，回到鄜州羌村去看望他的家小。在《羌村》三首其一里，他写道："峥嵘赤云西，日脚下平地。柴门鸟雀噪，归客千里至。妻孥怪我在，惊定还拭泪。世乱遭飘荡，生还偶然遂！邻人满墙头，感叹亦歔欷。夜阑更秉烛，相对如梦寐。"老婆孩子一看，吓一跳：丈夫回来了，爹爹回来了，真是没想到！在这个战乱时代能活着回来是万幸，所以家人见面也是分外震惊！可以想象，一年多的音讯隔绝，给杜甫夫妻二人以及孩子们造成了多大的心灵伤害，他们根本不知道对方是否还活着，不知道未来的生活到底会怎样。所以，当他们喜相逢的时候，真是吃了一惊，然后开始抱头痛哭，这一年来的伤心痛苦都在泪水里了。

接下来，"邻人满墙头，感叹亦歔欷"。一家人在院子里相见，邻居都来了，看到夫妻团聚，他们也是又感慨又唏嘘：老杜家的人算是回来了，这村子里头也许还有老张家的、老王家的人，他们回来了没有？这就是"尺幅千里"的笔法。杜甫看似在写他们一家的聚散离合，但笔锋宕开，其实是在写全村、全县百姓的聚散离合，在写整个大唐王朝的命运。"夜阑更秉烛，相对如梦寐。"等到夜深人静的时候，夫妻俩点起蜡烛，彼此端详，这个团聚来得太突然、太不真实，好像还在梦中一样。如果不是经历了真切的动荡离合生活，是无论如何也写不出这样的诗句的，这就是诗史，这就是最真实的文学！

赠花卿

[唐]杜甫

锦城丝管日纷纷,半入江风半入云。
此曲只应天上有,人间能得几回闻?

· 选自《杜诗详注》卷十(中华书局2015年版)。

第 26 课 / 杜甫《赠花卿》

我们先来看看这首诗涉及的人和事。诗的题目《赠花卿》，"卿"是一种尊称，"花卿"就相当于现在说的花先生。一般认为，诗题中的花卿就是剑南西川节度使、成都尹崔光远的部将花惊定。

诗的第一句"锦城丝管日纷纷"，"锦城"就是成都。李白《蜀道难》说："锦城虽云乐，不如早还家。"杜甫《春夜喜雨》说："晓看红湿处，花重锦官城。"早在汉代，成都的织锦业就很发达，西汉著名文学家扬雄这样描写蜀锦的盛况："尔乃其人，自造奇锦，纮纂绯缘，缘缘卢中，发文扬采，转代无穷。"（《蜀都赋》）大意是说蜀人织锦，华彩炫丽，流传不绝，其中的纮、纂、绯、缘，都是蜀锦的名称。

南朝萧梁李膺《益州记》记载："锦城在益州南，笮桥东，流江南岸，昔蜀时故锦官也，处号锦里，城墉犹在。"三国时代，蜀汉政权专门在成都以南设置锦官，负责管理蜀锦的生产，直到南朝，锦城的遗址尚在。诸葛亮曾说："今民贫国虚，决敌之资，惟仰锦耳。"（《言锦教》）可见蜀锦早已成为蜀汉的支柱产业。正因为蜀锦在成都的重要地位，所以后人将成都称作锦官城或锦城。

"丝管"指的是弦乐和管乐，这场演奏中既有笛子、洞箫等管乐器，也有琵琶、古筝、古琴等弦乐器。"日纷纷"三个字非常精到，特别是"纷纷"二字，将无形的听觉转换成有形的视觉，让我们一下子就能感受到弦乐的轻柔和管乐的悠扬。

第二句"半入江风半入云","半入江风"是说乐曲与江风相和,清朗拂面;"半入云"是说乐曲音调极高,高扬入云。因为清朗,所以随风飘拂,不绝于耳;因为调高,所以升举云天,不绝如缕。音乐是唐人的最爱,诗歌也是他们的最爱,这两样最爱就这样在诗人的手中相遇了。

李白的琴音是这样的:"为我一挥手,如听万壑松。"(《听蜀僧濬弹琴》)一挥手,气派很大;万壑松,气象很足。这样的琴音才配得上太白的仙气。白居易的琵琶声是这样的:"嘈嘈切切错杂弹,大珠小珠落玉盘。"(《琵琶行》)这正是香山居士的过人之处:再抽象的音质,一两句诗就表达得淋漓尽致。李贺的箜篌声是这样的:"昆山玉碎凤凰叫,芙蓉泣露香兰笑。"昆仑山如何玉碎,凤凰如何鸣叫,芙蓉如何哭泣,香兰如何欢笑,我们通通不知道。但也许正是这种非人间的感受,才能配得上箜篌瑰怪绮丽、虚幻缥缈的听觉效果。"半入江风半入云",虽然造语平实,但足以形容花卿家里的丝管之声。

正因为有一、二句的铺垫,三、四句便是水到渠成:"此曲只应天上有,人间能得几回闻?"这样美妙的乐曲实在罕见,应该是天上的乐曲吧,人间能听得到几回呢?今天却在花惊定家里听到了。

花惊定者,蜀中猛将。唐肃宗上元二年(761),剑南东川节度兵马使、梓州刺史段子璋发动兵变,袭击剑南东川节度使李奂。他占据绵州,改元黄龙,自称梁王,公开谋反。李奂抵挡不住,逃奔成都。剑南西川节度使、成都尹崔光远率部将花惊定,与李奂合兵一处,平定叛乱,斩杀段子璋。据史料记载,在平定东川叛乱中,花惊定骁勇善战,所向无敌,是平叛的重要功臣。但他居功自傲,骄恣不法,放纵士卒大肆掠夺东川百姓财产。他们为了夺取女子的金银饰品，居然疯狂地砍断女子的手腕、手臂，屠杀无辜平民，手段极其残忍。唐肃宗极为震怒，认为崔光远治军不严，下令罢免其剑南西川节度使职务，崔光远因此忧愤而卒。（《旧唐书·崔光远传》）

没想到吧？这位花卿的本事可不只是组织一两场音乐会，他是一位让敌人也让百姓，甚至让上司都感到胆寒的骁将！所以，明清以来就有学者认为，"此曲只应天上有，人间能得几回闻"中之"天上有"，实际是指流传在成都民间的皇家宫廷音乐。想当初唐玄宗避难成都，宫中梨园法曲、长安教坊大曲想必随之而来，宫廷大内中的所谓天上乐曲方能流落民间，正所谓："除却天上化下来，若向人间实难得。"（唐·顾况《李供奉弹箜篌歌》）因此，这首诗的核心目的并非描写音乐之美妙，而是含蓄、委婉地指责花惊定：你这骄恣不法的战将，不仅不守军法，更不守礼法，居然在家中擅自演奏"天上之曲"，实在是僭越天子礼乐，眼中到底还有没有朝廷？！

也有学者认为，这首诗并无那么深远的微言大义，仅仅是一首赞美乐曲的好诗。这"天上之曲"即便是宫中的乐曲，但既然早已流落民间，偶尔演奏似乎也谈不上僭越天子。花惊定不过是剑南西川节度使帐下一员武将，官阶并不高，即便他私下演奏此曲，也似乎并没有僭越天子之礼的主观故意与必要性。

这两种说法都有一定的道理。有趣的是，杜甫还有一首写给花卿的诗，叫《戏作花卿歌》："成都猛将有花卿，学语小儿知姓名。用如快鹘风火生，见贼唯多身始轻。绵州副使著柘黄，我卿扫除即日平。子璋髑髋血模糊,手提掷还崔大夫。李侯重有此节度,人道我卿绝世无。既称绝世无,天子何不唤取守东都。"

诗题是"戏作",可见略有讥讽调笑之意。有学者认为,此诗正可与《赠花卿》对读。也许在杜甫看来,花惊定固然平叛有功,但纵容兵士掳掠蜀中,祸乱东川,不仅天子震怒,想必蜀人对其也是深恶痛绝。既然花卿骁勇善战,朝廷何不将他召至洛阳,镇守东京?一可使蜀人免于花卿之荼毒,二可借花卿之勇雄镇安史叛军。这两首诗应该写于同一时期。若从《戏作花卿歌》的角度来看,"此曲只应天上有,人间能得几回闻"应当是别有用意,自有暗讽花惊定之意。

在唐代,像这样含蓄婉转表达真实意图的诗作还有很多,比如中唐诗人张籍的《节妇吟》:"君知妾有夫,赠妾双明珠。感君缠绵意,系在红罗襦。妾家高楼连苑起,良人执戟明光里。知君用心如日月,事夫誓拟同生死。还君明珠双泪垂,恨不相逢未嫁时。"

张籍在诗中将自己比喻成一个贞洁的女性。诗的大意是:您知道我有丈夫,还赠给我一对明珠(表达爱意)。我感受到您缠绵的情意,将这对明珠系在衣裙上。我的家里高楼连苑,我的丈夫在朝为官。您对我的用心像日月一样清白,但我打算和丈夫同生共死,所以我不得不流着眼泪将明珠还给您,只恨我们没有相遇相知于尚未婚嫁之时。表面看,这首诗是一位女子在婉拒一名男子的追求。其实,这首诗是张籍写给平卢淄青节度使、检校司空、同中书门下平章事李师道的一封信。李师道是中唐时期割据山东的藩镇势力,企图拉拢朝廷官员为己所用。张籍是朝廷官员,忠于朝廷,他既不为李师道的拉拢所动,同时也不愿意得罪他，于是就写了这首《节妇吟》，模拟女性婉拒求爱者的口吻婉转拒绝。

有趣的是，张籍自己也收到过这样一封含蓄的求助诗。有个文人叫朱庆馀，即将参加进士科考试，心里实在没有把握，又不好直接询问张籍，于是写了一首《闺意献张水部》给张籍。诗云："洞房昨夜停红烛，待晓堂前拜舅姑。妆罢低声问夫婿，画眉深浅入时无。"大意是说：昨晚上跟夫君您洞房花烛，早晨即将要拜见公婆，我画好早妆悄悄问夫君您，我这眉毛画得是不是很时尚？这其实是模拟新婚女子的口吻，借着询问夫君自己的装扮，询问张籍自己写的文章能否考中进士。朱庆馀的行为叫作"行卷"，这是唐代科举考试流行的一种风气，举子们在考前，向主考官或者权贵、名人进献自己的诗文，希望获得对方的赏识，进而得到引荐，在科考中取得成功。

张籍时任水部员外郎，又是著名的文学家，所以朱庆馀向他行卷，以期得到赏识。张籍对于朱庆馀的心思心知肚明，所以立即回复了朱庆馀一首诗："越女新妆出镜心，自知明艳更沉吟。齐纨未足时人贵，一曲菱歌敌万金。"大意是说，您的新妆非常时尚，只因为过于爱美反而开始沉吟思量（意思是有点儿不自信），不管别人穿戴得有多么美丽，都抵不上您一曲《采菱曲》价值万金。意思是，您的诗文水平很高啦，不用担心考试啦。以上三首诗，表面看似简单，实则内涵深沉。可见诗歌既能记事抒情说理，也可阐发微言大义。无论杜甫《赠花卿》的本意如何，它都拥有让后人进行持续解读的丰富可能性，这也是中国古典诗歌的一个重要的特点。

茅屋为秋风所破歌

[唐] 杜甫

八月秋高风怒号，卷我屋上三重茅。茅飞渡江洒江郊，高者挂罥长林梢，下者飘转沉塘坳。南村群童欺我老无力，忍能对面为盗贼。公然抱茅入竹去，唇焦口燥呼不得，归来倚杖自叹息。俄顷风定云墨色，秋天漠漠向昏黑。布衾多年冷似铁，娇儿恶卧踏里裂。床头屋漏无干处，雨脚如麻未断绝。自经丧乱少睡眠，长夜沾湿何由彻。安得广厦千万间，大庇天下寒士俱欢颜，风雨不动安如山。呜呼！何时眼前突兀见此屋，吾庐独破受冻死亦足。

· 选自《杜诗详注》卷十（中华书局2015年版）。

第27课 / 杜甫《茅屋为秋风所破歌》

唐肃宗乾元元年至二年（758—759）前后，杜甫的生活发生了很大的变化。由于朝廷内部的政治矛盾与斗争，杜甫被免去左拾遗，贬为华州（今属陕西华县）司功参军。不久，关中地区又发生旱灾和饥荒。政治和生活的双重失落、双重压力逼迫杜甫做出一个艰难的决定：离开长安，西走秦州（今属甘肃天水）寻求朋友的帮助，不久他又从秦州赶赴同谷（今属甘肃成县一带），然而，未满一个月全家又不得不再次启程入蜀，乾元二年（759）年底，杜甫一家人终于抵达成都，这一年，对于杜甫全家而言，就是个逃荒年、逃难年，而且是越逃越慌，越逃越难。

这一次离开长安、洛阳，是永远地离开了，杜甫再也没能返回京洛两地，也未能回到他的家乡。因为战乱，因为饥荒，因为政治不得志，杜甫不得不弃官而走，离开政治中心，来到了成都。成都是天府之国，物产丰富，对他和家人来说，生活上肯定有保障，但他也从此离开了施展抱负的主要舞台，对他而言，这是巨大的痛苦。

所幸来到成都之后，杜甫得到了当地官员和朋友的资助，尤其是成都尹兼剑南西川节度使裴冕对他特别关照。杜甫的老朋友高适此时任彭州（今属四川成都西北一带）刺史，离成都也不远。在这些好朋友的帮助下，杜甫开始营建成都草堂，算是把家安在了成都。成都草堂是大家一起助力杜甫建成的草堂，体现了朋友们对于杜甫的一份温情。草堂在唐肃宗上元二年（761）春天建成，《茅屋为秋风所破歌》说"八月秋高风怒号"，这个"八月"，按公历算其实应该是九月，草堂刚刚建成不过半年，就遇上了连绵不断的秋雨，杜甫到底该作何感想呢？

诗云："八月秋高风怒号，卷我屋上三重茅。"大风一来，房顶就没了。"三重"，是言房顶茅草多也。茅草做房顶，不能等闲视之，一定要密密匝匝地捆上好几重，才能挡风遮雨。然而这次的风实在太大了，茅草不仅被大风吹跑了，而且"茅飞渡江洒江郊，高者挂罥长林梢，下者飘转沉塘坳"。茅草屋顶随风飞过了浣花溪，一部分掉进浣花溪的水流里去了，一部分挂在高高的树梢上，还有一部分沉到了河塘之中。真是够狼狈的。

但灾难还远远没有结束。茅草屋顶还被南村的孩子们"抢"走了一部分："南村群童欺我老无力，忍能对面为盗贼。公然抱茅入竹去，唇焦口燥呼不得，归来倚杖自叹息。"以杜甫的善良心地，当然不可能真的说孩子们是盗贼，这里只不过是一种自我解嘲罢了——南村那些穷人家的孩子真够顽皮的！他们发现在塘坳里、树梢上，到处飘落着大把的茅草，于是抱起茅草撒腿就跑，杜甫喊的声音越大，他们跑得越快，不一会儿就消失在竹林里了。可怜剩下老杜一个人，靠在手杖上叹息不已。

这一段描写真是耐人寻味：杜甫已经够穷了，可是南村的人家比他更穷。他的草堂本来就是朋友们资助建成的，现在茅草屋顶被风刮跑了，穷人家的孩子居然无视主人的呼喊，大摇大摆地将茅草抢跑了。可见这一场大风大雨中，不知有多少人家的房屋受损，不知有多少人家暴露在风雨当中。这一段描写颇有些黑色幽默的意味，饱含着诗人对穷困人们的深深的同情。

"俄顷风定云墨色，秋天漠漠向昏黑。布衾多年冷似铁，娇儿恶卧踏里裂。"风虽然暂时停了，但是乌云阵阵，天色昏暗，家里更是一片狼藉。被子里的棉絮多年不曾换洗，早已板结变硬，冰冷如铁，无法保暖。孩子小，睡觉不老实，睡相不好，更是将棉絮踩踏得一塌糊涂。"床头屋漏无干处，雨脚如麻未断绝。"雨下得太大了，屋外边在下雨，屋里边也在下雨，屋外和屋内的雨几乎一样大。"自经丧乱少睡眠，长夜沾湿何由彻。"杜甫实在是发愁，主要还不是因为他们家的屋顶没了，他们家漏雨了，棉絮被孩子踹烂了。他一宿一宿睡不着主要是为什么？是因为自从安史之乱爆发后，他作为一个爱国的、有良知的知识分子，为朝廷、为国家感到担忧，就像李白说的"中夜四五叹，常为大国忧"（《经乱离后天恩流夜郎忆旧游书怀赠江夏韦太守良宰》）——我常常在半夜睡不着觉，为国家的命运而叹息、担忧。杜甫也是一样：自从安史之乱以来，我就常常睡不着觉，整夜整夜地坐在漏雨的房子里，不知何时才能挨到天亮？

这破败的茅屋，就像现在的大唐王朝，在安史之乱的动荡中风雨飘摇，这又如何让我睡得着呢？杜甫的忧伤比我们想象的要广大、深厚得多。小家固然遭了风雨，但大国也在风雨中，这是他真正感到忧伤的。杜甫想的不仅仅是自己，他紧接着说："安得广厦千万间，大庇天下寒士俱欢颜，风雨不动安如山。"我们这些千千万万的寒士，这些南村的穷人、穷孩子，什么时候才能拥有千万间宽敞而明亮的安居之所？这是什么？这其实就是儒家的理想："五亩之宅，树之以桑，五十者可以衣帛矣；鸡豚狗彘之畜，无失其时，七十者可以食肉矣；百亩之田，勿夺其时，数口之家可以无饥矣……"（《孟子·梁惠王上》）每家有五亩地的宅院，院里种满桑树，五十岁以上的人就可以穿上丝绵衣了；蓄养鸡、狗和猪，不要错过（家畜）繁殖的时机，七十岁以上的人就可以有肉吃了；一家有百亩的耕地，不要耽误耕种、收割的时机，一家几口人就可以吃得饱饱的了……

杜甫心中所念的始终都是圣人的理想，哪怕遭逢乱世，自顾不暇，他最大的理想还是"奉儒守官"，奉的是儒家的理想，通过做官将这理想落实。他多么希望国家强盛、富有，为普天下的寒士建起又大又明亮的房屋，即便再大的风雨，也可以稳如泰山，生活无忧，这是诗人对朝廷的期待，也是对理想的期待。诗人说："呜呼！何时眼前突兀见此屋，吾庐独破受冻死亦足。"他多么希望眼前立刻就涌现出千万间"广厦"，于是向命运之神祷告，向天地造化发出一个呼告：只要眼前能立刻出现这千万间广厦，我在自家这破败的屋子里冻死也值得。

这首诗如果只写到"自经丧乱少睡眠，长夜沾湿何由彻"这两句就结束，那就只是一首普通的描写忧愤心绪的诗，但是写到"安得广厦千万间"这几句下来，就不只是诗人杜甫的作品了，而是诗圣杜甫的史诗性的作品了。孟子说："老吾老以及人之老，幼吾幼以及人之幼。"（《孟子·梁惠王上》）赡养、孝敬自己父母的同时，也应敬奉其他的老人；抚养教育自己孩子的同时，也应爱护其他的孩子——这是孟子的标准，而杜甫的标准似乎更高：只要能够立刻解决天下寒士的困难，他愿意牺牲自己的全部利益。问题在于，杜甫到成都才刚刚一年多，没有正式的职业，没有稳定的收入，换言之，他自己也只是一个受人救济的对象，但是，他却愿意为寒士、为百姓的利益，牺牲自己仅有的一点点利益，这是一种伟大的自我牺牲精神，是儒者"民胞物与"的仁爱精神。

杜甫去世的时候，家里太穷了，无法归葬老家河南巩县（今属河南巩义）。四十多年后，他的孙子杜嗣业历经坎坷，多方筹措，才将祖父的灵柩移葬回老家。中唐大诗人元稹特意为杜甫撰写了墓志铭，文章的大意是：杜甫的诗歌成就，上承风骚的传统，下启诗歌创新的先河，兼具各家之所长，自从有诗人以来，没人能超过杜甫。人们将李白与杜甫并称为"李杜"。李白雄放恣肆的诗歌的确可与杜甫相媲美，但若论排比声韵、沉郁顿挫、集大成者，李白与杜甫还相距甚远。（《唐故工部员外郎杜君墓系铭并序》）

元稹对于杜甫的评价很高，也很公允。杜甫去世的时候的确很寂寞、很凄凉，但杜甫的诗史精神薪火相传，代代不绝，不仅传给了元稹、白居易，也传给了韩愈、柳宗元、欧阳修、王安石、苏轼、黄庭坚等一代又一代伟大诗人和文学家，成为中国文学史上永不熄灭的煌煌火炬。这首《茅屋为秋风所破歌》展示的正是在那个风雨如晦的时代，一代诗圣给我们擎起的道德火炬，它不仅温暖着当世的人，也永久地温暖着千万年之后的我们。

绝句（其三）

[唐]杜甫

两个黄鹂鸣翠柳，一行白鹭上青天。
窗含西岭千秋雪，门泊东吴万里船。

· 选自《杜诗详注》卷十三（中华书局2015年版）。

第28课　杜甫《绝句》(其三)

杜甫寓居成都期间曾作《绝句》四首,第一首状草堂四景,第二首写浣花溪水,第三首绘早春图画,第四首叙草堂药圃。这一组诗言简意赅,情深意长,是寓情于景的经典佳作。尤其这第三首,我们读来的感觉就像一段亲切的家常话,有内涵,味道足,记得住。

"两个黄鹂鸣翠柳,一行白鹭上青天。"诗人抬头一望,只见窗外的翠柳、翠柳里的黄鹂,只见一行白鹭缓缓飞上蓝天。一黄一绿,一白一蓝,色彩鲜艳、亮丽、温暖,透着一股祥和的气息。诗人以这四种颜色开场,可见心情相当不错。如果心情一般般,笔头儿一转,很可能黄鹂就成了昏鸦,翠柳就成了残柳,白鹭就成了灰雁,青天就成了阴天。

你也许会说,诗人见到的本来就是黄鹂、翠柳、白鹭、青天,这是事实呀,哪儿能说转就转、说变就变呢？没错,诗人写诗,当然要写事实,但又不全是事实。李白说瀑布"飞流直下三千尺","飞流"是事实,但"三千尺"就夸张了,它重在彰显一种气势；柳宗元说"千山鸟飞绝,万径人踪灭","鸟""人踪"是事实,但"绝""灭"则完全不可能,这表达的主要是一种心境。诗歌不是叙事散文,它的主要功能不是记事,而是写情,王国维说得好:"一切景语皆情语。"(《人间词话》)杜甫《绝句》一开篇晒出的四种色彩,其实就是在晒自己的好心情:欢快、亮丽、温暖。

好心情来自好生活,来自安逸、稳定的生活。来成都之前,杜甫在长安的日子过得不舒心，越过越难受，过到最后简直在走下坡路。这一方面是因为社会矛盾越来越尖锐、对立，社会现实越来越黑暗，一方面是因为安史之乱彻底击碎了诗人的美好梦想。来到成都后，当地很多官员都是他的好朋友，如前后几任剑南西川节度使裴冕、严武和高适，他们对杜甫关爱有加，诗人的生活质量大为改善、提升，虽然时不时还有"安得广厦千万间，大庇天下寒士俱欢颜"（《茅屋为秋风所破歌》）的感慨，但与政局动荡、生活无着的长安时期相比，诗人在成都的生活真算得上是田园牧歌了："自去自来梁上燕，相亲相近水中鸥。老妻画纸为棋局，稚子敲针作钓钩。"（《江村》）无论是梁上、空中的鸟儿，还是下棋、钓鱼的妻儿，都与《绝句》的色彩相近，都洋溢着欢快、亮丽、温暖的美好氛围。

美好的生活、心情不仅在眼前，还在远方："窗含西岭千秋雪，门泊东吴万里船。"窗含西岭，这样的构图宛如苏州园林，园中有小湖，湖上立亭阁，亭壁透花窗，花窗看出去又是小湖、亭阁。其实西岭的积雪常年如此，本无所谓奇观异景，但诗人心情大好，触目所及便无一不是美妙之景，硬是在西南成都的草堂，写出了东南的园林之美，谁说"诗中有画""画中有诗"是画家兼诗人王维的专利？老实人杜甫也能写！后人称杜甫为诗圣，这个"圣"，一方面说的是仁爱精神、仁爱境界，一方面说的是诗人什么样的诗都能写得来，山水、田园、边塞、咏怀、咏史、怀古，五绝、七绝、五律、七律、乐府、歌行，样样都写得很精彩。

如果说"窗含西岭千秋雪"写的是好景象、好心情，"门泊东吴万里船"写的就是好情怀、好生活。诗人自己的生活相对之前是较为安逸舒适了,但却一刻也不曾忘却国计民生、百姓生活,这也正是杜甫诗歌的核心特点。诗人曾说自己"穷年忧黎元,叹息肠内热"(《自京赴奉先县咏怀五百字》),一年到头总是担心着老百姓的生活。《绝句》虽然是这样的闲散、适意,充满着田园风味,但如果没有"门泊东吴万里船"这一句,终究不像是老杜的田园诗。

据宋人范成大《吴船录》记载:"蜀人入吴者,皆从合江亭登舟,其西则万里桥。杜诗'门泊东吴万里船',此桥正为吴人设。"意思是四川人要去东吴(今江浙一带)出行,如果走水路,就要从合江亭登船,合江亭以西是万里桥,这座桥正为江浙人停泊舟船所设。范成大的话其实没有说完。杜甫草堂位于万里桥以西,草堂、万里桥、合江亭的位置正好在一条线上依次排开。之所以叫作万里桥,是因为三国时期诸葛亮在此地设宴,送大臣费祎出使东吴,费祎感慨"万里之路始于此桥",这座桥由此得名。(唐·李吉甫《元和郡县图志》卷三一)"门泊东吴万里船",指的就是即将奔赴东吴、暂时停泊在合江亭和万里桥附近的商船。

之所以强调是奔赴东吴的万里船,就是在强调成都到江浙水路交通顺畅,商业往来频繁。诗人写这首诗的时候,蜀中之乱刚刚平定,藩镇叛乱尚有余波,但蜀中乃至全国的经济正在复苏,百姓的生活正在重建,"门泊东吴万里船"就是复苏与重建的小小信号。诗人眼中的成都固然一派青山绿水,如诗如画,但诗人最关注的依然是国运的盛衰、百姓的民生,在他看来,国运强盛、百姓富足,这也许才是最美的风景。

登　高

[唐]杜甫

风急天高猿啸哀，渚清沙白鸟飞回。
无边落木萧萧下，不尽长江滚滚来。
万里悲秋常作客，百年多病独登台。
艰难苦恨繁霜鬓，潦倒新停浊酒杯。

- 选自《杜诗详注》卷二十（中华书局2015年版）。
- 登高：诗题一作《九日登高》。古代农历九月九日有登高习俗。
- 繁：这里作动词，增多。
- 新停：刚刚停止。杜甫晚年因病戒酒，所以说"新停"。一作"新亭"。

第29课 / 杜甫《登高》

《登高》被后人誉为"七律之冠",它将个人感慨、家国情怀和七言韵律完美地结合起来了。这首诗写于唐代宗大历二年(767)重阳节,杜甫当时住在夔州(今属重庆奉节)。当初,杜甫由长安经秦州至成都,在成都得到高适、严武的关照,后来高适调离,严武也去世了。杜甫失去依靠,只好离开成都,来到夔州,这首诗就作于夔州时期。

诗的第一句"风急天高猿啸哀",风特别急,天特别高,站在夔门都能听到两岸猿声的哀鸣。郦道元的《水经注·江水》写道:"巴东三峡巫峡长,猿鸣三声泪沾裳。"听见猿的哀鸣,人都禁不住要掉眼泪。这一句起笔很高,一下子就把夔门肃杀高旷的秋境写出来了。

第二句"渚清沙白鸟飞回","渚",江中的小洲;"沙白",江边水底的白沙,秋高气爽,所以水底的沙子看上去特别明澈;"鸟飞回",不是说鸟飞回来了,是鸟在疾风中飞舞盘旋。诗人登高所见,有大风,有高天,还听到巫峡两岸猿猴的哀鸣,还看到江渚与江底的白沙,鸟儿在疾风中盘旋。

紧接着,就是"无边落木萧萧下,不尽长江滚滚来"。"萧萧"是风吹动树叶的声音。"落木"就是落叶。屈原《楚辞·九歌·湘夫人》说:"袅袅兮秋风,洞庭波兮木叶下。"《九歌·山鬼》中也说:"风飒飒兮木萧萧。"浩荡的疾风摧动无边的大树,层层落叶在大风的吹动下漫天飞舞。而滚滚向东的长江水,让无边的落木更增添了雄大、悲壮的气质。

前四句诗写的是秋景,接下来四句写的是作者的情怀。"万里悲秋常作客，百年多病独登台。""万里"，指远离故乡，远离长安。杜甫的家乡虽然在河南，但祖籍地在长安杜陵，他在少陵也居住过不少时间，又在长安追求功名，蹉跎十年，虽然老大无成，但是对于长安依然充满了深厚的感情，长安也是他的故乡、家乡，他常常自称"杜陵布衣""少陵野老"。现在，正值这悲秋的季节，登临遥望万里之外的故乡，想到全家人依然漂泊异乡，自己又怎么能不想念家乡，思念长安？"百年多病独登台"，我们常说"人生百年""百年好合"，"百年"犹言一生，这里借指晚年。自己晚年多病，怀才不遇，老大无成，年近花甲还到处漂泊，如今登台一望，一派萧然景象，怎么能不生出万千悲慨情状？

据说，这一时期的杜甫由于长期漂泊，缺医少药，营养不良，颠沛流离，患有严重的糖尿病，古代又叫消渴病，身体越来越消瘦。此外还有头风、肺病、疟疾，视力也不行，耳朵半聋不灵，一条胳膊还有些麻痹，也就是风痹之症。所以，"百年多病"正是杜甫晚年贫病交加、生活潦倒的真实写照。

"常作客"是说长时间在外漂泊，"独登台"是说身边连朋友都没有，"悲秋"是因为处境和心境的不堪，就像南北朝庾信《枯树赋》所说"树犹如此，人何以堪"。万里常作客已经难堪，而悲秋、多病尤为难堪，多病而登高，更是情何以堪。随着年岁渐长，诗人身边的那些老朋友都先后凋零了，所以才会"百年多病独登台"。唐肃宗乾元二年（759），杜甫的挚友郑虔去世；唐代宗宝应元年（762），李白去世，李白可是杜甫的偶像啊；宝应二年（763），储光羲、房琯去世，房琯对杜甫有知遇之恩、提携之恩；唐代宗广德二年（764），好友苏源明也在长安去世；

唐代宗永泰元年（765），他的两个好友，对他有很大恩情的高适和严武都去世了。从762年到765年，短短三四年间，去世的朋友就有七八位。朋友相继去世，杜甫带着一家人颠沛流离，落得"万里悲秋常作客，百年多病独登台"的境况。这两句把烦恼的人生算是写尽了，战乱和动荡导致诗人远离家园，在万里之遥重阳登高，寄托的是孤独的情怀。

最后两句："艰难苦恨繁霜鬓，潦倒新停浊酒杯。""艰难"兼指国运和自身命运；"苦恨"，深恨；"繁霜鬓"，发白如霜。诗人晚年多病，独自登台，坦言自己潦倒失意，志不得伸。可不是吗？他远离故乡，远离长安，悲秋在客乡，身体多病，举目一望，眼前是"天高猿啸哀"，"落木萧萧下"，"长江滚滚来"，真是满目萧索。潦倒不堪，就要借酒浇愁。曹操在《短歌行》里说："对酒当歌，人生几何。譬如朝露，去日苦多。慨当以慷，忧思难忘。何以解忧，唯有杜康。"李白《宣州谢朓楼饯别校书叔云》又云："抽刀断水水更流，举杯消愁愁更愁。"但最凄惨的是，作者连举杯消愁的排遣途径都没有了，因为"百年多病"，每一样病都要忌酒。诗人这里提出"新停浊酒杯"，虽然想借酒浇愁，但是现在只能盯着酒杯发呆，心里边就更难受了。这一句既写出杜甫病情日渐严重不能饮酒，又表达了他渴望借酒浇愁的心情，可谓言有尽而意无穷。

这首诗写的景透着孤独，写的情透着悲凉。这个重阳节对于杜甫来说太痛苦了，但也未尝不是一种解脱，因为他把自己心里想的全都写了出来，全都吐露了出来。而作者吐露出来的不光是苦，不光是痛，不光是艰难，还有卓越的诗情。千百年后读这首诗，我们惊叹作者高超的诗艺，也为诗人的遭际悲伤，被诗人深沉的情感所吸引。

枫桥夜泊

[唐]张继

月落乌啼霜满天,江枫渔火对愁眠。
姑苏城外寒山寺,夜半钟声到客船。

· 选自《全唐诗》卷二百四十二(中华书局1960年版)。
· 渔火:一作"渔父"。

张继(?—779?)

字懿孙,襄州(今属湖北襄樊)人,郡望南阳(今属河南)。盛中唐之际著名诗人。其诗"不雕自饰""诗格清迥"(唐·高仲武《中兴间气集》卷下)。生平事迹见《唐才子传》等,《全唐诗》存诗一卷。

第30课 / 张继《枫桥夜泊》

这首诗大家实在是太熟悉了，可是对张继这个人，很多人不一定了解。张继生卒年不详。他在唐玄宗天宝后期考中进士，大历初入京官侍御。后以检校祠部员外郎充转运判官，分掌财赋于洪州。安史之乱爆发后，他和很多文人一样南下避乱，唐肃宗至德年间，在现在的浙江绍兴一带盘桓甚久，也曾经在苏州一带滞留，这首《枫桥夜泊》大约就写于此时。

诗题《枫桥夜泊》，就是夜晚将客船停泊在枫桥边上。诗的第一句说"月落乌啼霜满天"。这是一个没有明月的夜晚，月亮落下去了，只有乌鸦还醒着，在一片漆黑中，听见乌鸦阵阵哀啼。这还是一个"霜满天"的夜晚，寒霜一样的雾气铺满了天空，漆黑、哀伤、寒冷。就是在这样一个夜晚，诗人乘坐的客船停泊在了枫桥边上。此时此刻，诗人在想些什么呢？

"江枫渔火对愁眠"，第二句就点明了诗人的所思所想。这一句颇值得推究。到底是"江枫"和"渔火"相对，还是"江枫渔火"和诗人相对呢？有人认为"江枫"是指江边的枫树，这些枫树在黑暗中随风摇曳沙沙作响，与渔船中的灯火相对；也有人认为"江枫"指附近的枫桥和江村桥，这两座桥相对呼应，桥下的渔火也相对呼应。

不管是哪一种相对，此时诗人心中都有着无限感慨，对愁难眠。为什么愁？为什么难眠？也许是因为安史之乱之后，诗人流寓江南，远离家乡，思念亲人，自己的生活、仕途也都面临着很多的未知，所有这些愁凝聚在一起，凝聚在这个"月落乌啼霜满天"的夜晚，怎么睡得着？

正在这时候，诗人忽然听到了钟声。三、四两句说："姑苏城外寒山寺，夜半钟声到客船。"注意，第一句诗是有响动的，因为有"乌啼"，但是这乌啼绝对不是欢快的鸟鸣，而是一种哀啼，特别是在没有月亮的夜晚听到这种哀啼，更让人觉得心中寒冷。到了第二句就出现了色彩，但是这色彩也不是欢快的色彩，它来自渔火，渔船中的灯火。诗人在这异地他乡，在这客船上面，对着星星渔火，怎能生出欢情呢？只会有无限的悲情。而这时候一个更清朗悠长的声音传来了，寒山寺里的钟声传到了客船中。

"姑苏城外寒山寺"，"姑苏"是苏州的别称，至于"寒山寺"到底是个什么寺，说法有很多。一种说法认为，苏州城里、枫桥边上确实有一座古刹，始建于南朝时期，最早叫作妙利普明塔院，因为唐代僧人寒山子曾在此担任住持，所以更名为寒山寺；还有一种解释认为，寒山寺并非实指寺庙的名称，而是泛指凄冷夜色中姑苏城外一片寒山中的寺庙，正是从这些寺庙中传来了夜半的钟声。

事实上，"寒山"是古典诗歌中的一个重要意象，很多诗词当中都用到了这个意象。比如唐代诗人刘长卿《宿北山禅寺兰若》中说："青松临古路，白月满寒山。"李白诗《清溪半夜闻笛》说："寒山秋浦月，肠断玉关声。"他还在《菩萨蛮》这首词里写道："平林漠漠烟如织，寒山一带伤心碧。"还有杜牧的《山行》，他说："远上寒山石径斜，白云生处有人家。"所以，如果把寒山寺理解为在这霜雾满天的寒夜里坐落在寒山当

宋·佚名《长桥卧波图》

中的寺庙，也是完全讲得通的。

　　最后一句说"夜半钟声到客船"。寺庙里半夜三更的怎么会敲钟呢？最早提出这个疑问的是北宋文学家欧阳修，他认为这首诗写得挺好，可就这夜半钟声实在太奇怪，因为"三更不是打钟时"。(《六一诗话》)其实，我们从很多古代文学作品中都能找到例证，寺院半夜敲钟，还真有其事。比如盛唐诗人王维曾在《山中与裴秀才迪书》中说："村墟夜春，复与疏钟相间。"意思是说，夜晚时分听到村子里边舂米的声音，与山中寺庙稀疏的钟声遥相呼应。还有中唐诗人皇甫冉曾在《秋夜宿严维宅》里说："昔闻玄度宅，门向会稽峰。君住东湖下，清风继旧踪。秋深临水月，夜半隔山钟。世故多离别，良宵讵可逢。"皇甫冉在半夜时分也听到寺庙里边的钟声。最值得一提的是，唐代大历年间有一个文人叫李子卿，他写了一篇赋，叫《夜闻山寺钟赋》，他听到的是嵩山少林寺的半夜钟声。由此可见，寺庙夜半的钟声在唐代的确是比较普遍的。

"夜半钟声到客船"这句诗很妙。夜半时分，寒山寺里传出隐隐的钟声，传到了客船之上，让颠沛流离的游子听到，心里多少获得了一些安宁。为什么？因为"江枫渔火"并不是家里温馨的灯火，而是浪迹天涯、漂泊江湖的渔舟灯火。对着渔火，游子只能是愁容满面，而听到寺里的钟声，知道终于可以歇歇脚了，可以在这姑苏城里安睡一晚了。

《枫桥夜泊》唤起的是一个整体的意境。在一个没有明月、乌鸦哀啼、霜寒满天的夜晚，孤独的渔火陪伴着未眠的诗人，这时传来寺庙里阵阵夜半钟声，勾起诗人无限感伤。客居异乡的他思念家乡，思念亲人，追怀往事，遥望前途，种种愁绪无法排解。这首诗通过意境的营造，写出了愁思的诗意和诗意的愁思。

相应的，枫桥的历史，寒山寺的历史，甚至姑苏城的一部分历史，也因为这首诗开启了新的篇章。从此，寒山寺、枫桥、渔火、对愁眠都成了印在我们心里的意象，历朝历代的文人反复吟咏，如宋代陆游《宿枫桥》:"七年未到枫桥寺,客枕依然半夜钟。风月未须轻感慨,巴山此去尚千重。"元代顾瑛《泊阊门》:"枫叶芦花暗画船,银筝断绝十三弦。西风只在寒山寺,长送钟声搅客眠。"等等,都是如此。

其实,寒山寺的生命、寒山寺的岁月就是从张继的《枫桥夜泊》开始的,如同滕王阁、鹳雀楼、黄鹤楼、岳阳楼的生命是从王勃、王之涣、崔颢和范仲淹开始的一样。风景中之最伟大者还在于描绘风景的人,正是因为这些诗人写出了杰出的作品,才使这些风景以诗意的姿容定格于历史之中,成为永久的经典。

游子吟

[唐]孟郊

慈母手中线,游子身上衣。
临行密密缝,意恐迟迟归。
谁言寸草心,报得三春晖。

- 选自《孟郊诗集校注》卷一(人民文学出版社1995年版)。
- 三春:旧称农历正月为孟春,二月为仲春,三月为季春,合称三春。
- 晖:阳光。

孟郊(751—814)

字东野,湖州武康(今属浙江德清)人。中唐著名诗人。他一生贫寒,诗作多愤世嫉俗,务求险怪新奇之语,与韩愈并称"韩孟"。后世又将他与贾岛并称"郊寒岛瘦"。新旧《唐书》有传,有《孟东野集》行世。

第31课 / 孟郊《游子吟》

　　这是写给母亲的一首诗。"慈母手中线,游子身上衣","谁言寸草心,报得三春晖",已经成为我们形容母爱,表达孩子对于母亲情感最为经典的诗句。在中国古典诗词中,写母爱,写孩子对母亲的情感,孟郊的《游子吟》应该是流传最广、最著名的一首。

　　孟郊一辈子不得志,穷困潦倒。苏轼曾经评价中唐诗人孟郊、贾岛,总结他们的诗风是"郊寒岛瘦"。(《祭柳子玉文》)"寒"和"瘦"固然是诗的气质,但也未尝不是在总结他们的生活。生活过得苦,日子过得难,身体哪儿能胖得起来? 诗当然就更健壮不起来了。

　　唐代有一大批的孟郊,他们饱读诗书,才华出众,但出身门第不高,社会地位较低,在官场上很不如意。孟郊是这些人的代表。他四十六岁才考中进士,真是欣喜若狂,因为太难考中了。大唐将近三百年历史,但录取的进士还不到一万人。考中进士,对孟郊而言,算是咸鱼翻身,命运即将发生重大变化。所以他立刻赋诗一首,表达狂喜的心情:"昔日龌龊不足夸,今朝放荡思无涯。春风得意马蹄疾,一日看尽长安花。"(《登科后》)意思是说,我太兴奋了! 往日的不快一扫而光,今天我就要放肆一把! 马儿跑得真是飞快,一天之内我就能看尽长安的春花。孟郊的内心真是激动到了极点,沸腾到了极点。这说明什么呢? 难呐,考中进士真不容易。

　　不过,孟郊高兴得可能太早了,因为他的命运似乎没有得到根本的改变。朝廷不过给他一个小小的溧阳（今属江苏溧阳）县尉，这是个县令的属官，负责治安工作。也许是觉得这差事太无聊，也许是自己的文人气太重，孟郊居然常常擅离岗位，去溧阳郊区散心。那里有投金濑、平陵城等景致，水草丰美，下有深潭。他常常在水边徘徊赋诗，因此耽误了不少公务，县令对这个文艺中年男毫无办法，只好给上级打报告，请求聘用一名临时工来代替他的工作，薪水就用孟郊工资的一半来支付。(《新唐书·孟郊传》)孟郊本来就穷困，如此一来岂不是更加穷困？

他有一首《借车》诗："借车载家具，家具少于车。借者莫弹指，贫穷何足嗟。百年徒役走，万事尽随花。"——我借了一部车来搬家，结果发现家具比车还少，你说他的家有多穷？

孟郊虽然穷，但却是个大孝子，溧阳的官很小，但生活总算有了保障，于是他将老母亲接来溧阳奉养。孟郊为了官场这一口饭，奋斗到年届半百，如果没有母亲的照顾，是根本支撑不下来的。应该说，每一位寒窗学子的背后都有一份温暖而艰辛的母爱在支撑着他们。

关于孟郊的母亲，我们所知甚少，但是因为这首诗，我们永远记住了这位伟大的母亲。她肯定为孟郊付出得太多了。可以想象，每次当孟郊离家出去考科举，母亲都盼着他早点回来，平安回来。所以"临行密密缝，意恐迟迟归"。这"密密缝"，缝的不仅是针脚，更缝进了母亲的牵挂和疼爱。"密密缝"可能是夏装，可能是冬装，可能是秋衣，也可能是春衣。一年四季都少不了母亲的牵挂。

孟郊还有一首《游子》："萱草生堂阶，游子行天涯。慈亲倚堂门，不见萱草花。"(文渊阁本《孟东野诗集》)这首诗的主题是萱草。萱草又叫忘忧草,其实就是我们熟悉的黄花菜。如果说康乃馨是西方的母亲花,那萱草就是中国的母亲花。据说萱草可以令人忘忧,所以《游子》特别强调"萱草生堂阶",或许可以让母亲减轻对游子的思念。

《游子吟》说,母亲用手中的针线,做成了我身上的衣裳。她把思念缝进了针脚,只是担心我归期太晚,唉,我该怎样才能报答母亲的恩德？这是从孩子的角度说的。而《游子》,则是从母亲的角度写来。母亲看到房屋北堂中的萱草,想到孩子正行走天涯,日日夜夜思念牵挂。

一首《游子吟》,道尽了天下父母心,道尽了父母对孩子无私的爱；同样也道尽了天下儿女心,道尽了子女对母亲的感恩之心。它的确是一首表达母爱的经典好诗。

晚 春

[唐]韩愈

草树知春不久归,百般红紫斗芳菲。
杨花榆荚无才思,惟解漫天作雪飞。

· 选自《韩昌黎诗系年集释》卷九(上海古籍出版社1984年版)。
· 不久归:将结束。
· 才思:才华和能力。

韩愈(768—824)

字退之,河阳(今属河南孟州)人,自称郡望昌黎,世称韩昌黎、昌黎先生。中唐著名诗人。其诗豪健雄放,独树一帜。他以文为诗,"为唐诗之一大变,其力大,其思雄,崛起特为鼻祖"(清·叶燮《原诗·内篇上》)。他与柳宗元倡导古文,并称"韩柳",同为"唐宋八大家"。新旧《唐书》有传,有《昌黎先生集》行世。

第32课 / 韩愈《晚春》

这首诗写于唐宪宗元和十一年（816）前后。这一年韩愈四十九岁，在朝廷担任太子右庶子。右庶子为正四品下，执掌侍从、献纳、启奏等职事，是服务太子的一个属官。

这首诗的题目是《晚春》，诗人心中的晚春是怎样的呢？第一句"草树知春不久归"，花草树木知道春天将要归去，就像辛弃疾词里写的"匆匆春又归去"，春天将要匆匆离开了，夏天就要到了。为了让春天长留人间，花草们使出了浑身的解数，"百般红紫斗芳菲"，姹紫嫣红，争相斗艳，摆出一副要把春天留住的架势。

中国古代诗歌里，想把春天留住的诗词很多。比如辛弃疾《摸鱼儿》就说："惜春长恨花开早，何况落红无数。春且住。见说道、天涯芳草迷归路。怨春不语。算只有殷勤，画檐蛛网，尽日惹飞絮。"词人看到画檐上面结了蛛网，粘满春树的飞絮，好像是要把春天留住一样。古代的诗人们对春天总是有一种特别的情思，他们不愿意春天走，想要把春天留住。

这里最妙的是三、四两句："杨花榆荚无才思，惟解漫天作雪飞。""杨花"，指的是柳絮（古人称柳为杨柳）。宋代词人苏轼《水龙吟·次韵章质夫杨花词》中说："似花还似非花，也无人惜从教坠。抛家傍路，思量却是，无情有思。"写的就是杨花种种情态。"细看来，不是杨花，点点是离人泪。"这里的"杨花"，指的也是柳絮。

我们一般都会欣赏牡丹、月季、荷花,少有人去欣赏杨花,换言之,杨花并不是一种可供欣赏的花卉。榆荚就更不是了。榆荚又叫榆钱儿,是榆树结的果实。我还记得小时候,妈妈常常将嫩小的榆钱儿与面和在一起,蒸好后,我们蘸着酱油、醋、香油,特别好吃。

虽然无人欣赏杨花、榆荚,但春风吹过的时候,白色的杨花和榆荚如茫茫白雪,漫天飞舞。"杨花榆荚无才思"的意思是说,杨花、榆荚不像牡丹、月季、桃花、杏花那样美丽,没有那种争芳斗艳的资本,如果说花卉的艳丽就是"才思",那杨花、榆荚真是"无才思"之花。不过虽然无才思,也可以"漫天作雪飞"。春天就要走了,时光不待人,桃花、杏花,争芳斗艳,争分夺秒,想要挽回春天,杨花、榆荚也要加入这"斗芳菲"的队伍中。它不跟你比花红,不跟你比叶绿,跟你比的是"漫天作雪飞"。这就像清代诗人袁枚写的《苔》(二首其一):"白日不到处,青春恰自来。苔花如米小,也学牡丹开。"虽然我这花开得不够大、不够艳,但只要我争分夺秒,只要我珍惜时光,只要我自信自强,我这朵小小的苔花依然可以绽放得欣欣向荣,展示出我的青春、我的光彩。

所以,这首诗的本意并不仅仅只是挽回春光,留住春光,也不只是为了赞美争奇斗艳的芬芳桃李。这首诗的主角之一是"无才思"的杨花和榆荚。它们虽然没有美艳的容貌,但依然可以"漫天作雪飞",让我们感受到它们的生命力。或许,韩愈想表达的是,就算没有惊艳的色彩,也一定拥有属于自己的力量与光辉。

韩愈的这番表达,让我们联想到他的出身与人生成长经历。韩愈三岁时父亲去世,哥哥嫂子把他抚养长大。后来考进士,考了三次才考中,又参加吏部的博学宏词科考试，考了多次也没考过，可以说仕途坎坷。但韩愈有个特点，叫愈挫愈勇。虽然他出身比较贫寒，地位不高，虽然他仕途坎坷，但是他始终努力奋进，他不仅大力倡导古文运动，推动诗歌创新，还团结有志之士，跟自己一起推动儒学的复兴与繁荣。

为官之后，韩愈参与了平定藩镇的军事行动。再后来，他为了振兴儒学道统不惜身家性命，公开力谏唐宪宗奉迎佛骨，甚至建议唐宪宗将供奉的佛骨付之一炬，结果惹得唐宪宗大怒，将他贬谪到遥远的潮州，真是吃尽了苦头。

韩愈的身边有一群好朋友，比如孟郊、贾岛、张籍等人。他们都很有才华，但出身寒微，时运不济，怀才不遇。韩愈非常关注和同情他们的不幸遭遇，主动为他们鸣不平。比如孟郊赴溧阳担任县尉，临别之际，韩愈写了一篇《送孟东野序》，给予孟郊很高的评价，认为孟郊的诗可与李白、杜甫并驾齐驱，足以代表时代的心声，并为孟郊的不幸命运大声呼告、鸣不平。

韩愈非常欣赏李贺的才华。李贺因为受到陈规陋习的束缚，失去了参加进士科考试的资格，韩愈就专门写文章为他辩护。也许在他看来，这些中下层士人，就像杨花、榆荚一样，想要拥有"漫天作雪飞"的机会，想要施展自己的抱负，是比较困难的，所以韩愈才一再为他们鸣不平，为他们的命运而大声疾呼。

早春呈水部张十八员外（其一）

[唐]韩愈

天街小雨润如酥，草色遥看近却无。
最是一年春好处，绝胜烟柳满皇都。

· 选自《韩昌黎诗系年集释》卷十二（上海古籍出版社1984年版）。
· 最是：正是。
· 处：时。
· 绝胜：远远胜过。

第33课 / 韩愈《早春呈水部张十八员外》（其一）

诗题中的"水部张十八员外"，指当时任水部员外郎的张籍。因为张籍在同族兄弟中排行第十八，所以称他为"张十八"。水部员外郎这个官职是工部的属官。唐代中枢机构尚书省分为吏、户、礼、兵、刑、工六部，水部隶属于工部。水部员外郎掌管水政相关事务，官阶从六品上。

第一句"天街小雨润如酥"，"天街"，指京城的街道。结合诗意，似也指长安城的朱雀门大街，也称天门街，在宫城承天门以南，位居长安城中轴线，其实就是长安城的中央大街。"小雨"，指的就是早春二月的小雨。常言说"春雨贵如油"，早春时节的雨水滋养庄稼，非常珍贵。这"天街小雨"是什么感觉呢？诗人用了一个巧妙的比喻，说"润如酥"。"酥"指酥油，这小雨像酥油那么滋润，那么沁人心脾，真是舒服极了。用酥油来形容春雨的宝贵、和润，形容春雨对万物的滋润，这的确是韩愈的创造。

第二句"草色遥看近却无"，因为在早春，草木都才刚刚发芽，特别是地上的小草才刚刚破出地面，所以远远看去好像一片青青的草色，但是近看时却发现，青色没那么明显。这是从一远一近的角度写早春时节草色的独特之处。

然后，作者说："最是一年春好处，绝胜烟柳满皇都。"这时候的春色是最好的，远远胜过满城烟柳的景色。盛春时分，整个长安城烟柳纷纷，花花草草特别繁盛，而那满城春色远不如现在这早春时小雨中的草色。

《早春呈水部张十八员外》共有两首，这第一首是描写早春的佳篇，第二首更像是第一首的注释："莫道官忙身老大，即无年少逐春心。凭君先到江头看，柳色如今深未深。"意思是说，你我做官，总是很忙，但事情再多，也不能失落一颗追逐春色的少年心，你不如先到曲江头去看一看，那里的柳色是不是更深了？

要读通这两首诗，先要捋清楚张籍和韩愈的关系。张籍虽然年纪比韩愈略大，但他一路走来始终得到韩愈的极力奖掖。当初，孟郊介绍张籍与韩愈相识，张籍遂跟从韩愈学习古文。在韩愈的扶持下，张籍考中了进士，还做过国子博士，后来又做到水部员外郎、主客郎中等等。总之，韩愈和张籍是亦师亦友的关系，都是中唐古文运动的推动者和诗歌革新的主力。

这两首诗作于唐穆宗长庆三年（823）早春，韩愈时年五十六岁，刚刚由兵部侍郎升任吏部侍郎，所以心情很好。虽然年近花甲，依然以愉快的心情迎接着早春的小雨。从诗中"天街"这一地点推测，他很可能是在上班时间或上班途中写信邀约张籍出来游春。揣摩韩愈诗意，张籍可能以事忙年老推辞，韩愈于是以诗代信，极言早春景色之美，劝张籍不要忙于公务，而要珍惜春光，欣赏春色，不管多忙，都不能失掉一颗少年心。

说起韩愈升任吏部侍郎，不能不提一件大事。

韩愈所处的中唐时期，藩镇割据，权倾朝野，危害中央。当时成德节度使藩将王廷凑,杀害成德节度使田弘正,自称留后(代行节度使职务)并围困深州,意欲谋反。朝廷无力征讨,只好派兵部侍郎韩愈前往镇州宣抚,打算任命王廷凑为节度使。韩愈走后不久,元稹忍不住对穆宗说,韩愈去真是太可惜了。他的意思是,韩愈是朝廷难得的人才,他这样直接进入叛军城内,肯定凶多吉少,羊入虎口,很可能无法生还,太可惜了。唐穆宗一听也很后悔,赶紧派人追上去告诉韩愈,只需在镇州周边观望形势即可,不必真的进入镇州城,太危险啦。韩愈却回答说:"安有受君命而滞留自顾?"哪有接受了君王的命令,却迟疑不前,只顾自己性命的道理呢? 于是他疾驰进入镇州城中。韩愈进城之后,面对王廷凑及其手下将士,一面晓之以理,一面示之以威,采取了恩威并施的策略。对于王廷凑,韩愈表示只要他解除深州之围,朝廷不再追究他的责任;对于下级将士,韩愈表示谋反朝廷不仅可耻,而且绝没有任何好下场。韩愈此次宣抚镇州,将王廷凑的叛乱危害降到最低限度,自己也得以全身而退,正所谓智勇双全。他回朝后向唐穆宗详细汇报与王廷凑等藩将的对话,唐穆宗连连说:"卿直向伊如此道!"意思是说,没错,没错,你就应该跟他这么说,这完全符合我的意图。(《旧唐书》卷三六)这一次韩愈立了大功,所以被升任为吏部侍郎。遗憾的是,《早春呈水部张十八员外》这首诗写罢第二年,韩愈就去世了。

琵琶行(并序)

[唐]白居易

元和十年,予左迁九江郡司马。明年秋,送客湓浦口,闻舟中夜弹琵琶者。听其音,铮铮然有京都声。问其人,本长安倡女,尝学琵琶于穆、曹二善才,年长色衰,委身为贾人妇。遂命酒,使快弹数曲。曲罢悯然,自叙少小时欢乐事,今漂沦憔悴,转徙于江湖间。予出官二年,恬然自安,感斯人言,是夕始觉有迁谪意。因为长句,歌以赠之,凡六百一十六言,命曰《琵琶行》。

浔阳江头夜送客，枫叶荻花秋瑟瑟。
主人下马客在船，举酒欲饮无管弦。
醉不成欢惨将别，别时茫茫江浸月。

忽闻水上琵琶声，主人忘归客不发。
寻声暗问弹者谁，琵琶声停欲语迟。
移船相近邀相见，添酒回灯重开宴。
千呼万唤始出来，犹抱琵琶半遮面。
转轴拨弦三两声，未成曲调先有情。
弦弦掩抑声声思，似诉平生不得志。
低眉信手续续弹，说尽心中无限事。
轻拢慢捻抹复挑，初为霓裳后六幺。
大弦嘈嘈如急雨，小弦切切如私语。
嘈嘈切切错杂弹，大珠小珠落玉盘。
间关莺语花底滑，幽咽泉流冰下难。
冰泉冷涩弦凝绝，凝绝不通声暂歇。
别有幽愁暗恨生，此时无声胜有声。
银瓶乍破水浆迸，铁骑突出刀枪鸣。
曲终收拨当心画，四弦一声如裂帛。
东船西舫悄无言，唯见江心秋月白。

沉吟放拨插弦中，整顿衣裳起敛容。
自言本是京城女，家在虾蟆陵下住。
十三学得琵琶成，名属教坊第一部。
曲罢曾教善才服，妆成每被秋娘妒。
五陵年少争缠头，一曲红绡不知数。
钿头银篦击节碎，血色罗裙翻酒污。
今年欢笑复明年，秋月春风等闲度。
弟走从军阿姨死，暮去朝来颜色故。
门前冷落鞍马稀，老大嫁作商人妇。
商人重利轻别离，前月浮梁买茶去。
去来江口守空船，绕船月明江水寒。
夜深忽梦少年事，梦啼妆泪红阑干。

我闻琵琶已叹息，又闻此语重唧唧。
同是天涯沦落人，相逢何必曾相识！
我从去年辞帝京，谪居卧病浔阳城。
浔阳地僻无音乐，终岁不闻丝竹声。
住近湓江地低湿，黄芦苦竹绕宅生。
其间旦暮闻何物？杜鹃啼血猿哀鸣。
春江花朝秋月夜，往往取酒还独倾。
岂无山歌与村笛，呕哑嘲哳难为听。

今夜闻君琵琶语，如听仙乐耳暂明。
莫辞更坐弹一曲，为君翻作琵琶行。

感我此言良久立，却坐促弦弦转急。
凄凄不似向前声，满座重闻皆掩泣。
座中泣下谁最多？江州司马青衫湿。

· 选自《白氏长庆集》（文学古籍刊行社 1955 年版）。
· 主人：诗人自指。
· 冰下难：泉流冰下阻塞难通，形容乐声由流畅变为冷涩。
· 凝绝：凝滞。
· 重：重新，重又。
· 唧唧：叹声。
· 暂：突然。

白居易（772—846）

字乐天，自号香山居士、醉吟先生，原籍太原（今属山西），祖上迁居下邽（今属陕西渭南），出生于新郑（今属河南）。中唐著名诗人。其诗丰富多彩，各具特色，或补察时政、抨击时弊，或叙写深婉、真情贯注，或吟咏性情、刻绘山水。他早年与元稹齐名，并称"元白"；晚年与刘禹锡唱和，并称"刘白"，对后世诗文影响深远。新旧《唐书》有传，有《白香山集》行世。

第 34 课 / 白居易《琵琶行》(并序)

《琵琶行》,诗人原写作《琵琶引》。"行"和"引"都是乐府歌辞的一种诗体,这个诗题表明这首诗采用拟古乐府歌辞的写作形式。在诗的前面,诗人还写了一篇序。有了这篇序,我们对这首诗的解读就方便多了。

根据诗人序中所言,唐宪宗元和十年(815),他被贬九江郡,任江州司马。第二年秋夜,他在江边送别客人,听到小船里传来熟悉的琵琶声。白居易久居长安,精通音律,听出这琵琶声是京城长安流行的乐曲。再一问,弹奏者果然是一位昔日的长安歌女,琵琶技艺高超,当年在长安风光无限,如今年长色衰,流落九江,只好嫁给商人做妻子。

白居易遂邀请琵琶女入座饮酒,弹奏琵琶。一曲过后,女子叙说在长安的少年经历,如今漂泊憔悴以至于此,不胜悲凉。大家听罢,感慨系之,白居易感慨尤多。他说,自己被贬九江两年,尚能"恬然自安",直到听了琵琶女这番话,才颇有一些被迁谪的失落感,恰如诗中所说:"同是天涯沦落人,相逢何必曾相识!"——其实白居易这话讲得不实在,被贬九江以来,他心里其实很不愉快,而不是什么"恬然自安"——也正因此,他才会与这位琵琶女产生了一些共鸣,"因为长句歌以赠之",琵琶女也就在现场弹唱了这首著名的《琵琶行》。

《琵琶行》的核心主题就是这两句:"同是天涯沦落人,相逢何必曾相识!"这首诗从头到尾都是诗人在和琵琶女进行对话,用音乐对话——这首诗的核心结构，展示的就是一个对话场景。从对话来解读这首诗，将会有不同的发现。

诗的开头说："浔阳江头夜送客，枫叶荻花秋瑟瑟。"这句是说，浔阳江头枫叶红，荻花白，秋色连天碧。这样的秋景很惨，不像刘禹锡说的"我言秋日胜春朝"（《秋词》二首其一），这是一个悲秋。因为诗人的心情不好，他本来在京城做着他的左赞善大夫，却被贬谪到这偏远的九江，而贬谪的原因实在冤枉。当初，朝廷的宰相被藩镇派遣的刺客所杀，白居易满腔正义，上书要求缉捕刺客，却被朝臣弹劾，说他越职言事，从而被贬。其实这都是借口，他被贬官的深层原因就是刚直不阿，写诗讥讽朝廷权贵，批判的锋芒甚至直指最高统治者。

白居易少有壮志，本来想要"兼济天下"，现在却不得不"独善其身"（《孟子·尽心上》），他看到的秋天自然是悲悲切切的。送别友人，不免要饮酒，已经"主人下马客在船"，可是"举酒欲饮无管弦"，没音乐助兴，这酒就喝得无滋无味，不如大伙儿散了算了——"醉不成欢惨将别，别时茫茫江浸月"，分别的时候江水茫茫，一轮明月正在江中。看来诗人的心情真是糟透了。

就在这时，"忽闻水上琵琶声，主人忘归客不发"，客人一听不走了，主人一听也忘了送客，大家赶紧循着声音问：谁在弹、谁在弹？"寻声暗问弹者谁"，这一问，"琵琶声停欲语迟"，琵琶声停了，船里的人欲言又止。于是"移船相近邀相见，添酒回灯重开宴"——请您出来吧，听到您的琵琶声，我们又焕发起了对生活的热情，我们把灯点上、把酒添上，为您重开宴席。这几句场景性非常强，主客惊讶、欣喜之情溢于言表。"回灯",指重新拨亮灯光。

终于,弹琵琶的人"千呼万唤始出来",却依然"犹抱琵琶半遮面",她"转轴拨弦三两声,未成曲调先有情。弦弦掩抑声声思,似诉平生不得志",只是轻轻拨弄了两三下琴弦,还没弹出曲调,就已经能听出,这起伏低昂的声调中蕴含着不得志的悲凉情思。

"低眉信手续续弹,说尽心中无限事。轻拢慢捻抹复挑,初为霓裳后六幺。大弦嘈嘈如急雨,小弦切切如私语。嘈嘈切切错杂弹,大珠小珠落玉盘。间关莺语花底滑,幽咽泉流冰下难。冰泉冷涩弦凝绝,凝绝不通声暂歇。别有幽愁暗恨生,此时无声胜有声。""信手",随手。"续续弹",连续弹奏。"拢""捻""抹""挑",都是弹奏琵琶的手法。"霓裳",即《霓裳羽衣曲》,本为西域乐舞,后经唐玄宗改编润色。"六幺"也是当时流行的大曲名,又称《乐世》《绿腰》《录要》。"嘈嘈",声音沉重抑扬;"切切",声音细促轻幽,急切细碎;"间关",指鸟鸣声,形容莺语流滑;"幽咽",阻滞不通。整个这一大段都是在写琵琶的声音,一会儿嘈嘈如急雨,一会儿切切如私语,一会儿如大珠小珠落在盘子里头,一会儿好像一段幽咽的泉水从冰下流过,一会儿又感觉这泉水被冰冻住——实际上是说琵琶声停下来了,弹着弹着,停下来了——"此时无声胜有声",没有了声音,但是这片刻的空白里似乎蕴藏着更巨大的声响。

果然——"银瓶乍破水浆迸,铁骑突出刀枪鸣"——忽然,那一阵激越的琵琶声,如同银瓶炸裂,水浆迸出,又如铁骑亮剑,一往无前。正当情绪达到高潮的时候,"曲终收拨当心画,四弦一声如裂帛","拨",

拨子,弹奏弦乐时的工具;"当心画",用拨子在琵琶中部划过四弦,这是一曲结束时经常用的手法。当拨子划过四弦,发出撕裂绢帛一样的声音,琵琶声停了下来。此时,大家都沉浸在余音当中,"东船西舫悄无言,唯见江心秋月白",只见那大大的月亮倒映在江心,好像也在默默地回味一样。

　　琵琶女弹奏的乐曲婉转跌宕,情绪起伏非常大。她是用音乐把自己的心思弹出来了,然后"沉吟放拨插弦中,整顿衣裳起敛容"。那么白居易听懂了没有? 他说"未成曲调先有情","似诉平生不得志",看来白居易是早就懂了。

　　这里有一个细节要注意,白居易千呼万唤,琵琶女为什么愿意出来呢? 因为她看到白居易等人跟她一样,也是"平生不得志"的一群人。琵琶女难道不需要知音吗? 她弹给谁听? 难道只是弹给自己听吗? 肯定不是,她寂寞、孤独地弹着琵琶,没想到在这浔阳江头有另外一个人听懂了她的乐声,与她感同身受。这个人就是传说中的知己。知己,着意去找是找不来的,往往是在偶然境遇下,彼此之间突然触发了共鸣,才发现对方原来是知己。

　　琵琶女开始诉说她的身世:"自言本是京城女,家在虾蟆陵下住。""虾蟆陵"者,下马陵,在长安城东南曲江附近,后人以讹传讹,成了虾蟆陵。曲江是长安著名的游乐区,是才子仕女吟诗作赋的佳丽之地,而白居易无疑是当时长安乃至天下最著名的诗人。或许,琵琶女对于他的新乐府、《长恨歌》也早有耳闻? 或许,她之所以愿意在这个秋夜讲出自己心中的无限事,与白居易也来自京城、也曾经风光无限有关?

总之，能够让这位京城琵琶女弹奏霓裳曲、诉说平生事，应该与白居易的经历、声名有一定的关系。

"十三学得琵琶成，名属教坊第一部。曲罢曾教善才服，妆成每被秋娘妒。五陵年少争缠头，一曲红绡不知数。""教坊"，唐代官办的管领、调度、教授音乐、百戏、歌舞的机构。"善才"，教坊中教授技艺的琵琶技师，"秋娘"是当时长安著名的歌姬。"五陵"，汉代五个皇帝的陵墓区，因朝廷多迁徙关东豪富居住于此，所以"五陵年少"常指富豪子弟。"缠头"，歌舞艺人表演完毕后客人以锦帛之物相赠，称作缠头。"钿头银篦击节碎，血色罗裙翻酒污。今年欢笑复明年，秋月春风等闲度。""钿头银篦"，镶嵌着花钿的篦形发饰。这几句诗的意思是：想当初，在长安，琵琶女技艺超群，才貌双全，独领风骚，富贵公子趋之若鹜，金银财宝毫不吝惜，真可以说是纸醉金迷，穷奢极欲。

然而，时光荏苒，岁月蹉跎，任凭青春再好，明媚鲜妍又能几时？"弟走从军阿姨死，暮去朝来颜色故。"时间会改变一切，热闹总会过去，繁华也总会过去。于是"门前冷落鞍马稀，老大嫁作商人妇"。不再青春，不再美貌，不再有人听她弹琵琶了，只能委身嫁作商人妇。"商人重利轻别离，前月浮梁买茶去。去来江口守空船，绕船月明江水寒。""浮梁"，唐时属饶州，今属江西，盛产茶叶。商人重利轻情，总是在外经商，琵琶女只能独守空船，空对明月。"夜深忽梦少年事，梦啼妆泪红阑干。"深夜梦见年轻时候的那些热闹，那些青春年华，不由得潸然泪下，乱了妆容。

这一段的核心句是"老大嫁作商人妇"。其实，白居易被贬九江做司马，就远离朝堂这一点来讲，也颇有些"门前冷落鞍马稀，老大嫁作商人妇"的意味。对这位琵琶女而言，"老大嫁作商人妇"肯定不是她心中的理想归宿；对白居易而言，被贬江州非但不是他心中的理想归宿，简直就是人生的厄运。在江州的日子里，他是否也会常常"夜深忽梦少年事，梦啼妆泪红阑干"呢？

琵琶女在讲述自己的身世，白居易在很认真地听，她的每一句话都好像说在了自己心上，两人"不得志"的经历似乎颇有些相近，他不由得感慨："我闻琵琶已叹息，又闻此语重唧唧。同是天涯沦落人，相逢何必曾相识！"我们今天都沦落在浔阳江头，这就是缘分；我们有着共同的长安记忆，长安是我们共同的家园，这又是缘分；而且，我弹奏的你能懂，你所说的我也懂，这更是缘分。有了这三个缘分，就算遥隔万里，素不相识，也是知己中的知己。

白居易对琵琶女说："我从去年辞帝京，谪居卧病浔阳城。"我跟你差不多，也是从京城里头被人轰出来的。你说"商人重利轻别离"，我的情况也差不多，除了几位要好的朋友，长安城中那些势利小人，恐怕也是避我唯恐不及。"浔阳地僻无音乐，终岁不闻丝竹声。住近湓江地低湿，黄芦苦竹绕宅生。其间旦暮闻何物？杜鹃啼血猿哀鸣。"这几句表面上是说浔阳生活条件艰苦，其实还是在渲染自己的孤独寂寞，就算是遇到"春江花朝秋月夜"这样的良辰美景，也依然是那样凄凉悲苦，"往往取酒还独倾"。"岂无山歌与村笛"，虽然有山歌、村笛，但"呕哑嘲哳难为听"，实在不忍卒听，这些野曲不仅不能为我消愁，恐怕还会为我重添一段新愁。所以，今天多亏有你在！

"今夜闻君琵琶语,如听仙乐耳暂明。莫辞更坐弹一曲,为君翻作琵琶行。"既然你为我弹奏了一曲琵琶,我就回赠你一首《琵琶行》,这才是知己之交啊!"感我此言良久立,却坐促弦弦转急",这个场景非常生动:琵琶女听了白居易这番话,被深深打动,她站立良久,重又坐下,将弦拧紧,开始弹奏琵琶。乐曲的节奏变得越来越急促,"凄凄不似向前声",不再是那样娓娓道来,而是愈来愈急。换言之,这时候她和白居易之间的共鸣达到了新的高度。一个是"老大嫁作商人妇",一个是"我从去年辞帝京",在这样一个月夜,他们在情感上达成了共鸣,这共鸣使他们成为知己,这知己的共鸣成就了千古名篇《琵琶行》。

"满座重闻皆掩泣",大家听了之后都掉下了眼泪,因为这时候不仅是在听琵琶女的身世,也是在听大家共同的身世。特别是江州司马白居易,从中听到了自己的身世,还听到了"天涯沦落人"共同的身世。所以"座中泣下谁最多? 江州司马青衫湿"。青衫是唐朝八、九品文官散官品阶的服色。江州司马的职事品阶为从五品,但按照唐制,官员衣服的颜色不按职事官品(实际担任的职务),而是按散官品阶,白居易当时的散官品阶为将仕郎,从九品下,所以服青衫。

白居易是个文学天才。他刚出生六七个月就开始认字,五六岁学习写诗,九岁精通声韵,十五六岁开始准备科举考试,十六岁左右写出《赋得古原草送别》:"离离原上草,一岁一枯荣。野火烧不尽,春风吹又生。"三十五岁写出《长恨歌》,三十六岁以后担任翰林学士,写出《秦中吟》十首、新乐府五十首,四十多岁又写出《琵琶行》。可以说,白居易在五十岁以前,基本上把这辈子成就最高的代表作全都完成了,真是一位天才级的文学家。

他去世之后,唐宣宗李忱写诗《吊白居易》悼念他:"缀玉联珠六十年,谁教冥路作诗仙。浮云不系名居易,造化无为字乐天。童子解吟长恨曲,胡儿能唱琵琶篇。文章已满行人耳,一度思卿一怆然。"看来,在唐宣宗眼里,当时的诗仙并不是李白,而是白居易。有几个诗人去世之后,皇帝对他有这么高的评价?并且还能充分地总结他的创作历程——小孩都喜欢读您的《长恨歌》,外国人都喜欢唱您的《琵琶行》,您的诗文"已满行人耳",您的离去真让我们无比伤感、难过啊!

大林寺桃花

[唐]白居易

人间四月芳菲尽,山寺桃花始盛开。
长恨春归无觅处,不知转入此中来。

· 选自《白居易集》卷十六(中华书局1979年版)。

第35课 / 白居易《大林寺桃花》

这首诗的写作时间是唐宪宗元和十二年（817）四月，这一年白居易四十六岁，任职江州司马。大林寺，相传为晋代僧人昙诜所建，是中国佛教胜地之一。

首句"人间四月芳菲尽"，"人间"，指庐山下的平地村落；"芳菲"，盛开的花，亦可泛指花草艳盛的阳春景色；"尽"，指花凋谢了。这句是说，农历四月，百花凋谢，春天已近尾声。紧接着第二句"山寺桃花始盛开"，在这百花凋谢的时候，深山里边却呈现出完全不同的景象，诗人在大林寺里看到了桃花。大林寺在哪儿？就在庐山上。也就是说，白居易去游览庐山，庐山有个大林寺，大林寺里正盛开着桃花。可是暮春时节怎么会有桃花盛开呢？

第三句"长恨春归无觅处"，我们常常惋惜，这春天走了，到底上哪儿才能找到春光呢？中国人对于春色、春光、春日总有一种特别的眷恋。辛弃疾在《摸鱼儿》里说："更能消、几番风雨。匆匆春又归去。惜春长恨花开早，何况落红无数。春且住。见说道、天涯芳草迷归路。"经过了几番风雨，春天就要走了。诗人想留住春色，所以不希望花开得那么早，因为花开得越早，春天走得也早。可是现在呢？几番风雨后，落红无数，春色早已归去。可见，人们是多么眷恋春色、渴望春色。白居易在《大林寺桃花》这首诗里问，春天跑哪儿去了？最后一句给出了答案："不知转入此中来。"想不到江州城的春色转到庐山大林寺这边来了。

四句诗，一个意思，就是寻找春色、发现春色。人间四月，春色已经归去，只有庐山大林寺的桃花还像早春二月那样绽放。原来春天没有走，只是到庐山大林寺里来了。这首诗转折得非常有趣，写出了别样的情绪，诗人在处处寻找春光，一路跟踪春色，最终找到了春色，桃花就是春色、春光的象征。

《大林寺桃花》这首诗其实并非独立发表，而是藏在一篇文章里的，这篇文章就是白居易写于同时的《游大林寺序》。在序中，他写自己和一群好朋友共十七人游览庐山，都是些什么人呢？"余与河南元集虚、范阳张允中、南阳张深之、广平宋郁、安定梁必复、范阳张时，东林寺沙门法演、智满、士坚、利辩、道深、道建、神照、云皋、恩慈、寂然凡十七人。"一句话，和方内方外的朋友一共十七人。他们都游览了哪些地方呢？白居易写道："自遗爱草堂历东西二林，抵化城，憩峰顶，登香炉峰，宿大林寺。"从遗爱寺边的草堂出发，经过东林寺和西林寺，来到上化城寺，在峰顶院休息之后又登上了香炉峰，也是李白诗句"日照香炉生紫烟"里的香炉峰。当天晚上，他们十七人一起住在了大林寺。

大林寺究竟是怎样的？"大林穷远，人迹罕到。环寺多清流、苍石、短松、瘦竹。"大林寺非常偏僻，人迹罕至。寺院周围溪水清澈，岩石苍苍，青松短矮，还长了不少瘦竹。"寺中唯板屋木器，其僧皆海东人。"只有一些板屋、木质器具，僧人均为海东人。白居易又说："山高地深，时节绝晚。于时孟夏月，如正二月天，梨桃始华，涧草犹短。"这里山势高峻，地形深幽，所以春天来得晚，走得也晚。山下已是初夏季节，这里却还是早春二月，山中的桃李刚刚绽放，山间的绿草还很短浅。所

宋·佚名《碧桃图》

以他感慨:"人物风候与平地聚落不同,初到恍然若别造一世界者。"山里和山下如此不同,如同来到另一个神奇的世界。于是随口吟了一首绝句,这首诗就是《大林寺桃花》。

白居易接着说:"既而周览屋壁,见萧郎中存、魏郎中宏简、李补阙渤三人姓名诗句,因与集虚辈叹且曰:'此地实匡庐间第一境。'由驿路至山门,曾无半日程,自萧、魏、李游,迨今垂二十年,寂寥无继来者。

嗟乎！名利之诱人也如此。"环顾大林寺的墙壁，看到墙壁上有当代著名文人萧存、魏宏简和李渤三个人题写的诗句，不由得感叹庐山真乃天下第一圣境。

不过，这三人题写之后，直到白居易一行到此，近二十年，再也无人续写诗句。可见世人只重滚滚红尘，却轻视这世外桃源。

那么，身为江州司马的白居易，为何如此偏爱这方世外桃源呢？

其实，白居易最初的人生理想与世外桃源关系不大。他早年考中进士，先后在朝廷担任翰林学士、太子左赞善大夫等官职，仕途一直比较顺利，他本人也很受宪宗皇帝的器重。后来因为写《秦中吟》《新乐府》讥讽朝政，得罪了权贵，被冠以越职言事的罪名，贬谪江州司马，这是元和十年（815）的事，这一年他四十四岁。

自从被贬江州之后，白居易的思想发生了很大的变化。由"兼济天下"转向"独善其身"，他好像失去了政治进取的精神，只是一味沉浸在自己幸福的小日子里。在给朋友元稹的信中，他说，自古以来诗人的命运都不太好，像陈子昂、孟浩然、李白、杜甫、孟郊、张籍，虽然诗写得好，却不免穷困潦倒一辈子。我自己在这个荒僻的地方做官，但我官居五品，"月俸四五万"，天冷有衣穿，肚饿有饭吃，除了自己的生活有保障，还能照顾自己的家人，可以说，我没有辜负一个白氏子弟的名分。（《与元九书》）

在《江州司马厅记》这篇文章中，白居易有一段内心表白。他说："江州左匡庐，右江湖，土高气清，富有佳境。"江州左边有庐山，右边有江湖，地势高，天气清朗，风景绝佳。又说："刺史，守土臣，不可远观游。群吏，执事官，不敢自暇佚。惟司马，绰绰可以从容于山水诗酒间。"江州刺史统领全州事务，具体办事官员各有其责，他们都没有空闲四处游览，消磨时光。只有我这个司马的时间很宽裕，可以在山水风光间饮酒吟诗，乐而不倦。

又说："州民康，非司马功；郡政坏，非司马罪。无言责，无事忧。"江州百姓生活安康不是司马的功劳，江州政治败坏也不是司马的罪过，既不必因言担责，也不必百事操心。"为国谋，则尸素之尤蠹者；为身谋，则禄仕之优稳者。"如果从国家的角度而言，司马这个职位真是尸位素餐，是国家的蠹虫；但如果从自身的角度而言，司马的俸禄最为优厚，地位最为稳当。"予佐是郡，行四年矣，其心休休如一日二日。何哉？识时知命而已。"我当江州司马快四年了，内心非常安闲自得，好像刚过了一两天一样。为什么？因为我乐天知命罢了。

可见，白居易在江州的心情很矛盾，一方面手中无权，想做什么也做不了，不免失落痛苦；一方面正好乐得清闲，反正俸禄不少拿，朝廷愿意养着我这个闲人就养着吧（这其实也是牢骚之语）。所以，《大林寺桃花》这首诗，看似轻松，其实也不轻松；要说轻松，也真是很轻松。总之，四十六岁的白居易在庐山找到了属于自己的桃花源。不管怎么说，这都是值得庆祝、值得开心的一件好事。

钱塘湖春行

[唐]白居易

孤山寺北贾亭西,水面初平云脚低。
几处早莺争暖树,谁家新燕啄春泥。
乱花渐欲迷人眼,浅草才能没马蹄。
最爱湖东行不足,绿杨阴里白沙堤。

·选自《白居易集》卷十二(中华书局1979年版)。

第 36 课 / 白居易《钱塘湖春行》

这首诗的题目叫作《钱塘湖春行》，钱塘湖就是西湖。西湖非常幸运，唐宋两位顶尖的大诗人都曾担任杭州行政长官，都写下了流传甚广的好诗。除了这一首，还有苏轼任杭州通判时期的《饮湖上初晴后雨》（二首其二）："水光潋滟晴方好，山色空蒙雨亦奇。欲把西湖比西子，淡妆浓抹总相宜。"这首《钱塘湖春行》大约写于唐穆宗长庆三年至四年（823—824）年间，白居易时年五十二三岁，担任杭州刺史。

"孤山寺北贾亭西，水面初平云脚低。""孤山"位于西湖北面，因为这座山和周围的丘陵都不相连，所以被称为孤山。在南朝的陈朝时期，孤山上曾建有孤山寺。"贾亭"又叫贾公亭，唐德宗时期，贾全出任杭州刺史，在钱塘湖边修建了一座亭子，人们称它为贾亭或贾公亭。那么，孤山寺以北、贾亭以西到底是西湖哪个区域呢？我们知道，在西湖北边横亘着一条白堤，连接着平湖秋月和断桥残雪。正是这条白堤，把西湖分为里湖和外湖。白堤向北，叫作里湖；白堤之外，叫作外湖。"孤山寺北贾亭西"，说的就是西湖北边、白堤之内的里湖，这也是白居易此次游览的区域。

早春时节，诗人行走在西湖岸边，看到春水初涨，已涨到与湖岸齐平的位置；天上的白云压得很低，低得好像跟湖水都连接起来了。"水面初平云脚低"，实际是在描写春水初涨的情形。春水涨得这么高，感觉湖水和云朵都连在一起了，也就是我们常说的水天相接的景象。

诗人还听到"几处早莺争暖树"。为什么叫"暖树"？暖树指向阳的树。春天到了，这些树看上去都是暖洋洋的，有了特殊的温度。"早莺"指的是黄鹂。杜牧《江南春》说"千里莺啼绿映红，水村山郭酒旗风"，杜甫《绝句》（四首其三）说"两个黄鹂鸣翠柳，一行白鹭上青天"，写的都是初春景象。"早莺"特别用了一个"早"，说明黄鹂是报春的鸟。

"谁家新燕啄春泥"，"谁家"，并不是指你家或我家，而是指很多家。"新燕"，初春时节刚从南方飞回来的燕子，它们啄着春泥筑新窝，在西湖边上修筑它们的新家。这两句通过"早莺"和"新燕"告诉人们，春天到了。

除了"早莺"和"新燕"，诗人还看到"乱花渐欲迷人眼，浅草才能没马蹄"。纷繁的花朵开始渐渐绽放，很快就令人应接不暇，看都看不过来了。而初春刚刚长出的春草，刚刚够遮住马蹄。一个"乱花"，一个"浅草"，写出了初春时节花朵渐次绽放、草木一点一点成长起来的景象。

早春的西湖让人越看越喜欢，所以说"最爱湖东行不足"。"湖东"还是指"孤山寺北贾亭西"的里湖，因为里湖位于西湖的东北方向。这句诗的意思是说，最爱这湖东的春色，怎么走也走不够，怎么看也看不够，特别是"绿杨阴里白沙堤"。"白沙堤"就是著名的白堤。西湖上有两座堤非常有名，一座是由南向北的苏堤，还有一座是自西向东的白堤。苏堤是大诗人苏轼在杭州做知州时所建；白堤的"白"是指这座堤的颜色，它由白沙筑成，但并非白居易所筑。白居易任杭州刺史时，的确主持修筑过一条堤岸，但是这条堤岸并不位于西湖当中，而是位于钱塘门外的石涵桥附近，一般把它称为白公堤。现在这条白公堤因为历史的变迁而消失了。诗中提到的白沙堤，在唐朝也叫沙堤。早在白居易担任杭州刺史之前，这条堤就已经存在了，在钱塘门外，是用来储蓄湖水，做农业灌溉之用的。

白居易在杭州任刺史期间，为百姓做了很多好事，比如筑堤储水，将钱塘湖引去灌溉农田。据史书记载，他做杭州刺史期间，与当地很多官员结下了深厚友情，他们闲暇时常以诗酒寄兴。不久，白居易的老朋友元稹刚好在绍兴做官，他们经常往来酬唱，将诗放在竹筒里边，把竹筒寄给对方，互相之间唱和，多至千言，少则数十言，内容甚为丰富。

白乐天与苏东坡都在杭州写下了不朽诗篇，他们既是当时名震一方的官员，同时又是文冠天下的大诗人。中国古代很多官员都是著名文学家。他们不仅为政一方、造福一方，同时也以自己的文学成就，为这一方天地造就了一个又一个文学传奇。白居易、苏轼咏西湖的诗，就使杭州、西湖变得更富有诗意。这些美好的诗句流传至今，代代传诵。斯人已去，但诗篇长存。

忆江南（三首）

[唐]白居易

江南好，风景旧曾谙。日出江花红胜火，春来江水绿如蓝。能不忆江南？

江南忆，最忆是杭州。山寺月中寻桂子，郡亭枕上看潮头。何日更重游？

江南忆，其次忆吴宫。吴酒一杯春竹叶，吴娃双舞醉芙蓉。早晚复相逢。

·《白居易诗集校注》卷三十四（中华书局2006年版）。
·早晚：犹言何日，几时。

第37课 白居易《忆江南》(三首)

词牌《忆江南》原名《望江南》，又名《谢秋娘》，据说是李德裕担任浙西观察使时，其妾谢秋娘创制。

这三首词，实际上是一个整体，每一首只是写了其中一个片段。第一首总说江南好，第二首回忆杭州，第三首回忆苏州。

第一首："江南好，风景旧曾谙。日出江花红胜火，春来江水绿如蓝。能不忆江南？"这是泛议江南之好。作者开宗明义就说"江南好"。为什么？白居易祖籍山西太原，在河南出生，是一个典型的北方人，为什么频频称赞江南好呢？他对此做了解释，说"风景旧曾谙"，因为我对江南风景太熟悉、太喜欢啦！"谙"，就是熟悉的意思。

早在青少年时代，白居易就曾漫游和旅居江南。当时由于中原战乱，十一二岁的他跟随家人避乱江南，在苏杭二郡生活了七年。江南的自然风光和风土人情给白居易留下了极为深刻的印象。他十五岁时曾托人带家信到徐州，并赋诗一首说："故园望断欲何如？楚水吴山万里余。今日因君访兄弟，数行乡泪一封书。"(《江南送北客因凭寄徐州兄弟书》)

五十四岁那年，白居易在《吴郡诗石记》中回忆说，我十四五岁时漫游苏杭，因为年纪小，没法参加大人们的宴会，但觉得宴会的格调很高，而且苏杭的郡守非常尊贵，当时心里就想，如果有一天能够在苏杭为官一任，那此生足矣！

白居易这个少年时代的心愿，到了中年终于实现。他先后在杭州和苏州担任刺史，留下大量美好诗句，包括前面讲过的《钱塘湖春行》。唐穆宗长庆二年（822），白居易任杭州刺史；唐敬宗宝历元年（825），他又任苏州刺史。后来因为眼睛患病，不得不离任苏州，回到洛阳。人常说：上有天堂，下有苏杭。白居易真幸运，在他有生之年，先后在苏杭两处人间天堂任职，不仅为民谋事，也享尽了人间美景。所以在年近古稀之时，他深深地眷恋江南风光，情不自禁地写下这三首《忆江南》。这是唐文宗开成三年（838），他在洛阳太子少傅任上的事。

那么，到底是怎样的江南风光给诗人留下如此深刻的印象呢？首先，江南的花特别红，红得像火焰一样，一个"火"字，不仅带给我们强烈的视觉冲击，还带给我们强烈的温度冲击。

"春来江水绿如蓝"，"蓝"指的是蓝草，当时人们用蓝草制作青绿染料。这一句意思是说，江南的水真是太绿了，绿得比蓝草还要绿，这是春天的江水带给人们的愉悦和慰藉。

所以作者说，江南带给他最大的喜悦就是火红、蓝绿，不仅有色彩而且有温度。这是江南风光给他印象最深的地方。

第二首，具体写江南为什么好。作者说："江南忆，最忆是杭州。"首先是"山寺月中寻桂子"。据说杭州天竺寺、灵隐寺里有很多桂树，每到中秋佳节就会有桂花落到地上。寺里的僧人都说这是月亮里的桂树绽放的桂花，人们望月时就会看到桂花坠落下来。白居易做杭州刺史的时候，想必也拾取过几朵桂花吧？

他在《留题天竺、灵隐两寺》一诗中曾写道："在郡六百日，入山十二回。宿因月桂落，醉为海榴开。"并自注说："天竺尝有月中桂子落，灵隐多海石榴花也。"在《东城桂》一诗的自注中又说:"旧说杭州天竺寺每岁中秋有月桂子堕。"可见他在杭州时多次前往灵隐寺、天竺寺寻觅月中桂子。据说月宫里的桂花树高达五百丈,有个仙人名叫吴刚,因为学仙犯了过错,所以天帝惩罚他砍伐这棵桂花树,但他每砍出一道创口,这创口就马上愈合,因此他永远都砍不倒这棵桂花树,也就永远不能离开月宫。这可能是史上最浪漫、最甜蜜的惩罚方式了。

也许,正是因为这个传说,人们愿意相信,中秋节的桂花正是从月宫的桂树上落下的。这该是多么浪漫的想象啊:"楼观沧海日,门对浙江潮。桂子月中落,天香云外飘。"(唐·宋之问《灵隐寺》)他们甚至想象,如果多砍掉一些桂树,月光就会更加明亮了:"斫却月中桂,清光应更多。"(唐·杜甫《一百五日夜对月》)"斫去桂婆娑,人道是、清光更多。"(宋·辛弃疾《太常引·建康中秋夜为吕叔潜赋》)

可以想象,在杭州的某个秋月朗照之夜,桂花飘香,纷纷坠落地上,诗人徘徊月下,举头望月,俯身看地,细细寻思,这满地桂花是否真的是从月中落下?"山寺月中寻桂子"是作者对杭州,对灵隐寺、天竺寺最浪漫、最诗意的回忆。

对白居易来说,钱塘江观潮是又一份重要的杭州记忆:"郡亭枕上看潮头。"郡亭,据说指的是杭州城东楼。钱塘江潮蔚为壮观,有十字潮、一线潮、回头潮等不同形态,观潮的习俗则始于汉魏,盛于唐宋,迄今长久不衰,每年都有众多游客观看。钱塘江潮涌动的时候,如海啸一般呼啸而来,最高的时候潮峰可达三至五米,高差可达九至十米。后浪追前浪,一层叠一层,宛如一条长长的白练,鸣声如雷,势如万马奔腾,大有排山倒海之势。

古代诗人咏钱塘江潮的诗很多，如唐代刘禹锡在《浪淘沙》里说："八月涛声吼地来，头高数丈触山回。须臾却入海门去，卷起沙堆似雪堆。"宋代潘阆在《酒泉子》中说："长忆观潮，满郭人争江上望。来疑沧海尽成空，万面鼓声中。　弄涛儿向涛头立，手把红旗旗不湿。别来几向梦中看，梦觉尚心寒。"

白居易也有一首《观潮》诗："早潮才落晚潮来，一月周流六十回。不独光阴朝复暮，杭州老去被潮催。"所以，"江南忆，最忆是杭州"，"最忆"两件事：一是中秋月夜寻觅桂花，一是钱塘江观潮，一则浪漫，一则壮大。

再看第三首："江南忆，其次忆吴宫。吴酒一杯春竹叶，吴娃双舞醉芙蓉。早晚复相逢。""吴宫"也叫馆娃宫，是春秋时期吴王夫差修建的宫殿，在苏州西南灵岩山上。"吴酒一杯春竹叶"，"春竹叶"是对"吴酒一杯"的补充。西晋张华曾在《轻薄篇》中说："苍梧竹叶青，宜城九酝醝。"白居易在《蔷薇正开春酒初熟因招刘十九张大夫崔二十四同饮》里也说："瓮头竹叶经春熟，阶底蔷薇入夏开。"这里的竹叶青或春竹叶，都指的是春天酿熟的酒，或者给人们带来无限春意的酒。所以在当时，有不少名酒都以"春"字来命名，如"富水春""若下春"等等。"醉芙蓉"则是对吴王夫差赏舞形象的描绘。以"醉"字形容芙蓉花，就像美人喝醉酒了一样仪态万方。"娃"是美女的别称，西施就被称为吴娃。所以，一者喝春酒，二者观芙蓉醉舞，这就是白居易的苏州印象。

苏杭两郡给予白居易太多美好的记忆，他离任杭州刺史后，专门给新任刺史写了一首诗《寄题余杭郡楼兼呈裴使君》，开篇说："官历二十政，宦游三十秋。江山与风月，最忆是杭州。"当然，白居易在苏州、杭州不仅观山观月观风景，也为老百姓做了大量好事，因此深受百姓的爱戴和怀念。刘禹锡曾在《白太守行》中说："闻有白太守，抛官归旧溪。苏州十万户，尽作婴儿啼。"当年他离任苏州时，苏州百姓为他送行，依依惜别，恋恋不舍。他郡府前后种植的桧树也被百姓命名为"白公桧"，还在虎丘建白公祠对他表示纪念。

秋词（其一）

[唐] 刘禹锡

自古逢秋悲寂寥，我言秋日胜春朝。
晴空一鹤排云上，便引诗情到碧霄。

·选自《刘禹锡集》卷二十六（中华书局1990年版）。
·排：冲破，拨。

刘禹锡（772—842）

　　字梦得，洛阳（今属河南）人。中唐著名诗人。长期被贬黜，期间仿照民歌作《竹枝词》等组诗，脍炙人口。又与柳宗元诗文唱答，并称"刘柳"。晚年与白居易酬唱，并称"刘白"。诗风豪迈，时人谓之"诗豪"。新旧《唐书》有传，有《刘宾客文集》行世。

第38课 / 刘禹锡《秋词》（其一）

这四句诗，意思其实非常简单。第一、二句是说从古至今，大家都说秋天萧条悲凉，但我觉得秋天比春天还要美好，为什么呢？三、四句解释说，因为只有秋天，天高云淡，天清气朗，看那白鹤破云直上，将我的诗情与豪情带到了青天之上。

刘禹锡说的还真是事实。悲秋，是中国古代诗歌的传统题材，比如曹丕《燕歌行》（二首其一）说"秋风萧瑟天气凉，草木摇落露为霜"，秋天一到，秋风一起，天就凉了，草木纷纷摇落，早晚的露水、霜气非常浓厚，整个一片肃杀的景象。杜甫《登高》说"万里悲秋常作客，百年多病独登台"，远在巴蜀之地，独自登台，遥望故乡，千里清秋，增添悲凉之气。还有李煜词《相见欢》："无言独上西楼，月如钩。寂寞梧桐深院锁清秋。剪不断，理还乱，是离愁，别是一般滋味在心头。"在这深院之中，锁住的不仅仅是清秋，还有月光、寂寞、郁闷、烦乱，以及一团乱麻般的无限离愁。

可见，悲秋几乎已经成为古诗秋天题材的基本情感基调，然而，刘禹锡偏说"秋日胜春朝"——我眼中的秋天天高气爽、万里晴空，比春光更明媚、更光明、更浩荡。

其实，春夏秋冬各有各的好，秋天悲凉是因为你心里悲凉，春天明媚是因为你心里明媚。而刘禹锡说他眼中的秋天比春天还好，就说明他心中的秋天跟一般人不一样，有什么不一样呢？这就是后边两句要说的。

看这万里晴空，秋高气爽，有一只白鹤，拨云而上。想象一下，也许，当时真的有一只鹤扶摇直上九霄青天；也许，这只是作者心中想象的一只白鹤，代表着他的心情。为什么非得拨云而上呢？因为云在这里象征着阻力与困难，白鹤想要冲天而飞，就得穿云而出，拨开云雾，直上晴空。看到此情此景，刘禹锡说"便引诗情到碧霄"——我诗情勃发，飞上了万里晴空！刘禹锡果然不愧"诗豪"的雅号。

《秋词》一共两首，第二首依然豪情不减："山明水净夜来霜，数树深红出浅黄。试上高楼清入骨，岂如春色嗾人狂。"

"山明水净"，这是秋天的山水，明净清爽。"夜来霜"，秋天的夜晚下霜了，所谓"霜重色愈浓"（陈毅《题西山红叶》），经历秋霜后的树叶由绿转黄，由黄转为橘黄，橘黄又转为红色，所以"数树深红出浅黄"，一派姹紫嫣红，缤纷多彩，不由得让我们想起杜牧的《山行》："停车坐爱枫林晚，霜叶红于二月花。"为什么都突出"红"？这点红，就是作者在秋天的一点豪情啊！

"试上高楼清入骨"——我登上高楼，四望清秋，感觉到秋高气爽，为什么说"清入骨"呢？"清"，指的是清寒，秋天肃杀的寒冷，同时也意味着清白的风骨，跟红色就对应起来了。没错，秋天是有点冷，秋天是有霜，登上高楼还有那么点清寒。但正是因为有这么点清寒，让我感觉到这秋色比春色更好。春色太温暖，容易让人沉迷、让人迷醉，秋色则让我们更加清朗、沉静、闲淡、高雅，足以让我们感受到自然的生机。

如果仅仅从这首诗的字面来看，诗人的心情似乎很不错。其实，刘禹锡写这首诗的时候，正是他被朝廷贬谪到朗州（今属湖南）任司马时期。

唐顺宗永贞元年（805），刘禹锡、柳宗元等人因为参与顺宗时代的"永贞革新"，遭到新朝皇帝唐宪宗的一一贬谪。刘禹锡被贬朗州达十年之久，之后又是十余年的连连被贬："巴山楚水凄凉地，二十三年弃置身。"（《酬乐天扬州初逢席上见赠》）写《秋词》的时候，正是他被朝廷抛弃的开始。

一个年轻官员，本来前途远大，却忽然遭贬，远离长安，在偏远之地将要孤独地度过漫漫岁月。怎么办？垂头丧气、怨天尤人是没有用的。只有振作自己，自己给自己打气，才能够顽强地生活下去。《秋词》的好，就在于诗人虽遭穷厄之运，却并没有消沉，没有放弃对生活的理想、对美好的向往。在他看来，虽然朗州不如长安富有、舒适，但却拥有健朗、灿烂的秋天，正是这美好的秋天激发起诗人全部的激情、豪情与诗情。而《秋词》也因此成为秋天里最有魅力的好诗、豪诗之一。

酬乐天扬州初逢席上见赠

[唐]刘禹锡

巴山楚水凄凉地,二十三年弃置身。
怀旧空吟闻笛赋,到乡翻似烂柯人。
沉舟侧畔千帆过,病树前头万木春。
今日听君歌一曲,暂凭杯酒长精神。

- 选自《刘禹锡集》卷三十一(中华书局1990年版)。
- 怀旧:怀念故友。
- 翻似:倒好像。
- 侧畔:旁边。
- 长精神:振作精神。

第39课 / 刘禹锡《酬乐天扬州初逢席上见赠》

这首诗写于唐敬宗宝历二年（826）。诗题中的"乐天"指白居易白乐天。"酬"，答谢、酬答，用诗歌赠答。

刘禹锡与白居易同岁，这一年都已五十五岁，只是刘禹锡早在唐德宗贞元九年（793）即考中进士，而白居易七年后才考中。写这首诗的时候，刘禹锡刚刚卸任和州（今属安徽和县）刺史，白居易刚刚卸任苏州刺史，两人都要回洛阳，碰巧在扬州相逢。白居易为刘禹锡的遭遇感慨，把箸击盘，慷慨悲歌，作《醉赠刘二十八使君》诗一首。唐人常用家族排行称呼对方，"刘二十八"说明刘禹锡在家族中排行第二十八。诗云："为我引杯添酒饮，与君把箸击盘歌。诗称国手徒为尔，命压人头不奈何。举眼风光长寂寞，满朝官职独蹉跎。亦知合被才名折，二十三年折太多。"意思是，你老兄不停地为我添酒，我们以箸击盘，把酒高歌，仁兄堪称诗国国手，奈何时运不济，命压低头。这么多年，朝臣纷纷升迁，只有你空自寂寞、蹉跎忧愁。就算是才名太高易遭挫折，二十三年的挫折也未免太久了。

听到老朋友为自己的命运鸣不平，刘禹锡很受感动，即席回赠诗一首，表明自己虽遭厄难，但初心不改，矢志不渝。诗起首说："巴山楚水凄凉地，二十三年弃置身。"刘禹锡从二十二岁考中进士起，就在朝廷和地方担任各种官职。后来，他和柳宗元等人由于参与"永贞革新"，遭到唐宪宗的贬谪。刘禹锡被贬朗州司马时三十四岁，从这一年至宝历二年（826）与白居易相逢，约二十二年。因贬地离京遥远，实际上到第二年才能回到京城，所以白居易说二十三年。在这二十多年里，刘禹锡先后任朗州司马、连州（今属广东）刺史、夔州（今属重庆）刺史、和州刺史。这些任官之地都是唐代的边荒远郡，个中悲苦况味，诗人以"巴山楚水凄凉地，二十三年弃置身"两句诗概括殆尽——这么多年，我早被朝廷抛弃了。

紧接着，诗人用了"闻笛赋""烂柯人"两个重要典故。"闻笛赋"指西晋向秀所作《思旧赋》。三国曹魏末年，向秀的朋友嵇康、吕安因不满司马氏篡权被杀害。后来，向秀经过嵇康、吕安的旧居，"邻人有吹笛者，发音寥亮。追思曩昔游宴之好，感音而叹"。（《思旧赋》）听到邻人吹笛，不禁悲从中来，于是作《思旧赋》追念他们。刘禹锡借用这个典故怀念柳宗元等早已去世的"永贞革新"的参与者们，但是怀念又有什么用呢？只能"空吟闻笛赋"。

"到乡翻似烂柯人"，意思是说，等我回到洛阳，早已物是人非。传说西晋人王质入山打柴，看到数位童子下棋唱歌，就停下观棋听歌。等棋局终了，手中的斧柄（柯）已经朽烂。回到村里，当年的同龄人早已亡故，这就是山中一日、世上千年的故事。（南朝梁·任昉《述异记》卷上）刘禹锡借用这个典故，感慨自己离开京洛二十多年，如今暮年归洛，真是恍如隔世。

接下来的两句名垂千古："沉舟侧畔千帆过，病树前头万木春。"诗人本意是以沉舟、病树自拟：我不过是一片沉舟，自有千帆从沉舟侧畔掠过；我不过是一株病树，自有万木在病树前头争春，语气间颇有颓废不举、自我嘲讽的意味。当然也可以理解为诗人的自励之词：虽然我是沉舟，我侧畔有千帆竞发，那我是不是也可能迎头赶上？虽然我是病树，我前头有万木争春，我是不是也可能病树开花？诗无达诂，我们现在一般将这两句诗解释为：江山代有才人出，一代更比一代强，或者长江后浪推前浪。诗的最后两句，刘禹锡对白居易的赠诗做了积极回应："今日听君歌一曲，暂凭杯酒长精神。"听罢仁兄赠给我的这首诗，饮罢仁兄敬我的酒，我暂且借着这股子劲儿打起精神来吧。

刘禹锡与白居易非常要好，交往密切。即便是在刘禹锡被贬期间，他们彼此之间也多有诗歌唱和。就在这次相遇后不久，唐文宗大和三年（829），白居易便将这些年来他与刘禹锡的唱和诗作结集为《刘白唱和集》上下两卷，白居易专门为集子写了一篇序。序的大意是：刘禹锡人称"诗豪"，他的诗，锋芒所向无人能敌。我有时候不自量力，常常冒犯一下他（意谓自己也常常写诗）。这些年来我们二人日寻笔砚，同和赠答，慢慢就越积越多，一共有一百三十八首。这还不算那些乘兴扶醉、随手所写的诗作。我让小侄龟儿将这一百三十八首诗编成两卷诗集，并手抄两本，一本由龟儿保管，一本由刘梦得的儿子仑郎保管。说起来，我与好友元稹的唱和诗作特别多，我常与元稹开玩笑说，二十多年来我与你在文学创作上既是朋友也是敌人，既有幸也不幸。有幸的是我们唱和吟咏性情，声名远播，放浪形骸，乐而忘老。不幸的是，江南士人说到才子就以"元白"并称，就是因为有你元稹，使我无法独步吴越，不能独领风骚啊。现在我已垂垂老矣（此时元稹已逝，本以为自己可以独步吴越），谁想又碰上你刘禹锡，对我来说又是再次的不幸了。梦得啊梦得，你文学之神妙莫先于诗，若论神妙，我哪儿赶得上你呢？比如"雪里高山头白早，海中仙果子生迟""沉舟侧畔千帆过，病树前头万木春"这一类的诗句，真可谓是神妙！刘禹锡的诗，处处都有神灵（珍惜）护佑，绝不仅仅只是我们两家孩子珍惜秘藏啊！（《刘白唱和集解》）

可见，刘禹锡在白居易心中是神一样的存在！

刘禹锡是杰出的诗人、文学家，也是一个品德高尚、有情有义的人。唐宪宗元和十四年（819），柳宗元在柳州去世。临终前，他将抚养大儿子柳告并整理自己文稿的工作托付给刘禹锡。刘禹锡不辱亡友重托，不仅编辑整理柳宗元遗稿，而且视柳告如己出，将其抚养成人。（刘禹锡《祭柳员外文》）柳告很争气，在唐懿宗咸通四年（863）考中进士。

白居易称刘禹锡为"诗豪"，是因为刘禹锡看待生活的眼光总是比较阔大、旷达。比如他的《秋词》（二首其一）："自古逢秋悲寂寥，我言秋日胜春朝。晴空一鹤排云上，便引诗情到碧霄。"大家都说秋天很寂寥、很悲伤，我却说秋天比春天还更好，为什么？你看那白鹤排云而上，我的诗情也跟随它到达了九霄云上。

再比如元和十年（815），刘禹锡受朝廷召唤，从贬地回到长安。一到长安，他就去了著名的玄都观，写下《元和十年自朗州承召至京戏赠看花诸君子》（又名《玄都观桃花》）："紫陌红尘拂面来，无人不道看花回。玄都观里桃千树，尽是刘郎去后栽。"这玄都观里的桃树，都是我离开长安以后栽种的吧？我看这朝廷上的新贵们，都是我离开朝堂后爬上来的吧？这恐怕不只是有豪气的问题，更有胆气！或许，与这首诗嘲讽权贵有关，他和柳宗元等人回到长安时间不久，就再一次遭到贬谪。但贬谪生活并没有消磨刘禹锡的意志与斗志，大和二年（828）三月，刘禹锡回长安任职，他再次来到玄都观，作《再游玄都观》："百亩庭中半是苔，桃花净尽菜花开。种桃道士归何处？前度刘郎今又来。"当年的桃花早已无影无踪，种桃的道士更是无处寻觅，可是我刘郎，今天又回来了。这就是刘禹锡，永远都不掩饰自己的个性、态度与做派，虽九死其犹未悔。

通过这些诗篇，我们能够感受到刘禹锡的个性。这首《酬乐天扬州初逢席上见赠》，虽以"巴山楚水凄凉地，二十三年弃置身"起首，但以"今日听君歌一曲，暂凭杯酒长精神"收尾，以表遭遇厄难绝不改初心的达观精神。

江　雪

[唐] 柳宗元

千山鸟飞绝，万径人踪灭。

孤舟蓑笠翁，独钓寒江雪。

· 选自《柳宗元集》卷四十三（中华书局1979年版）。
· 绝：再也不回来了。
· 万径：虚指，指千万条路。
· 人踪：人的脚印。
· 蓑笠：古代用来防雨的衣服和帽子。

柳宗元（773—819）

字子厚，河东（今属山西永济）人。中唐著名诗人。长期遭受贬谪，最终卒于贬所。其诗多抒发愤懑抑郁、壮志难伸的情怀。山水诗简淡凄清，与韦应物并称"韦柳"。他与韩愈倡导古文，并称"韩柳"。其文劲健犀利，指斥时弊，尤以山水游记、寓言文章著称，为"唐宋八大家"之一。新旧《唐书》有传，有《柳宗元集》行世。

第40课 / 柳宗元《江雪》

这首诗作于柳宗元任永州司马期间,永州就是现在的湖南省永州市。

"千山鸟飞绝,万径人踪灭。"这肯定是夸张手法。从字面意思看,有千万座山,山里头没有一只鸟。他没有说"千山鸟飞走",而是"千山鸟飞绝",意思是,这山里边一只鸟也不会回来了。诗,都是带有感情色彩的,如果说"千山鸟飞走",就没有感情色彩,因为鸟飞走了,还能飞回来。但他说的是"千山鸟飞绝",一个"绝"字,就突出了作者那种非常决绝的,甚至是绝望的情感。"千山"也表达了同样的情感、态度。

接下来更厉害。"万径人踪灭",所有的道路上都没有人的踪影,人的踪迹灭绝了。这两句诗联系在一起,想想看,是一幅怎样的景象?这绝不是壮美的雪景,也绝不是冬雪初霁时候的情景。这是下了一场雪之后整个世界毁灭了的景象。

在这生命灭绝的天地里,只有诗人还在。诗人是谁?就是一个披着蓑衣、戴着斗笠的老头子,坐在一叶孤舟上。这就奇怪了,路上一个人都没有,山里一只鸟都没有,哪儿出来一只孤舟?很简单,这场雪是下到了柳宗元的心里,这只船也是从柳宗元的心里划出来的,这是他的心舟。这世上,不会再有第二只这样的船。

这个"蓑笠翁"在干吗呢?在"独钓寒江雪"。江是寒江,雪是寒雪,人,是孤舟上的孤独老翁,在钓寒江中的雪。"寒江雪"就是他的整个

明·姜希孟《独钓图》

世界，他一直都在钓着"寒江雪"，也许一生一世，也许生生世世。当这只孤独的船从柳宗元心中划出，当他伸出这根鱼竿，渔线甩到江雪中，这鱼竿从此就再也没有收回来，他会一直钓下去，也许十年，也许百年、千年。

难道不是吗？我感觉这"孤舟蓑笠翁"从一千多年前一直钓到现在。到现在，我们心里还放不下这只船，还放不下这个"独钓寒江雪"的"蓑笠翁"，因为柳宗元不仅仅是在写景，更是在写他自己和一群人的历史。

这场雪彻底落到了柳宗元的心里，他整个身心都笼罩在冰雪的世界里。这场雪到底从何而落呢？为什么这从天而降的雪会把诗人的人生、思想、看世界的眼光全都冻结住了？

这还要从唐顺宗永贞元年（805）说起。

这一年，唐顺宗及其追随者大力推动政治革新。柳宗元、刘禹锡等人都是这场政治运动的积极参与者。不久，宦官发动政变，逼迫时已中风的顺宗退位，拥立太子李纯即位，即为唐宪宗。很不幸，在这个过程中，柳宗元、刘禹锡成为政治斗争的牺牲品。他们与其他参与"永贞革新"的官员都被贬谪到了外地。这就是历史上著名的"二王八司马"事件。

这些官员被贬往远郡担任司马，其中柳宗元被贬为永州司马，而且没有任何实际权力。史书记载，八司马被贬谪之后，宪宗皇帝明令："纵逢恩赦，不在量移之限。"（《旧唐书·宪宗本纪》）意思是说，即使朝廷颁布大赦令，八司马也不在赦免之列。可见在宪宗眼里，他们的罪过太重,直接触犯到了他的皇权利益。

这真的是绝境。这真的是:"千山鸟飞绝,万径人踪灭。"面对永不得赦的贬谪,三十岁出头的柳宗元怎么能不绝望?

在给朋友的信中,他说,自从来到永州,身上的病稍稍好些。原来一两天犯一次,现在一个月才发作两三次。吃药吃得太多了,病情虽然缓解了,却伤了元气,走路膝盖发抖,坐下来肌肉和关节就疼痛不已。(《与李翰林建书》)

在给岳父的信中,他说,永州多发火灾。我来永州五年,房屋四次失火,窗户烧坏,墙垣倒塌,我只好光脚逃出屋外,才能幸免于死。(《与杨京兆凭书》)可见当地自然条件之差,基础设施条件之差。

在给朝廷官员的信中,他说,柳氏家族的墓地在长安城南,无人看护。自己远在南方,鞭长莫及,每逢寒食节只能向北痛哭流涕,以头顿地。想到家家户户都在为父母、先祖扫墓敬香,自己真是痛心疾首。(《寄许京兆孟容书》)

柳宗元到永州不到半年,母亲就去世了。他的母亲卢氏三十四岁生下柳宗元,五一五岁孀居。她在儿子身上倾注了大量心血,但她做梦也想不到,年迈之际,却不得不跟随柳宗元来到这荒远的永州。不到半年,由于水土不服、居无安室,不幸亡殁。这件事对柳宗元打击很大。

柳宗元来永州之前,他的夫人杨氏已经怀有身孕,但遗憾的是杨氏患有重疾,所以孩子最终流产了。杨氏去世之后,柳宗元没有再娶正妻。来到永州之后,他在给朋友的信里说,我在被贬官员中罪责最深,虽然上天降罪于我,但我没有马上去死,那是因为我们柳氏两千五百年来代代相传，到我这里不能断了香火。但在这偏远之郡，本无门当户对之家，就算有，人家也不愿意接近我这样一个重罪之人啊！（《寄许京兆孟容书》）

据史料记载，被贬永州之后，柳宗元给亲朋好友官员写了很多信，希望有人能够施以援手，帮助他离开永州："遍贻朝士书言情，众忌其才，无为用心者。"（《唐才子传》）但是朝中很多人都嫉恨他，没有人肯搭救他。

在孤独和绝望之中，柳宗元只好深深地自我解嘲，甚至是自我贬损，也许只有这样，才能让自己的内心归于平静，获得一些平衡。在《愚溪诗序》这篇文章中，他为永州的一条溪水取名愚溪，愚溪边有小丘，取名愚丘，愚丘前有泉水，取名愚泉，愚泉有六个孔穴，向前流成一条沟，取名愚沟，愚沟中造一池，取名愚池，愚池以东有堂，取名愚堂，再往南有座亭子取名愚亭，愚池中还有一小岛也取名愚岛。

为什么都以"愚"命名？柳宗元说得很直白："以余故，咸以愚辱焉。"都是因为我的愚，使它们也不幸沾染了愚的名声。回顾历史，宁武子、颜回这样的所谓愚："宁武子'邦无道则愚'，智而为愚者也；颜子'终日不违如愚'，睿而为愚者也。"都不是真愚，而是大智若愚。而我做人"违于理，悖于事"，不合情理，有悖常理，真是愚到家了，结果连带得溪、丘、泉、池等也都蒙受了愚钝之名。（《愚溪诗序》）

在《钴鉧潭西小丘记》这篇文章中，他听说钴鉧潭西小丘只卖四百文钱，不由得大发感慨，小丘如此美好，却如此贱卖，如果是在长安，就算日增千金也买不到啊，可惜了这样好的一处美景被弃之永州。不用说，在这里，柳宗元他又将自己比喻成了钴鉧潭小丘。

柳宗元在永州贬居十年。元和十年（815），唐宪宗将这些被贬官员召回长安，但很快又将他们贬往更加遥远的边郡，柳宗元被贬柳州刺史，四年后他在柳州去世，年仅四十七岁。那时，他的大儿子只有四岁，小儿子还没有出生。

韩愈专门为柳宗元撰写《柳子厚墓志铭》，其中说到一件事：元和十年（815）刘禹锡被贬到偏远贫困的播州，而他的母亲已经八十多岁，如果跟随刘禹锡去播州，肯定凶多吉少。关键时刻，柳宗元站出来说，愿意用自己被贬的柳州换刘禹锡的播州，因为柳州的条件比播州好一些。但这是个非常危险的建议，因为柳宗元本身就是被贬之臣，根本没资格向朝廷提什么交换要求，他的建议很可能会给自己招致更大的祸患。好在朝中大臣在宪宗面前为刘、柳说情，宪宗才下令将刘禹锡改派为连州刺史，连州就是现在的广东省连州市。

韩愈写到这里，不由得慨叹："士穷乃见节义。"只有在危急关头、利害关头，才能看出一个人是不是真义士。很多人当面海誓山盟，一旦发生利害冲突，立刻反目成仇，与柳宗元相比，真是天壤之别。

或许，在一般人看来，柳宗元的人生算是失败了。但韩愈指出，正因为柳宗元经历了漫长的贬谪生涯，人生濒临绝境，他的文章事业才会如此辉煌，才会流芳百世。这也就是欧阳修说的："非诗之能穷人，殆穷者而后工也。"（《梅圣俞诗集序》）

韩愈进一步指出，柳宗元固然有将相之志，但回头看，我们更需要一个将相柳宗元还是一个大文学家柳宗元？有识之士应该会有智慧的选择吧。韩愈不愧为一代文宗，目光如炬。唐代永贞、元和时期那些政治风云、是非曲直早已随风而去，永留人心的，是那个写《永州八记》《黔之驴》《捕蛇者说》的柳宗元，是那个大哲学家、大文学家柳宗元。

所以，《江雪》所表达的固然是孤寂无助的绝望，但也展示出诗人超逸绝伦的艺术才情。"孤舟蓑笠翁，独钓寒江雪"，柳宗元在"寒江雪"中到底"独钓"了什么？是孤寒中的一点慰藉？是孤傲人品的一点闪现？还是孤高格调中的一段文字？也许都有。换个角度重读《江雪》，我们也许可以明白柳宗元的志向：就算全世界的鸟都飞绝了，就算全世界的人都不关怀我了，我依然要坚守自己，坚守理想，坚守本心。"千山鸟飞绝，万径人踪灭"是躲不过的苦难，"孤舟蓑笠翁，独钓寒江雪"是等得到的清白。

离思（其四）

[唐]元稹

曾经沧海难为水，除却巫山不是云。
取次花丛懒回顾，半缘修道半缘君。

· 选自《元稹集》外集卷一（中华书局2010年版）。
· 取次：草草，仓促，随意。这里是匆匆经过、仓促经过或漫不经心地路过的样子。
· 半缘：一半是因为。

元稹（779—831）

字微之，洛阳（今属河南）人。中唐著名诗人。他继承杜甫反映现实、抨击时弊的"新题乐府"传统，与好友白居易推动"新乐府"创作。他们"次韵相酬"的长篇排律及流连光景的杂体诗影响巨大，号"元和体"，二人诗名俱盛，并称"元白"。所作传奇《莺莺传》对后世戏曲影响深远。新旧《唐书》有传，有《元氏长庆集》行世。

第 41 课 / 元稹《离思》(其四)

　　这首诗是元稹悼念妻子韦丛的悼亡诗。《离思》一共五首，这是第四首，其中尤以"曾经沧海难为水，除却巫山不是云"为世人所称道。韦丛是太子少保韦夏卿最小的女儿，甚得韦夏卿宠爱。她与元稹成婚时，只有二十岁。婚后生活虽然清苦，但他们夫妻感情非常好。婚后第七年，唐宪宗元和四年（809），韦氏不幸去世，年仅二十七岁。元稹非常悲痛，写了不少悼亡诗悼念妻子。《离思》五首大约写于韦氏去世后两年间，元稹时任监察御史分司东都，在洛阳为官。

　　"曾经沧海难为水"取自《孟子·尽心上》："观于海者难为水，游于圣人之门者难为言。"意思是说，见识了大海的雄阔，小江小河就黯然失色了；见识了圣人之门的学问，其他的学问就相形见绌了。换言之，见识过了大境界、大情怀，就不会再介怀小境界、小情怀。"除却巫山不是云"则取自宋玉《高唐赋序》，说巫山有朝云峰，下临长江，云蒸霞蔚，山上的烟云乃是神女所化，上天入渊，相形之下，别处的云就难以比肩了。元稹将孟子、宋玉的话用在这里，意思是说，经历了与韦氏刻骨铭心的爱情，世间的男女之情都不必理会了。

　　"取次花丛懒回顾"，这是承续上面的两句，说别的花再美也懒得看，别的女性再好也绝无眷恋之心。"半缘修道半缘君"，我之所以能够如此，一方面是因为我修了道，一方面是因为你——我已经去世的爱妻。白居易是元稹最好的朋友，他在《和答诗》十首其一《和思归乐》中说："身委逍遥篇,心付头陀经。尚达死生观,宁为宠辱惊。"意思是说,元稹信奉老庄、佛教,早已看淡了生死宠辱,这可以看作是对元稹"半缘修道"一句的注解。

这首诗非常短小,但情谊非常深厚。"曾经沧海难为水,除却巫山不是云",现在已经引申为只要拥有了最美好的,只要看到了最高的境界,那么对于其他的一切都不在意了。

元稹还有《遣悲怀》三首,读来也令人动容。

其一说:"谢公最小偏怜女,自嫁黔娄百事乖。顾我无衣搜荩箧,泥他沽酒拔金钗。野蔬充膳甘长藿,落叶添薪仰古槐。今日俸钱过十万,与君营奠复营斋。"

我的夫人原是家里最受父兄宠爱的小女儿、小妹妹,自从嫁了我这个穷鬼,真是百事不顺,万般艰难。看我没有替换的衣服,就翻箱倒柜地去找,拔下头上的金钗,让我换了钱去跟朋友喝酒。家里只有野菜、豆叶充饥,只有枯落的槐树叶用作柴烧。现在我有钱了,月俸过十万,但却无法与自己最爱的人共享这荣华富贵,只能以祭奠和超度亡灵的方式来寄托自己的哀思。

其二说:"昔日戏言身后意,今朝皆到眼前来。衣裳已施行看尽,针线犹存未忍开。尚想旧情怜婢仆,也曾因梦送钱财。诚知此恨人人有,贫贱夫妻百事哀。"

当初你跟我开玩笑,说如果百年身后如何如何。谁知道结婚才七年,你就走了。当初的戏言都变成了现实。你穿过的衣裳,我不忍心看,都送了别人;你用过的针线,都原封不动地收藏起来,不忍心打开。每当

第41课 元稹《离思》（其四）

清·吴石仙《雨景图轴》

看到原来你身边的奴婢，就会引起无限的哀思。白天是这样触景伤情，到了夜晚，有时还会梦到将钱财交给你保管。这才明白，夫妻之间，同贫贱，共患难，一朝永诀，真是心痛难当啊。

第三首写道："闲坐悲君亦自悲，百年都是几多时。邓攸无子寻知命，潘岳悼亡犹费词。同穴窅冥何所望？他生缘会更难期。惟将终夜长开眼，报答平生未展眉。"

我悲伤着你的逝去，也为自己难过。人生就算活一百年，又能有多长时间？当初邓攸为了保全弟弟的儿子，舍弃了自己的亲骨肉。我们也没有自己的后代，这也许就是命运的安排。潘岳的悼亡诗写得再好，对死者来讲又有什么用呢？就算夫妻同穴而葬，也难以再诉衷肠，来世再做夫妻，希望真的渺茫！我整夜睡不着觉，睁着眼睛想念你，报答你为这个家操碎了心。

元稹的悼亡诗写得如此感人，就是因为作者对妻子的一颗真心，就是因为他们患难夫妻的情义。

他在祭奠韦丛的祭文（《祭亡妻韦氏文》）里说，按照惯例，祭奠死者时，往往要记述他的门第、道德，要叙说家人是如何悲伤，用什么样的酒食来祭奠死者，但这都是活人做的事，死者无知无觉，又怎么可能知道这些呢？如果夫人在天有灵，那么她也会了解我的心意，我又何必说那么多呢？

所有这些文字，都让我们感受到韦丛对于元稹的重要。

在祭文里，元稹还说，别人认为我愚笨，夫人认为我尊贵；别人认为我生活穷困，没啥前途，夫人认为我走的是正道，必有前程。我有时与朋友宴饮，看似浪费了一些光阴，但夫人认为我与君子交往非常有必要。现在看来夫人的见地都是对的。唉，成就我的是朋友，理解我、宽宥我的是夫人啊！我刚刚做官的时候，俸禄极少，常常感到惭愧，我经常跟夫人许诺：我会让你过上好日子。现在日子变好了，夫人却不在了，只剩我一人在世上苟活，究竟怎样才能消除心中的万般遗憾呢？

可见，韦丛与元稹是同患难、共相伴的好伴侣，她理解、了解元稹，是元稹的知心人。

悼亡诗由魏晋诗人潘岳首创，历来为人们所推崇。悼亡诗往往包含丰富的人生经历、深沉的人生感慨，以及心领神会、深入灵魂的真情真心。元稹的悼亡诗在当时也广为传诵，时至今日，依然是表达深情的典范诗作。

题李凝幽居

[唐] 贾岛

闲居少邻并，草径入荒园。
鸟宿池边树，僧敲月下门。
过桥分野色，移石动云根。
暂去还来此，幽期不负言。

· 选自《全唐诗》卷五百七十二（中华书局1960年版）。
· 分野色：山野景色被桥分开。
· 幽期：时间非常漫长。
· 负言：食言，不履行诺言、失信。

贾岛（779—843）

字阆仙，范阳（今属河北涿州）人。中唐著名诗人。久困科场，屡试不第，诗中多愤世嫉俗之语。长于五律，精于雕琢，好为苦吟，善写荒僻情状，对晚唐五代乃至宋诗影响很大。生平事迹见新旧《唐书》、《唐才子传》等，有《贾长江集》行世。

第42课 / 贾岛《题李凝幽居》

孟郊和贾岛是中唐很有特色的诗人，苏轼曾把他们的诗歌风格概括为"郊寒岛瘦"，意思是，他们的诗散发着一种苦寒、消瘦的气息，而营造这种气息需要特别注重炼字，这首《题李凝幽居》就很好地体现了这个特点。

诗题中的李凝可能是贾岛的好朋友，其生平行迹不详，有可能是一位隐士。

第一、二句描绘出了此地之幽静："闲居少邻并，草径入荒园。"这座幽居周围没什么邻居，杂草丛生，显得有些荒凉。第三、四句说："鸟宿池边树，僧敲月下门。"渲染幽居之清冷，向来为人们所称道。意思是说，到了夜晚，水池边的树上住着鸟儿，它们可能已经安然地入睡了。此时有一位僧人造访幽居，轻轻敲门，发出声响，也许惊动了树上的鸟儿，于是鸣叫起来。贾岛早年曾出家为僧，或许这僧人就是他自己；又或许，现实场景中并无鸟儿，也无僧人，作者这样写只是为了以动衬静、以静衬幽。加入僧人这方外之人的形象，自然会强化静谧超然的氛围，再加上池边树、月下门等意象，更突显了幽居之幽。

第五、六句："过桥分野色，移石动云根。"诗人离开幽居后，过桥前行，发现原野景象又有不同，远处云气飘浮，山石似乎也在隐隐晃动。古人认为，云从山石而生，"云根"就是山石的别称。最后两句"暂去还来此，幽期不负言"，意思是说，今晚暂别朋友的幽居，过几天我再来吧，因为我们早已约定要同隐山林，绝不负约。整首诗看似写贾岛造访朋友，其实重点在渲染李凝居所之幽静偏远，突出隐居之人的情怀。

据说贾岛写这首诗，在三、四两句上颇为用力。到底用"僧敲月下门"，还是"僧推月下门"呢？他一直犹豫不决。这首诗重在写意，用"敲"是以动衬静，用"推"则少了声响，就不是静中有动，而是静中更静了。他走在长安的大街上，只顾低头琢磨这两句诗，没细看前面的路，一不留神，冲撞了京兆尹韩愈的坐骑，左右将他押到韩愈的面前，他只好以实相告，说自己是个诗人，正在炼句炼字，拿不准到底该用"推"还是"敲"。这时候，戏剧性的一幕发生了，京兆尹兼大诗人韩愈不仅没有怪罪贾岛，反而放下身段，与贾岛共同切磋琢磨到底该用哪个字。经过一番认真研究，两人最后得出结论，用"敲"字最佳。之后两人并辔而行，谈诗论道，结为莫逆之交。

关于贾岛写诗勤于炼字，还有一则故事。据说贾岛骑驴过长安街道，当时秋风正劲，黄叶满地，看到此情此景，诗兴大发，不禁脱口而出一句诗："落叶满长安。"可是只有这一句哪儿行啊？他反复思量上句该是什么，边走边想，忽然想到："秋风生渭水，落叶满长安。"正在暗自欢喜，结果一不留神又撞到京兆尹刘栖楚的坐骑，这一次他没那么好的运气了，被拘留了一个晚上，第二天上午才被释放。（《唐才子传》）

这两个故事都极富戏剧性，我们也很愿意相信这两个故事都是真实的，但事实并非如此，这并不是真实的故事，而是杜撰的。我们猜想，故事中反复出现京兆尹这个角色，也许是为了强化诗人贾岛的分量吧。但这两个故事的确很能说明贾岛苦吟炼字的创作态度。

韩愈虽然没有与贾岛琢磨推、敲二字，但他对贾岛的确非常器重，正是在他的帮助下，贾岛考中了进士。韩愈在《赠贾岛》一诗中写道："孟郊死葬北邙山，从此风云得暂闲。天恐文章浑断绝，更生贾岛著人间。"大意是说，孟郊死后，上天担心文章之道断绝，所以又生出个贾岛在人间。可见，在韩愈的心目中，贾岛和孟郊有着同样的地位和分量。

贾岛刻苦炼字炼句，令人印象深刻，但他的诗也常常因此有句无篇。比如"秋风生渭水，落叶满长安"这两句，我们都很熟悉，但是整首诗意境并不够浑成。与韩愈比起来，贾岛才力不足、阅历有限、气象局促，他往往在几个字、几句诗上下很大的功夫，只关注到诗歌的局部，而忽略了整体意境的营造。

像贾岛这样推敲字句的例子，在中国古代诗歌史上屡见不鲜，有的诗人往往能够以一字盘活全篇。比如北宋宋祁说"红杏枝头春意闹"（《玉楼春·春景》），一个"闹"字不仅让我们感到春意无限，而且全篇都散发出活泼的青春气息。北宋张先说"云破月来花弄影"（《天仙子·水调数声持酒听》），着一"弄"字，立刻将花影和云、月之间的关系全都盘活，让我们感觉到云月花影是如此活泼可人、有趣灵动。还有王安石的诗句"春风又绿江南岸"（《泊船瓜洲》），一个"绿"字，立刻让诗句生出了新意。炼字的根本目的在于炼意、造境，在于营造圆融的诗境，贾岛这首诗就是很好的例子。

雁门太守行

[唐] 李贺

黑云压城城欲摧,甲光向日金鳞开。
角声满天秋色里,塞上燕脂凝夜紫。
半卷红旗临易水,霜重鼓寒声不起。
报君黄金台上意,提携玉龙为君死。

- 选自《李贺诗歌集注》卷一(上海人民出版社1977年版)。
- 日:一作"月"
- 玉龙:宝剑。

李贺(790—816)

字长吉,福昌(今属河南宜阳)人。中唐著名诗人。他是李唐宗室后裔,然家道衰微,诗才颇高而位卑多病,作品多感伤人世短暂、时运不济,境界幽峭而色彩秾丽,世称"李长吉体"。其诗风对后世有较大影响。新旧《唐书》有传,有《李长吉诗集》行世。

第43课 / 李贺《雁门太守行》

《雁门太守行》是古代乐府旧题，最初用来歌颂太守战功，后来用来写军旅、战争和边塞题材。李贺借用这个乐府旧题，描绘了一场忠君爱国抗击藩镇叛军的激战。

诗的前两句说："黑云压城城欲摧，甲光向日金鳞开。"气势非常壮大，情势也很危险。为什么？黑云翻滚，乌云重重，已经逼近城墙，逼近城门，都快要把城压垮了。黑云当然摧不垮城池，但是围困我军的藩镇叛军，确实快要攻破我军的城垣了。这里是借用黑云比喻敌军，极尽渲染敌军兵临城下的紧张气氛和危急形势。敌军如此猖獗，我军表现如何呢？"甲光向日金鳞开。"在阳光的照耀下，我军将士的黄金甲放射出灿烂的光芒，寓意我军士气高昂，不惧黑云压城。

不过，针对这两句诗，宋代大诗人王安石发出了疑问：既然刚才是黑云重重，怎么转瞬之间太阳就冒出来了，而且阳光灿烂？（宋·王得臣《麈史》卷中）如果纯粹从天气变化的角度而言，王安石的质疑是很有道理的。但李贺这是在写诗，不是在播天气预报。清代人贺裳评论唐代诗人李益《江南曲》："嫁得瞿塘贾，朝朝误妾期。早知潮有信，嫁与弄潮儿。"说这样的写法就是"无理而妙"。《红楼梦》第四十八回"滥情人情误思游艺，慕雅女雅集苦吟诗"中写到香菱学诗的体会，香菱说："据我看来，诗的好处，有口里说不出来的意思，想去却是逼真的。有似乎无理的，想去竟是有理有情的。"黑云转瞬变作白日，少妇后悔当初应

嫁给弄潮儿,这在现实生活中都是不合常理的,但是写在诗歌中却是神来之笔、绝妙之笔。因为诗歌的主要目的不是绝对写实、写报告文学,而是写意、造境,是要创造一个来源于生活且高于生活的艺术的世界。

就这两句诗而言,诗人就是要借"甲光向日金鳞开"压倒"黑云压城城欲摧",就是要突出强化唐军的威猛气势,至于太阳什么时候出来、黑云什么时候散去这类气象问题,就不在他的考虑之列了。

诗的三、四句紧接着说:"角声满天秋色里,塞上燕脂凝夜紫。"战斗打响了!"角",古代军中吹奏乐器,其实就是军号。满天响彻着战斗的号角,说明战斗进入到了最艰难、最

元·盛懋《松石图》

惨烈的时刻。惨烈到什么程度？"塞上燕脂凝夜紫"。边塞大地上，处处都洒满了将士们的鲜血。"燕脂"是文人的说法，实际指鲜血的颜色。深秋季节，天寒地冻，鲜血冻结在土地上，慢慢变成深紫色。这一句既说战况的惨烈，也说战争的残酷，但却没有直接描写战争如何惨烈、将士们如何用命，而是非常巧妙地运用色彩、声音来表现战况，用意委婉，意象鲜明。

五、六两句是对三、四句的纵深："半卷红旗临易水，霜重鼓寒声不起。"有人认为这两句是写唐朝援军到达的情形。深夜里，援军到了，为了悄悄接近敌人发起突袭，所以将红旗卷了起来。"易水"应该有两层意思，一是借用荆轲刺秦王的典故，寓意唐军将士勇猛杀敌于阵前。当初荆轲将欲刺秦，燕太子丹为他送行，荆轲高歌一曲《渡易水歌》："风萧萧兮易水寒，壮士一去兮不复还。"从此，"易水寒"就成为勇士壮行的象征。二是，当初燕太子丹在河北易水送别荆轲，而李贺的时代，河北地区的藩镇对朝廷早存二心，意欲图谋不轨，叛乱之举屡屡发生，朝廷对河北藩镇总是高度警惕，时时也有用兵之举。从这个意义上来说，"半卷红旗临易水"也有写实的意味。

军队临近敌人阵地，忽然击鼓发起突袭，不料锤落鼓声却不大。为什么？因为"霜重鼓寒声不起"。深秋的夜晚，塞上寒气太重，鼓面遭了霜打，只能发出沉闷的声音，可见前线战况多么艰苦。鼓声虽然不大，但是将士们的斗志依然很大。虽然"黑云压城城欲摧"，虽然"塞上燕脂凝夜紫"，虽然"霜重鼓寒声不起"，但是将士们的战斗意志从来没有减退，反而更加强烈。所以最后两句说："报君黄金台上意，提携玉龙为君死。"一句话，士为知己者死。这里也用了一个典故，说燕昭王当年想要振兴燕国，却不知该怎么办。谋士郭隗劝他广纳贤才，他对燕昭王说，您若能筑黄金台，尊我为师，那比我贤能的人才自然都会来投奔您。燕王采纳了郭隗的建议，一时间，天下英才纷纷前来投奔昭王，燕国因此而壮大。(《史记》卷三四)这两句诗的意思是说，当朝君王对我们有奖掖、提携、知遇之恩，我们愿意为君王、国家献出宝贵的生命。

这首《雁门太守行》在艺术上也极富李贺特色，这个特色就是色彩极度浓郁、鲜亮，形容敌人是"黑云"，形容唐军是"金鳞"，形容鲜血是"燕脂凝夜紫"。此外，还有"半卷红旗"的战旗之色，"角声满天"的秋气之色，"提携玉龙"的剑气之色，"临易水"的水寒之色，"黄金台"的壮美之色，等等。借用这些鲜活的色彩，李贺表达着自己对边塞战事的态度和情感。

若论色彩词语的运用，唐代诗人中李贺算是首屈一指。后人曾评论说，李贺的诗像是百家锦衣绣在一起，五光十色，夺人眼目，不能看太久，否则会头晕目眩。(宋·范晞文《对床夜语》卷二)说明李贺的诗色彩特别浓艳，特别丰富。有人专门比较统计王维、韩愈、李贺三人诗作的色彩字。结果发现，李贺诗的色彩字占总字数的比例最高，大概每三十个字当中就有一个色彩字。这项统计是否准确姑且不论，但至少说明李贺非常喜欢、擅长使用色彩字，比如他称太阳为"红镜""白景"，称月亮为"斜白""碧华""玉钩"，称繁星为"银沙"，称河边的春草为"寒绿"，称秋花为"冷红"，这些称谓以色彩定义传统的诗词意象，别开生面，令人耳目一新。

李贺的文学天赋很高，据说七岁就能写一手好文章。大文豪韩愈等人将信将疑，专门到李贺家中，要当面见识一下这个小神童的本事。小李贺镇定自若，欣然挥笔写就诗篇《高轩过》，令韩愈等人震惊不已。（《唐才子传》卷五）李贺写诗非常刻苦认真。据史料记载，他每天早上外出则背一锦囊，骑一小驴，带一小童。如果灵感乍现，想到绝妙好诗句，就马上写在小纸条上，投到锦囊中。他构思诗句从来不预设主题，只要有感受就及时写下来，等完成全篇再设定题目。

　　每晚回家时，李贺的锦囊中总能倒出一大堆的小纸条，写满了诗句，饭后点起灯来慢慢整理修改。他的母亲心疼儿子，埋怨说：你如此呕心沥血地写诗，难道要把这颗心呕出去才罢休吗？（《唐才子传》卷五）这就是李贺写诗的态度。可见天才不完全是天生的，也需要后天的不断积累，只有不断地实践、积累，灵感才会迸发。

　　关于《雁门太守行》这首诗还有一个小故事。据说当初李贺去拜见国子博士韩愈，韩愈刚刚接待完客人，很疲倦。门人将李贺的诗卷呈给韩愈，韩愈一边解腰带一边看，可能没抱太大希望，准备随便翻看一下就休息了。结果翻开第一篇，就看到《雁门太守行》头两句："黑云压城城欲摧，甲光向日金鳞开。"韩愈立刻重新系好腰带，让门人马上请李贺进来。（《唐语林》卷三）你看李贺厉害不厉害。

　　但这样的天才人物却始终怀才不遇。李贺本是李唐皇室宗亲后裔，出身颇为高贵，只是家道早已衰落。他才华既高，自然要参加进士科考试，结果遭人嫉妒攻击，说他父亲名曰李晋肃，"晋"字和进士科的"进"是同音字，触犯了当时的忌讳，没有资格参加进士科考试。韩愈专门写

了一篇文章为李贺鸣不平，他质问，李贺的父亲如果叫李仁，那李贺难道连人也不能做了吗？（《唐才子传》卷五）

但流俗的力量有时难以想象。李贺终生不得进士，只零零碎碎做过一些小官，长期陷入抑郁愤懑之中。唐宪宗元和八年（813），他因病辞官回到老家昌谷，二十七岁即郁郁而终。李贺虽然英年早逝，但诗文创作颇丰，自成一体，他表字长吉，时人名之曰"长吉体"。有人认为李贺的诗歌艺术成就很高，可与韩愈、孟郊甚至李白、杜甫相媲美，可见他在诗坛的影响力。

李商隐曾作《李贺小传》，记述这位青年诗人的事迹，充满了凄美的浪漫色彩。据说李贺临终前看到有人身穿深红衣裳，驾着赤龙，手持笏板，要接他上天。李贺下榻跪求说：我母亲年纪大还有病，我不能去啊。来人笑着说：天帝刚刚造好白玉楼，请你上天作《白玉楼记》，你放心吧，在天上当差不会辛苦的。李贺独自哭泣，旁边的人都看到了。不一会儿，李贺慢慢气绝而亡，房屋中升起袅袅烟气，还隐隐听到车轮转动和奏乐之声。这听上去更像是一个美好的传说，就如同李白的离去，人们更愿意相信他喝醉了酒，去捉水中的月亮，随月光而去了。看来人们对于李白、李贺这样的浪漫主义诗人，都有深情的眷恋，连他们离开人世的方式都被赋予浪漫的气息。

李贺去世之前，曾托付好友沈述师为他整理诗文。可是多年过去了，因为种种原因，沈述师没有完成这个工作。有一个夜晚，他喝醉了酒，翻检书柜，突然看到当初李贺交给他的诗文，想到当初与李贺相处的难忘岁月，不禁潸然泪下。他连夜给著名诗人杜牧写了一封信，请求杜牧为李贺的这部诗文集写一篇序。

　　杜牧最初坚决不答应，他认为李贺是大诗人，自己没有资格评价他的成就。沈述师反复请求，最后甚至对杜牧说，如果你再不答应，就是看不起我。杜牧无奈，只好答应，作《李贺集序》。这篇《李贺集序》是对李贺诗歌成就最经典的评价："盖《骚》之苗裔，理虽不及，辞或过之……使贺且未死，少加以理，奴仆命《骚》可也。"意思是，李贺的诗歌是《离骚》之流韵，思想成就虽然不及《离骚》，艺术成就却可能超越了它……李贺如果还在世，只需稍稍丰富其诗作的思想，便应当可以雄视《离骚》了。

清　明

[唐]杜牧

清明时节雨纷纷，路上行人欲断魂。
借问酒家何处有？牧童遥指杏花村。

·选自《杜牧集系年校注》集外诗三（中华书局2008年版）。

杜牧（803—853）

字牧之，号樊川，京兆万年（今属陕西西安）人。晚唐著名诗人。出身长安世家望族，祖父杜佑为著名政治家、史学家，有《通典》行世。他素有大志，好议兵略。诗作众体兼擅，风流俊爽，情致豪迈，与李商隐并称"小李杜"。其文推崇韩柳，亦为晚唐大家。新旧《唐书》有传，有《樊川文集》行世。

第44课 / 杜牧《清明》

这应该是关于清明节最著名的一首诗。

首句点题,"清明时节雨纷纷",清明时节一到,雨水显著增多。常言道"春雨贵如油",这里是"雨纷纷",说明雨量不小。朱自清的《春》曾描绘过这种春雨:"像牛毛,像花针,像细丝,密密地斜织着,人家屋顶上全笼着一层薄烟。树叶子却绿得发亮,小草也青得逼你的眼。"看来,清明的这场雨,连续不断,纷纷扬扬,不仅飘洒到了草地和树叶上,还飘洒进了人们的心里。

第二句"路上行人欲断魂",这里的"断魂"是失魂落魄的意思,指的是人们的情绪很低落。为什么在"雨纷纷"的"清明时节","路上行人"会"断魂"呢?这就不得不说一说清明节了。

清明是中国传统二十四节气之一。俗话说"清明前后,种瓜点豆",意思是清明一到,气温慢慢升高,是春耕春种的大好时节。《燕京岁时记》引《岁时百问》说:"万物生长此时,皆清净明洁,故谓之清明。"

清明不仅是物候的节气,也是一个传统节日。古代中国是传统的农业国家,靠天吃饭,节日往往跟农时、劳作、祭祀紧密地结合在一起。清明时节,万物生长,草木繁盛,人们纷纷走出家门踏青春祭,拜祭先祖保佑家族平安,同时举行拔河、荡秋千、放风筝、试新茶等一系列活动。

与清明节密切相关的还有一个很重要的节日,就是寒食节。据说晋文公为了追念介子推的忠诚，报答介子推的恩情，将冬至后第一百零五天定为寒食节，规定这一天不准生火做饭，只能吃冷食，以此表达对介子推的尊重和怀念，后来进一步延伸到祭奠先人。当然，寒食节最早也与远古的改火、禁火传统习俗有很大的关系。在唐代，寒食节和清明节是两个既有区别又有联系的节日，慎终追远、祭扫祖先是它们的共同内涵。总之，清明时节，既要开展一些与春季相关的活动，感受"一年之计在于春"的朝气，同时又要慎终追远，扫墓祭祖。

清明祭扫先祖，心情不免怅惘低沉，恰逢春雨纷纷，更是荡漾起了无限情丝。"断魂"本是一个偏消极的词汇，但面对美好的春光，这"断魂"是不是也有些"销魂"的意味呢？不管是消极还是积极，此时此刻，都特别需要一样东西来舒缓内心的情绪，这就是酒。

诗的第三句说"借问酒家何处有"。曹操《短歌行》诗云："对酒当歌，人生几何。譬如朝露，去日苦多。慨当以慷，忧思难忘。何以解忧？唯有杜康。"路上的行人想要喝点酒，不仅是借酒浇愁，也可喝酒助兴，欣赏明媚的春光。

最妙的是最后一句："牧童遥指杏花村。""牧童"，可能是实指，也可能是一种意象。中国古代山水画、古典诗词中有不少类似的人物意象，比如樵夫、渔夫。王维《终南山》诗云"欲投人处宿，隔水问樵夫"；柳宗元《江雪》诗云"孤舟蓑笠翁，独钓寒江雪"；还有屈原笔下的"渔父"，他们大都是深山高士、隐士的象征。古典诗词中也经常出现牧童，王维《淇上田园即事》诗云"牧童望村去，猎犬随人还"；孟浩然《田家元日》诗云"桑野就耕父，荷锄随牧童"；清代袁枚也有一首《所见》："牧童骑黄牛，歌声振林樾。意欲捕鸣蝉，忽然闭口立。"这些诗中的牧童可能是具体所指，也可能就是一种乡村意象，象征着一种乡村的生活情趣。

至于"杏花村"，也有同样的意味。它也许是指一个具体真实的杏花村，也可能是泛指春日杏花盛开的村庄。总之，《清明》这首诗虽然很短，却营造了特别浓郁的清明氛围：雨纷纷、欲断魂、牧童、酒家、杏花村，这就是清明时节最典型的一组意象。从某种意义上来说，这首诗为我们展现了最典型、最鲜明的清明印象。因此，只要到了清明，我们就会不由自主地想到这首诗，眼前甚至会立刻浮现出这首诗所描绘的画面。这首诗就代表着清明，清明就是这首诗所描绘的意境。至于这首诗所写的路上行人是谁，酒家卖的是什么酒，杏花村究竟在什么地方，反而变得不那么重要了。

杜牧的诗，尤其是七绝，后人称赞其"健朗俊爽"，这与杜牧的个性有很大的关系。杜牧出身于著名的京兆杜氏，颇通兵略，好言王霸之术，先后在黄州、池州和睦州做过刺史，后来还做到中书舍人。他不仅胸中有壮志，笔下也有豪情。他的七绝可媲美王昌龄、李白，是晚唐七言绝句创作成就最高的诗人。可以说，这首小小的《清明》诗，也体现了杜牧七绝创作独具的特点。

山 行

[唐] 杜牧

远上寒山石径斜,白云生处有人家。
停车坐爱枫林晚,霜叶红于二月花。

- 选自《杜牧集系年校注》樊川外集(中华书局2008年版)。
- 坐:因为。

第45课　杜牧《山行》

这首诗想必我们小时候都读过。

第一句"远上寒山石径斜",意思是说,秋寒之际,远望秋山有一条石头小路,弯弯曲曲地一直延伸到山的深处去。中国古代山水画,常常以水墨泼开高山大川,又以工笔在山间点染层层石阶,渐次转入深处,给人深山之处有人家的感觉。所以"石径"二字已为第二句"白云生处有人家"埋下伏笔,而如果没有第二句,第一句的妙处也落不到实处。现在,第二句顺承第一句而来,展现了一个悠长深远、清新而有生气的画面,既保留了第一句延伸而来的纵深感、神秘感,又因为白云的装点平添了几分仙气。不由得令人联想到贾岛的《寻隐者不遇》:"松下问童子,言师采药去。只在此山中,云深不知处。"

第二句有一处异文,有的版本作"白云深处",有的版本作"白云生处"。这两个字的意思和境界不完全一样,前者是说寒山深处白云浓密,白云更深处便有人家,这是静态,强调人家深藏在白云里;后者则是说走到山路尽头,看到有白云袅袅升腾,在白云生起处见到人家,这是动态,强调人家在缥缈游动的云间。对此,我有亲身经历。有一年雨季,我们一行人翻越皖南一处山坳。山间浓云密布,我们穿云而出,在一户山民家中歇脚,不知不觉,浑身都湿透了。大家笑言,"白云深处有人家"虽有诗意,但真住在白云深处,恐有罹患风湿之虞。从诗的结构来说,一个"生"字带动白云起落,与"远上寒山"形成动态对照,颇有"行到水穷处，坐看云起时"（唐·王维《终南别业》）的闲散意味，诗人或许正是想突出这样一份潇洒的诗意。

诗人在山中盘桓已久，不觉日色已晚，但第三句偏说"停车坐爱枫林晚"。我之所以这么晚还不回家，反而将车停在山路旁，那是因为我爱这一片如火的枫林。可见白云生处不仅有人家，还有火红的枫叶；吸引诗人的不仅是山居中的朋友，更有漫山遍野的红叶。"枫林晚"意谓天色已晚，枫叶之红与晚霞之红相呼应，实在令人赞叹。

秋日游赏红叶本是人之常情，但诗人喜爱枫叶的理由比较特别，因为"霜叶红于二月花"。深秋时节绽放的枫叶，霜愈重色愈浓，比早春二月的花还要红——这其实是从秋色里看到了春意，正如岑参从冬雪里看到了春花："忽如一夜春风来，千树万树梨花开。"（《白雪歌送武判官归京》）杜牧表面上在比较红叶与红花的颜色，实际上是在比较秋意与春意，比较对秋天和春天的情感。他认为，浓浓的秋意比早春二月更让人意气风发，这与刘禹锡的想法不谋而合，异曲同工："自古逢秋悲寂寥，我言秋日胜春朝。晴空一鹤排云上，便引诗情到碧霄。"（《秋词》二首其一）

杜牧的诗风健朗俊爽，诗意别开生面，总能推陈出新。比如《赤壁》："折戟沉沙铁未销，自将磨洗认前朝。东风不与周郎便，铜雀春深锁二乔。"《题乌江亭》："胜败兵家事不期，包羞忍耻是男儿。江东子弟多才俊，卷土重来未可知。"这就是所谓的"翻案诗"——选择一个假设甚至相反的角度，重新看历史，也许会得出不同的结论。这也就像他笔下的秋意，一反悲苦萧瑟的常态，展现出如春光一般的蓬勃明丽。

杜牧出身不大寻常，他是京兆杜氏，当时长安俚语有云"城南韦杜，去天尺五"，意思是，长安京兆杜氏、韦氏家族出身高贵，与皇家关系密切。杜牧的祖父是著名史学家、德宗朝宰相杜佑。杜牧本人早年即考中进士，为人洒脱不羁，风流倜傥。曾在朝廷中枢机构以及地方担任要职，好谈兵略，曾为《孙子兵法》作注，是个才情胆识兼具的诗人。他的诗常常喜欢翻出新意，与这样的个性、经历、家庭背景有一定的关系。

杜牧才情高迈，很早就崭露头角。唐文宗太和初年（827），礼部侍郎崔郾将赴洛阳主持进士科考试，太学博士吴武陵去看望崔郾，说：您现在为天子选拔奇才，我要大胆地向您推荐人才。他拿出抄写好的《阿房宫赋》读给崔郾听。崔郾听后非常欣赏，吴武陵借机问他，能不能给杜牧考试排名第一，崔郾表示这方面已有人选，吴武陵从第一名问到第五名，崔郾都没答应。吴武陵勃然大怒，说：如果不行的话，就将《阿房宫赋》还给我吧。崔郾只好说：就按你说的办吧。最后，杜牧的进士试果然取得了很好的名次。（《新唐书·吴武陵传》）

在唐代，进士科考试之前有所谓的"温卷"或"行卷"，就是向主考官或当时著名的文人进呈自己的佳作，以便引起他们的关注，获得他们的支持。批改进士试卷期间，若有人举荐候选人，比如吴武陵向崔郾举荐杜牧，叫作"公荐"；在正式公布科举考试结果前向主考官推荐人选，叫作"通榜"；在"公荐""通榜"期间，进士人选的资格都可以进行商议，这样的制度、风气客观上推动了唐代的诗文创作。

过华清宫绝句(其一)

[唐]杜牧

长安回望绣成堆,山顶千门次第开。一骑红尘妃子笑,无人知是荔枝来。

· 选自《杜牧集系年校注》樊川文集卷第二(中华书局2008年版)。
· 绣成堆:骊山右侧有东绣岭,左侧有西绣岭。唐玄宗在岭上广种林木花卉,郁郁葱葱,花草锦绣。
· 千门:形容山顶宫殿壮丽,门户众多。

第 46 课 / 杜牧《过华清宫绝句》(其一)

杜牧这首诗的写作角度很独特。他写诗的地点就在华清宫，然而在诗中却想象自己从长安回望华清宫，所以第一句说"长安回望绣成堆"。从长安望向骊山华清宫，看到骊山近旁的东西绣岭，花团锦簇，草木葱茏，风景如画。

华清宫位于今西安市临潼区骊山脚下。白居易曾在《骊宫高》中说"高高骊山上有宫，朱楼紫殿三四重"，说明当时华清宫中建筑很多。其实，早在西周时期，华清宫就是天子的游幸之地，秦始皇和汉武帝时期都对它多有修葺。唐太宗时期对它进行改建，赐名汤泉宫，高宗时期赐名温泉宫。玄宗时期再次进行大规模改建，赐名华清宫。华清宫最吸引人之处在于它的温泉，历代君王喜爱华清宫，也是因为可以在这里泡温泉、休息和娱乐。而唐玄宗不仅在这里洗浴、娱乐，还在此处理朝政，因此在周边设置了不少办公机构。

根据现在的考古发掘，华清宫里有唐玄宗专用的"御汤"（又叫"莲花汤"），有杨贵妃专用的"海棠汤"，有太子专用的"太子汤"，以及百官使用的"星辰汤"和"尚食汤"。看来，作为皇家温泉行宫，这一时期的华清宫建设规模甚巨。唐玄宗、杨贵妃在华清宫的沐浴情形，也让后来的文学家浮想联翩，形成千古流传的名篇佳句："春寒赐浴华清池，温泉水滑洗凝脂。侍儿扶起娇无力，始是新承恩泽时。"（唐·白居易《长恨歌》）

盛唐时期的精心营造，直到晚唐依然令人叹赏，所以杜牧回望骊山之时，不仅看到草木郁郁葱葱，更看到"山顶千门次第开"，并由此出发，再次回到百年前的那一刻："一骑红尘妃子笑，无人知是荔枝来。"妃子指的是杨玉环杨贵妃。想当年杨贵妃国色天香，专宠后宫："回眸一笑百媚生，六宫粉黛无颜色"，"后宫佳丽三千人，三千宠爱在一身"（唐·白居易《长恨歌》）。据史书记载，杨贵妃喜欢吃荔枝，但荔枝只产于南方，一千多年前，既无飞机，也无高铁，要想吃到新鲜荔枝，只能依靠驿站人力，一站一站地快马专递，在尘土飞扬中将荔枝送往京城，也就是史书上说的"置骑传送，走数千里"。（《新唐书·杨贵妃传》）

玄宗宠爱贵妃本无可厚非，但是宠爱背后的巨大支出、宠爱之后的恶果令人扼腕。常言说"一人得道，鸡犬升天"。杨贵妃的家人，包括她的哥哥杨国忠，姐妹韩国夫人、虢国夫人和秦国夫人，并承恩泽，权倾朝野，骄纵一时，最终国破身死，一败涂地，正如白居易《长恨歌》所说："姊妹弟兄皆列土，可怜光彩生门户。遂令天下父母心，不重生男重生女。骊宫高处入青云，仙乐风飘处处闻。缓歌慢舞凝丝竹，尽日君王看不足。渔阳鼙鼓动地来，惊破霓裳羽衣曲。九重城阙烟尘生，千乘万骑西南行。翠华摇摇行复止，西出都门百余里。六军不发无奈何，宛转蛾眉马前死。"杨国忠被禁军所杀，杨玉环在马嵬坡被玄宗赐死，落得一个悲惨结局："花钿委地无人收，翠翘金雀玉搔头。君王掩面救不得，回看血泪相和流。"

《过华清宫绝句》不仅有其一，还有其二和其三，它们之间的联系很紧密，可以一并解读。

其二诗云:"新丰绿树起黄埃,数骑渔阳探使回。霓裳一曲千峰上,舞破中原始下来。""新丰"指今临潼区新丰镇,在这里依然借指华清宫。意思是说:朝廷派去范阳试探安禄山虚实的使者快马回京,来华清宫向玄宗汇报。这一段记叙符合真实的历史:安禄山手握重兵,权倾一时,玄宗对他不免怀有疑心,于是派特使宦官辅璆琳前去试探。安禄山深知辅璆琳此来用意,便对其大加贿赂。结果辅璆琳回去向唐玄宗汇报,说安禄山一片忠心,朝廷尽可放心。唐玄宗于是放松了警惕,终日与杨玉环等人寻欢作乐,沉迷于《霓裳羽衣曲》,最终导致悲惨的结局。

其三诗云:"万国笙歌醉太平,倚天楼殿月分明。云中乱拍禄山舞,风过重峦下笑声。"想当初,唐玄宗和杨玉环夜夜笙歌,沉醉于太平时节,只顾着在楼堂殿宇中看明月朗朗,却忽略了埋伏在他们身边的心腹大患安禄山。史载,安禄山身体异常肥胖,有三百多斤,但他的胡旋舞却能跳得快如疾风。安禄山善于揣摩唐玄宗和杨玉环的心思,对他们百般讨好。他拜见唐玄宗,玄宗向他引见太子,他却不拜,说自己不知太子为何官。玄宗说太子是未来接替皇位之人,安禄山却说我心中只有陛下,并无他人。安禄山每次拜见唐玄宗和杨玉环,都先拜杨玉环,次拜唐玄宗,玄宗觉得很奇怪,安禄山却说我胡人风俗,只知其母而不知其父。(《旧唐书·安禄山传》)他就用这样的巧言令色之语,逐步得到唐玄宗的喜爱与信任。

杜牧是晚唐的杰出诗人,尤其擅长咏史诗。咏史诗有很多不同的写法,这首尤为巧妙,并无一字批判唐玄宗、杨贵妃,但字字矛头都指向唐玄宗、杨贵妃,可谓咏史诗中的佳篇。

夜雨寄北

[唐]李商隐

君问归期未有期,巴山夜雨涨秋池。
何当共剪西窗烛,却话巴山夜雨时。

· 选自《李商隐诗歌集解》(中华书局1998年版)。
· 寄北:写诗寄给北方的人。
· 巴山:指大巴山,在陕西南部和四川东北交界处。这里泛指巴蜀一带。

李商隐(813?—858)

字义山,号玉谿生,又号樊南生,怀州河内(今属河南沁阳)人。晚唐著名诗人。因深陷"牛李党争",一生郁郁不得志。其诗反映时事民生,抒愤寄慨;写爱情的无题诗深情绵邈、隐晦曲折,尤为后世所称道。他兼擅各体诗作,七律特出,多用典故,色彩瑰丽。与杜牧齐名,并称"小李杜";又与温庭筠并称"温李"。新旧《唐书》有传,有《李义山诗集》《樊南文集》行世。

第47课 / 李商隐《夜雨寄北》

这首诗的写作时间、对象始终有争议。但时间大体应在唐宣宗大中二年(848)前后,这一年李商隐在桂管观察使郑亚幕府担任观察判官、检校水部员外郎。他从桂林出发回洛阳,途经巴蜀期间写下这首诗。这首诗的另一个题目是《夜雨寄内》,所以,有人认为是写给友人的,有人认为是写给妻子的。从诗的内容来看,似乎后者更为确切。

"君问归期未有期"这一句写得十分直接,看似突兀,情感则很强烈。不论是妻子思念的情感,还是给妻子回信的情感,都很强烈。妻子来信询问诗人,什么时候才能从远方回到洛阳?诗人难以回答,他不知道什么时候才能回家。人在仕途,身在江湖,身不由己,实在很难回答什么时候才能回家。这就是羁旅行役、仕途茫茫的痛苦,像转蓬一样随风漂泊,一切命运都要随着仕途而迁转!正如诗人在《无题·昨夜星辰昨夜风》当中说的"走马兰台类转蓬",回家的日期无法确定,人生的命运始终无法掌握在自己的手中。所以本句有两层含义:其一,诗人现在无法确定什么时候能够回家;其二,诗人仕途不定,命运难测,自己也不能确定什么时候才能与家人团聚。

还有一个没有办法回答的原因是"巴山夜雨涨秋池"。此时此刻诗人正在巴蜀之地,晚上下起了大雨,江水河水纷纷上涨,深秋时节,大雨不断,阻断了道路,隐喻作者回家的路途更加不可预期,既漫长又艰难。

李商隐善于描写内心细微的变化。比如:"身无彩凤双飞翼,心有灵犀一点通。"（《无题·昨夜星辰昨夜风》）"春心莫共花争发，一寸相思一寸灰。"（《无题·飒飒东风细雨来》）诗人一般很少在诗中直抒胸臆，大都是用隐喻、委婉的方式来表达。你问我何时才能回家，我无法确定地回答这个问题。我知道的是，在回家的道路上、在仕途上阻隔重重，就好像今天晚上巴山的夜雨一样。大雨连绵不断，使得江河湖水上涨，我无法预知，在我回家的路上还能遇到怎样重重的阻碍，更无法预期我未来的仕途会怎样。这里既有直接的表达，也有背后隐含的喻义。

"何当共剪西窗烛"，什么时候才能与你同在西窗下，共对烛光，那一刻，你修剪灯芯，让烛光更加明亮。诗人和爱妻肯定有过"共剪西窗烛"的经历。兄弟之间的场景是秉烛共读，夫妻之间的场景则是对床夜语的温馨时刻。一个人在最孤独、寂寞的时候，头脑里涌现出来的一定是最牵肠挂肚、魂牵梦绕的场景，这一句道尽了诗人对爱妻的思念与情感。

"却话巴山夜雨时"，在共剪西窗烛的时刻，我会和你说起当初——其实就是我给你写这首诗的此时此刻，在巴山夜雨的此时此刻——我是多么思念着你，梦想早日与你共剪西窗烛。这首诗真的很奇妙：诗人现在遇到巴山夜雨，无法按期回家，他梦想未来与妻子共剪西窗之烛，在未来的那一刻，诗人会告诉妻子，我过去——其实就是现在——我在巴山夜雨的时刻，对你的全部思念。诗人在现在与未来之间穿梭，穿梭的全部焦点在于思念，

这样穿梭的例子还有很多。盛唐著名诗人王维十七八岁时写出《九月九日忆山东兄弟》："独在异乡为异客，每逢佳节倍思亲。遥知兄弟登

高处，遍插茱萸少一人。"诗人在长安思念故乡亲人，猜想亲人重阳登高、遍插茱萸，却发现此时此刻少了我王维，这也是一种穿梭。

古代社会，幅员辽阔却交通不便，由此地到彼地，短则十天半月，长则一年半载。此时一别，何时才能相会？团聚对很多人是一种奢侈的幸福，也就成为诗人们不断歌咏的重大主题。因为团聚不易，所以就生发出许多对团聚的猜想、梦想与幻想，这就为诗词创作拓展开一个巨大的想象空间。这些猜想、梦想、幻想，成就了千千万万个李商隐、王维，也成就了千千万万首《夜雨寄北》《无题》与《九月九日忆山东兄弟》。

当然，《夜雨寄北》之美，核心还在于李商隐与妻子的深厚感情。唐文宗开成三年（838），李商隐与王氏成婚，王氏虽是泾原节度使王茂元的女儿，却始终与李商隐同甘共苦，相濡以沫。在李商隐的诗句中，王氏不仅美丽聪慧："莫将越客千丝网，网得西施别赠人。"（《寄成都高苗二从事》）"独自有波光，彩囊盛不得。"（《李夫人》三首其二）而且很有文采："春风犹自疑联句，雪絮相和飞不休。"（《过招国李家南园》二首其一）可惜天不假年，在结婚十三年之后，妻子不幸去世。李商隐对妻子一往情深，用悼亡诗表达自己的无限哀痛："忆得前年春，未语含悲辛。归来已不见，锦瑟长于人。"（《房中曲》）"悠扬归梦惟灯见，濩落生涯独酒知。岂到白头长只尔，嵩阳松雪有心期。"（《七月二十九日崇让宅宴作》）

可见，诗要写得好，归根结底要感情真。无论是夫妻之情、兄弟之情、朋友之情，情感都是根本的，技巧是辅助的。情感前进一步，技巧才会跟进一步。

无　题

［唐］李商隐

相见时难别亦难,东风无力百花残。
春蚕到死丝方尽,蜡炬成灰泪始干。
晓镜但愁云鬓改,夜吟应觉月光寒。
蓬山此去无多路,青鸟殷勤为探看。

· 选自《李商隐诗歌集解》(中华书局1998年版)。

第48课 / 李商隐《无题》

这首诗历来被认为是一首非常经典的爱情诗。虽然学术界关于这首诗的主旨到底是什么有很多的争论，但我们首先还是按照爱情这一主旨来讲解它，至少在诗的形态上、在诗的表层含义上，诗人是在表现对爱情的一种执着。

"相见时难别亦难，东风无力百花残。"相见的时候是多么艰难，分别的时候就更加艰难。尤其是在这暮春的时分，东风失去了力量，百花即将凋残。诗人在这里表达了一种艰难的情感追求。从爱情的角度来看，作者和相恋的这位爱人可能是相隔遥远，也可能是由于某种难言的苦衷而难以相聚。处于"相见时难别亦难"这种痛苦的感情漩涡中，作者自然就会发出"东风无力百花残"的感叹，他和有情人之间的爱情就像这暮春时节，没有力量再坚持下去，好似百花凋残一般。这个开头很悲剧，也非常挣扎。试想一下，如果刚一开始这场爱情就注定是如此艰难，那它的指向也只有失败。诗人看到了这种绝望，但他又在苦苦地挣扎着，想要坚守这段感情。诗人对于爱情的追求、对于对方的忠诚依然不改初衷，所以才说"春蚕到死丝方尽，蜡炬成灰泪始干"。这两句已经成为千古传诵的名句，诗人对于爱情的誓言是多么坚定：我对你的爱，对我们彼此之间的感情，就像春蚕，除非死了才停止吐丝——除非死了才会停止对你的爱；就像蜡烛，除非燃尽了最后一寸才会不滴蜡泪——除非我化为灰烬才会不为你伤情。

正如诗人在《无题·飒飒东风细雨来》中所说："春心莫共花争发，一寸相思一寸灰。"一寸相思就烧尽一寸之灰，每一寸的灰里都隐含着作者对对方执着不尽的思念。"丝方尽"的"丝"也是"思念"之"思"的谐音。正是因为有这样执着、至死不渝的思念，才会有后边"蜡炬成灰"这样近乎绝望的坚持，这种不想放弃希望的苦苦追寻。

"晓镜但愁云鬓改，夜吟应觉月光寒。"对于女子来讲，早晨起来揽镜自照，但看愁云惨淡，头发都白了。"但愁云鬓改"，本来是满头的乌发，现在乌发之中已经有了白发。对于男子来讲，这种思念"夜吟应觉月光寒"。夜晚的时候一个人在院子里散步，吟咏着悲伤的诗句，心中涌起无限的痛苦，感觉到月光是如此寒冷。所以一个是"云鬓改"，一个是"月光寒"。为什么会有这样痛彻的体验？为什么这样的体验让两个人在生理和心理上都产生了如此巨大的变化呢？是因为对爱情的执着坚守与不肯放弃。

在诗的结尾，诗人又再次鼓起勇气说："蓬山此去无多路，青鸟殷勤为探看。""蓬山"，指的是神仙之地，在这里可能是隐喻对方所居之地。本来蓬山距离人间可谓千山万水，可是诗里又说"蓬山此去无多路"，看来这位有情人住得离自己并不远，他们地理上的距离其实很近，但又好似隔了千山万水，其中的难言之隐岂是他人所可知晓。怎么办呢？"青鸟殷勤为探看。"青鸟本是神话传说中西王母的使者。作者说希望这首诗、这封信经由青鸟传递到你的手中，传递去我对你的思念。可见在诗的结尾处，诗人依然是满怀深情与期待。对作者来说，恨不能写无数首这样的《无题》，好似无数只青鸟一般，越过重重的关隘，越过重重的

宋·佚名《白头丛竹图》

路途，能够到达有情人的身边，能够让她了解自己的一番深情。这种可见却不可道的痛苦，被李商隐描画得非常形象与深刻。

关于李商隐"无题"诗的主旨历来众说纷纭。有人认为"无题"诗是寄托诗人仕途沉浮的心绪。李商隐早年父亲去世，家境贫寒，受到令狐楚、令狐绹父子的奖掖提携，终于考中进士，之后迎娶时任泾原节度使王茂元的女儿为妻。但麻烦的是，在中唐以后"牛李党争"的复杂政治局面里，令狐楚、令狐绹父子是"牛李党争"中"牛党"的要员，王茂元则是"李党"的骨干。于是,李商隐就成为"牛党"的门生、"李党"的女婿,这成为他仕途当中的巨大隐患,也是他一生仕途不达的一个重要原因。(《旧唐书》一九〇卷下)有学者认为,这些"无题"诗表达的就是李商隐在仕途上千回百折、低徊彷徨,微妙而又无奈的心情。

也有学者认为,李商隐年轻时有过多次恋爱经历,他借助这些"无题"诗表达对过去所眷恋的那些女性的复杂心情,是对自己过往情事的追忆。因为他在人生道路和仕途中遇到了很多艰难,所以回想起以往的恋爱情事,不由得更增添了几分人生苦痛的况味。有更多学者认为,李商隐的这些"无题"诗,实际上是在表达自己对于社会、人生、仕途、情感那种恍惚不定的、凄凉的、没有前途的乃至有些绝望的人生体验。

李商隐这一辈子过得并不愉快,他的仕途可以说过得迷离恍惚,摇摆不定,毫无前途可言。就像他在《锦瑟》诗里说的那样,"此情可待成追忆,只是当时已惘然"。自己都觉得用一句话根本说不清楚,也不知道为什么落得这样的人生困境。所以他都没法给这些诗起一个题目,来明确自己到底要表达什么样的情感、什么样的主旨,只能说是"无题"。李商隐的这些以"无题"为主题的诗篇,在中国古典诗歌主题史中开辟了一个新的类型,之前有咏史、咏怀、感遇等主题,现在又出现了"无题"主题,而且看似无题实则有题,所有的人生况味、所有的情感体验都尽在其中。

除了这一首,李商隐还有几首"无题"诗也很著名。譬如:"昨夜星辰昨夜风,画楼西畔桂堂东。身无彩凤双飞翼,心有灵犀一点通。隔座送钩春酒暖,分曹射覆蜡灯红。嗟余听鼓应官去,走马兰台类转蓬。"

像这样的诗,我们只要认真品味,就能感到它跟刚才讲的这首有异曲同工之妙。昨晚的微风与星辰,昨晚的经历,两个人的相会,言语无法沟通,也许是慑于某种不可言说的环境压力,只好说"身无彩凤双飞翼,心有灵犀一点通"。所有的沟通只能是内心的交流。"嗟余听鼓应官去,走马兰台类转蓬。"可叹啊,听到五更鼓应该上朝点卯;策马赶到兰台,像随风飘转的蓬蒿。眼前"隔座送钩""分曹射覆"的欢宴似真似幻,五更鼓声响起,似乎在提醒自己命运的漂泊不定与身不由己。

所有这些"无题"诗中,我们都深切地感觉到,作者在表达一种复杂情感:非常想见,难以相见;相见之后,难以言说;言说之后,也是徒然;还想再言,只恨万重蓬山。所以我们有理由认为,所有这些"无题"诗表达的是一种人生的艰难、人生的痛苦、人生的领悟。作者深陷仕途之困;妻子去世之后,有孤独之困,也有个性之困;再加上李商隐擅长写情,所有这些情感融入他的诗中,使他的诗焕发出巨大的光彩。从这个意义上讲,"无题"诗是中国古典诗歌中的一个创造,不仅是一种诗体的创造、主题的创造,更是一种抒情艺术的创造。也正是在这个意义上,李商隐的艺术成就可以比肩盛唐"李杜",不愧是中国古典诗歌史上的一位大家。

锦　瑟

[唐]李商隐

锦瑟无端五十弦，一弦一柱思华年。
庄生晓梦迷蝴蝶，望帝春心托杜鹃。
沧海月明珠有泪，蓝田日暖玉生烟。
此情可待成追忆，只是当时已惘然。

- 选自《李商隐诗歌集解》编年诗（中华书局1998年版）。
- 锦瑟：装饰华美的瑟。瑟，拨弦乐器，通常二十五弦，古瑟五十弦。
- 无端：犹何故。怨怪之词。

第49课 / 李商隐《锦瑟》

清初诗人王士禛说:"一篇锦瑟解人难。"(《戏效元遗山论诗绝句三十六首》)它的题目就是诗歌首句的头两个字,但除了头两句诗,整首诗其实与锦瑟没啥关系,从这个意义上来说,这首诗其实是没有题目的,或者说很接近"无题"诗的类型。"锦瑟无端五十弦,一弦一柱思华年。""无端",没来由的,平白无故的。这话本身就很奇怪:锦瑟凭什么有这么多根弦? 据说古瑟有五十根弦,但后来只有二十五根。这都不是最重要的,最奇怪的是,诗人没来由地问了一句:锦瑟为什么是五十根弦?

"一弦一柱思华年",听到锦瑟弹奏的每一个声音、每一个音节、每一个旋律,都让倾听者产生无限感慨,想起那些过往的岁月。五十根弦,那就是五十个岁月吧? 这个起头看似毫无道理,实际上反映了作者内心的愁怨,表达了回想起往事时不知从何说起的复杂心绪。作者接下来用了一连串的比喻,让人忍不住问:这首诗到底想要表达什么呢?

"庄生晓梦迷蝴蝶",用的是《庄子·齐物论》中的典故。庄子做了一个梦,梦见自己变成了一只蝴蝶,翩然飞翔。醒了之后,庄子不禁疑惑:到底是梦中的庄子变成了蝴蝶,还是蝴蝶在梦中变成了庄子? 换言之,他分不清自己到底是蝴蝶还是庄周。大家会觉得,这怎么可能呢,难道不是庄子梦见蝴蝶了吗? 实际上庄子借用梦蝶的故事,阐发自己的哲学思想。世间万物本无差别,万物是齐一的,彼此之间是相互依存的关系，在一定条件下可以互相转化，没有绝对的界限。李商隐使用这个典故，也是为了表达自己对无常多变的仕途与人生的感慨。

"望帝春心托杜鹃"，这一句也是用典。据说古蜀国有一位帝王叫杜宇，号望帝。他关心百姓生活，叮嘱百姓要遵循农时，教导百姓种植庄稼，百姓十分拥护他。当时发生了严重的水灾，他的手下有一位大臣治理水患有功，杜宇就把自己的皇位禅让给他。杜宇死后化为一只杜鹃鸟，因为惦念着古蜀国的臣民们，日夜悲鸣，以至于啼出血来。"庄生"与"望帝"这两句诗，所用的典故都与变化有关，所表达的情感也都是对人生变化无常的慨叹。

接下来"沧海月明珠有泪，蓝田日暖玉生烟"，也都用了典故。据《博物志》记载："南海外有鲛人，水居如鱼，不废绩织，其眼泪则能出珠。"传说在南海之外有美人鱼，只要她哭泣，掉下来的眼泪就变成了珍珠。《元和郡县志》记载，在长安以南的蓝田县，有一座出产白玉的玉山，远远望去，在日光的照耀下好像升起了腾腾的烟气。这两句诗传达出一种迷离恍惚、寂寞孤独、缥缈虚无的心境。

这四句紧承"一弦一柱思华年"，诗人想到过往一生，人事多蹉跎，人事多变化，人事多飘渺，人事如云烟。"此情可待成追忆，只是当时已惘然"是对这种难以名状心境的高度概括：我想好好追忆过往的种种情事（让自己的现在不再迷茫），然而我却绝望地发现，早在当初，自己就是无比迷惘。（那么，现在的我又怎么可能摆脱绝望呢？）

这就是李商隐诗作的特点。他使用这些迷离恍惚、摇曳多姿、让人一眼望不透的意象，来表现他内心曲折的变化。换言之，无论是他的《无题》还是《锦瑟》，写的都是内心深处的变化与纠结。优秀的诗人都拥有个性鲜明的"专属"意象，比如李白喜欢用白云、明月意象，王维喜欢用山泉、竹林意象，白居易喜欢用年寿、祸福意象等等，而李商隐则喜欢用春蚕吐丝、蜡炬成灰、碧海青天、心有灵犀、青鸟探看等意象来比拟、象征人物内心的复杂活动。人心的变化最难写，写出来也最难以理解，这也许就是"一篇锦瑟解人难"的原因吧。

　　李商隐诗歌的这种隐晦风格，与其人生经历也有关系。中晚唐时期，"牛李党争"愈演愈烈。很不幸，李商隐无意间处在牛李两党的夹缝当中。而且，他一生都生活在这个夹缝当中，望不到前途，郁愤、憋屈、矛盾、畏怯，表现在诗歌上，当然难以直言所怀，只能是隐约其辞，含糊其辞。但这些都无法遮蔽李商隐诗歌的光辉。《锦瑟》写于他的晚年，妻子也已经去世，这是他的"悼亡之作"。(《李义山诗集笺注》卷九)经历了五十载的世事沧桑，复杂的内心世界外化为缥缈无踪的迷离意象，谱出李商隐独有的生命之歌。

浪淘沙

[南唐] 李煜

帘外雨潺潺,春意阑珊。罗衾不耐五更寒。梦里不知身是客,一晌贪欢。　　独自莫凭阑,无限江山。别时容易见时难。流水落花春去也,天上人间。

· 选自《全唐诗》卷八百八十九(中华书局1960年版),标点参考《南唐二主词笺注·南唐后主李煜》(中华书局2013年版)。

李煜(937—978)

字重光,南唐中主李璟第六子,南唐后主,史称李后主。在位期间国运日衰,他既无兴国之力,又醉心声色,耽于诗词。降宋后不久即为宋太宗鸩杀。他精通音律书画,尤长于词,词风清新自然,语多白描而不减雅致。被俘入宋后,词作常寄寓家国变迁之慨,哀婉深沉,为后世传诵。新旧《五代史》、《宋史》有传,《十国春秋》有本纪,其词见后人所辑《南唐二主词》。

第50课 / 李煜《浪淘沙·帘外雨潺潺》

李煜是中国文学史上一位非常特殊的词人。他是一国之君，词人中身份地位之高，无人出其右；他又是一位杰出的词人，在词史上留下了千古声名。从这个意义上来说，李煜可算是词史千古第一人。

李煜亡国之前的词作主要是描写宫廷的富贵生活，而在亡国之后的词作却写出了他内心真实的世界，展现出一代帝王的心路历程。这首词就是李煜在国家破灭之后，由人上人沦为阶下囚的真实写照。

"帘外雨潺潺，春意阑珊。"春天过去，下起这潺潺不断的雨，已是暮春时节，然而作者却说"罗衾不耐五更寒"。按说春天过后，天气应该是越来越热，就算是半夜三更下点儿雨，那也应该是感到凉快，而不是感到冷。然而此时此刻对李煜来讲，美好的春天已经过去，温暖不再，如同故国不再。"罗衾不耐五更寒"，穿的衣服、盖的锦被，都受不住这深更半夜袭来的内心的寒意。

"梦里不知身是客，一晌贪欢。"只有在梦里，诗人才又回到了属于自己的南唐王朝；只有在梦里，他还是江南的国主。可等到醒来一看，已是宋王朝的阶下囚。所以只有在梦里，诗人才能够"一晌贪欢"，才能够享受那点欢乐，可这终究都是一场空。

睡不着，醒来只好独自凭阑。五更天里，屋外是淅淅沥沥、潺潺不断的雨声，是阑珊的春意。词人从过去的美梦中惊醒，在栏杆上独倚着，脑海里想起江南那锦绣的山川国土，真是"别时容易见时难"。

颜之推在《颜氏家训》里说"别易会难",曹丕在《燕歌行》里也说"别日何易会日难"。告别的时候容易,要再相见可就难了。更何况是与自己的故国分离,再要相见,此生已不能够了。李煜曾作过一首《虞美人》,词云:"凭阑半日独无言,依旧竹声新月,似当年。"只能是似当年,可是当年的故人、当年的故土,都永远无缘再相见了。

"流水落花春去也,天上人间。"词的开始,诗人已经说了"帘外雨潺潺,春意阑珊"。春天就要走了,花也落了,雨也来了,水也流了,故国也远离了自己,一去难返,不能再相见,从此之后便是"天上人间"。

李煜这首词写得分外沉痛,而他的家国之痛、囚徒之悲是常人无法体验的。自古以来,亡国之君很多,但亡国之君善于如此细微刻画自己的内心世界者,真是少而又少,甚至我们可以说也许只有李煜一个人。李煜主政的南唐是在五代十国时期。唐王朝灭亡之后、北宋王朝建立之前,有过一段动荡的历史时期被称为五代十国。当时李昪在江南建立了南唐,传位三世,享国三十九年。南唐曾是十国中版图最大的一国,它在鼎盛时期,地跨今江西全省,又及安徽、江苏、福建、湖南和湖北等省一部分。宋太祖天宝八年(975)十一月,北宋的军队攻破金陵(今属江苏南京),南唐宣告灭亡。李煜在词中说:"四十年来家国,三千里地山河。"的确是南唐的真实写照。

李煜虽然生在帝王之家,但个性柔弱,不喜言兵,好诗词文赋、音乐绘画,精通音律,其实是一个典型的文人雅士。他不喜欢料理朝政,也不喜欢大臣们的廷议,对于百姓疾苦漠不关心。所以,作为一个君王,李煜很不合格。如果他生活在太平年代,做个好逸恶劳的所谓太平君主,倒也可以敷衍一世。只可惜他登上皇位的时候，南唐已处在生死危亡之际，以他这样一种状态，怎么可能保得社稷、保得一国之全、保得身家性命呢？

想当初，宋军已经围困了国都金陵，这位李后主还在听僧人们高谈阔论《楞严经》《圆觉经》，还要文馆的学士们为他讲解《周易》。大家都说国家危在旦夕了，可是他却听信奸佞之臣的逸言，认为宋朝的军队立刻就会自行撤退，并不感到担忧。(《南唐书·后主本纪》)等到宋军真的兵临城下，他才大梦初醒，方知为左右所蒙蔽，虽然盛怒之下诛杀了奸臣，可是"青山遮不住，毕竟东流去"(宋·辛弃疾《菩萨蛮·书江西造口壁》)，国家的覆灭已然成为现实。

词成为李煜的精神寄托，他将自己亡国之后的心路历程揭示得细致入微，如丝如缕。无限的江山就这样从他的手中滑落而去，像流水落花一般流去，也像他所经历的春天一样，悄然而去。而他只能在人间做一番春梦，梦见他的故国。

我们一方面感慨李煜这样一个不称职的皇帝，丢掉了他的家国；另外一方面又不由得惊叹，这样一位艺术天才用了这样细腻的笔触，为我们刻画出充满血泪的惨痛的内心世界，这真是中国古代文学史、词史上的一段奇观。

相见欢

[南唐] 李煜

无言独上西楼，月如钩。寂寞梧桐深院锁清秋。　　剪不断，理还乱，是离愁，别是一般滋味在心头。

- 选自《南唐二主词》(人民文学出版社1957年版)。
- 相见欢：原为唐教坊曲名，后用为词牌名。又名"乌夜啼"。

第 51 课　李煜《相见欢·无言独上西楼》

　　李煜的这首词，读起来感觉好像和我们日常说话一样，比如"剪不断，理还乱"，"别是一般滋味在心头"等等。语言虽然浅白，却有一种深厚的情感沉浸其中，经历了千锤百炼的淘洗。李煜自从亡国，丢掉了皇帝的宝座，"一旦归为臣虏"（《破阵子》），整日过着囚徒般的生活。据史书记载："此中日夕，只以眼泪洗面。"（宋·王铚《默记》卷下）这或许是作为昔日君王所特有的惨痛经历。

　　"无言独上西楼"，"无言"，没有语言，想说什么却什么也说不出。一方面是自己没有话说，另一方面是没有人和自己说话。孤独、寂寞且无处诉说，"无言"和"独上"紧紧地联系在一起，我们能感觉到作者一步一叹息的沉重的步履，恨不能是一步一步挨着走上了台阶。李煜登楼凭栏，如此长夜，如何才能入睡？这让我们想起诗人在《浪淘沙》里的句子："往事只堪哀，对景难排。秋风庭院藓侵阶。一任珠帘闲不卷，终日谁来。"终日没人来，只有作者一个人上得西楼，只看到"月如钩"。

　　中国古代诗人很喜欢写明月。在李白笔下，明月是他赤子之心的胸怀，是他对故乡的情思；在王维笔下，明月是一段禅意的领悟，是自然山水的化身；在杜甫笔下，明月是对亲人的无比思念；在苏轼笔下，明月是珍贵的兄弟情谊。可是到了李煜笔下，弯月如钩，是惨淡的人生，是愁苦的心境，是巨大的人生反差带来的惨痛经历。本来月光如流水，可是此刻像秋霜一般；本来月光无比清澈，可是现在却变得无比冰凉。

南北朝时期的诗人鲍照曾经写道："始出西南楼，纤纤如玉钩。"(《玩月城西门廨中》)李白也曾说："昨玩西城月，青天垂玉钩。"(《玩月金陵城西孙楚酒楼，达曙歌吹，日晚乘醉著紫绮裘乌纱巾，与酒客数人棹歌秦淮，往石头访崔四侍御》)孟郊说："忽惊明月钩，钩出珊瑚枝。"(《宇文秀才斋中海柳咏》)"玉钩"也好，"明月钩"也罢，写的都是美好的情怀。可是在李煜这里，"月如钩"，这惨淡的月光凌乱地铺在地上，满眼见到的都是伤心。

"寂寞梧桐深院锁清秋"，一个"锁"字，用得是淋漓尽致。此时此刻，不仅人无言，月如钩，深院寂寞且孤独，本来是让人向往的一番秋景，也被深深地锁在了这院落里。同样的秋天在不同人的心里感受大不一样。"寂寞梧桐深院锁清秋"，这哪里是院落把秋天锁了起来，分明是在作者的心上挂了一把锁。

"剪不断，理还乱，是离愁。"离愁是离开自己家国的愁，是思念自己家国的愁。这样一番情感，作者用浅白的语言表达出来，直接写到了人心里。在古典诗词中，"愁"有多种表达。李白的《秋浦歌》写道："白发三千丈，缘愁似个长。"这是形容愁的长度。秦观的《千秋岁》写道："春去也，飞红万点愁如海。"这是形容愁的面积大。李清照的《武陵春·春晚》写道："只恐双溪舴艋舟，载不动，许多愁。"这是形容愁的重量。李清照的《一剪梅》还写道："花自飘零水自流，一种相思，两处闲愁。此情无计可消除，才下眉头，却上心头。"这是形容愁的速度，前后都是以微微秒计算，说明思念已经到了无法控制的程度。这些与李煜的"剪不断，理还乱，是离愁"相比，各有千秋。但是最有特色的还是李煜的最后一句，它把这所有的愁都给概括了："别是一般滋味在心头。"你要问我这愁到底是什么味道，我不知道，但它就是别有一般滋味。

李煜的词擅长白描，直抒胸臆，语言表现力极强，若非经过千锤百炼是写不好的。但他早期的词风并非如此，往往用华丽词藻来描写奢靡的生活。譬如："花明月暗笼轻雾，今宵好向郎边去。刬袜步香阶，手提金缕鞋。"（《菩萨蛮》）譬如："晚妆初了明肌雪，春殿嫔娥鱼贯列。凤箫吹断水云间，重按霓裳歌遍彻。"（《玉楼春》）等等。应当说，李煜词作的语言功夫在这些词里早有展现，但是纸醉金迷的场景遮蔽了词语的力量，一旦这层功夫用在描摹内心的真实世界，用在抒写沉痛的情感世界，就绽放出了应有的光彩。

优秀的诗人都有深厚的诗词创作功底、意象积累经验。但有的作家能成就伟大作品，有的作家只能写出平平之作。只有经历了大事件、大挫折以及生活中的沟沟坎坎，才能够将胸中之块垒尽数写出，才能够真正书写到人心深处、人性深处。如果李煜没有经过家国破灭，没有由万人之上跌落为阶下之囚，境遇与心理落差没有这么大，他纵有生花妙笔也写不出这许多忧伤，也写不出这许多流传千古的绝妙词句。所以我们说，李煜前期的词已经尽显他艺术的功力，而他亡国之后的词则承载了人生经历的感悟和体验，这才是他能够成为千秋不朽词人的主要原因之一。

相见欢

[南唐]李煜

　　林花谢了春红,太匆匆。无奈朝来寒雨晚来风。　　胭脂泪,相留醉,几时重?自是人生长恨水长东。

·选自《全唐诗》卷八百八十九(中华书局1960年版),标点参考《南唐二主词笺注·南唐后主李煜》(中华书局2013年版)。

第52课　李煜《相见欢·林花谢了春红》

　　李煜的这首小令，写得实在好。明白如话，天然流丽，毫无用力之处，全是赤子之心。

　　头一句说"林花谢了春红"，春天的林子里，红花谢了。这句话从语序上反过来讲，是春天就要走了，花儿在一分分地凋谢。在诗人的眼中，春红是美好春天的代名词，而现在这一切都不复存在了。花朵告别了春天，走得这样着急、这样匆忙，我都还没有看够。

　　李煜的确是写词高手。词，在创作的语序上跟我们日常叙述的语气有很大不同，往往使用一些倒错的语句，能够加强词的表现效果。一句"林花谢了春红"，特别凸显了花朵走得匆忙，而且将花朵拟人化了，感觉似乎是花朵自己主动地匆匆告别而去。作者就是想要凸显春天走得急、走得快，用了一个"太匆匆"，"太"字表现出了作者对春光不再的无限惋惜。

　　下一句说"无奈朝来寒雨晚来风"。为什么林花谢了，春红走得如此匆匆？那是因为从早到晚既有寒雨，又有狂风。读到这儿，我们发现其实在语句上的表达顺序应该是，因为朝来寒雨、晚来有风，所以林花匆匆地谢了那春红。以现在的语序来讲，"林花谢了春红"凸显的是"太匆匆"，而"朝来寒雨晚来风"凸显的是"无奈"。林花主动告别了春天，不再愿意留在人间，更何况有寒雨和狂风的催促，又怎么能够留得住？作者似乎是在提醒我们，此时此刻，他早已不在南唐故地，而是在北宋王朝的土地上。对他来讲,还有什么春红? 还有什么人生?

"胭脂泪,相留醉,几时重?"很多研究者都认为,这一句是从杜甫《曲江对雨》一诗中的"林花著雨燕脂湿"点化而来的。红花经过雨水的浇灌,感觉好像是胭脂被打湿了一样,不仅给人带来了视觉上的惊叹,甚至给人带来了触觉、嗅觉上鲜明的刺激。杜甫的诗已经够好,可是经过李煜的一番点化之后,由"胭脂湿"变成了"胭脂泪"。我们能想象得到在寒雨中那红花的萧瑟之感,真可谓青出于蓝而胜于蓝。为什么说"胭脂泪,相留醉"呢? 这个"醉"可不是喝醉的醉,而是伤心之后魂断的迷醉。所以我们说李煜的确是写"愁"的高手,多亏了有他如椽一般的巨笔,才能将内心的这番苦愁刻画出来。

"胭脂泪,相留醉,几时重? 自是人生长恨水长东。"他是真的恨。怎么能不恨呢? 好好的家国从自己的手上被丢掉、被断送,从此之后他的恨就像这长江水,绵绵不断地东流,永远都不会停歇。长江水向东流得有多远,内心的恨就有多远。

很多诗人都用流水来形容心境。比如李白的"请君试问东流水,别意与之谁短长"(《金陵酒肆留别》);白居易的"欲识愁多少,高于滟滪堆"(《夜入瞿唐峡》);刘禹锡的"蜀江春水拍山流""水流无限似侬愁"(《竹枝词》九首其二);寇准的"愁情不断如春水"(《追思柳恽汀洲之咏尚有遗妍因书一绝》);贺铸的"试问闲愁都几许,一川烟草,满城风絮,梅子黄时雨"(《青玉案》);等等。但这些似乎都不如"自是人生长恨水长东"来得更贴切:李煜的悔和恨真是深入骨髓啊。

王国维在《人间词话》中对李煜词有很高的评价。他认为在李煜之前，词都是写男女情爱的"艳科"，不过是"伶工之词"，也就是乐工们、歌女们演唱的词。但是到了李煜的手中，词的"眼界始大，感慨遂深"，成了"士大夫之词"，开始写士大夫内心世界的真实情怀。"自是人生长恨水长东"，"流水落花春去也，天上人间"，那些花间词人能写出这样的情愫吗？不可能。在王国维的眼中，李煜词之所以写得好，是因为他"性情愈真"。

王国维又说："客观之诗人，不可不多阅世。阅世愈深，则材料愈丰富，愈变化。《水浒传》《红楼梦》之作者是也。主观之诗人，不必多阅世。阅世愈浅，则性情愈真，李后主是也。"他认为《水浒传》《红楼梦》之所以写得好，是因为它们的作者人生经历丰富，阅世愈深，则材料愈丰富，所以才能写出《水浒传》和《红楼梦》；而像李煜这样的诗人，"阅世愈浅"，所以"性情愈真"，才能写出这般好的词来。我觉得这话只说对了一半。李后主经历了亡国之痛，这样深痛的阅历没有几个人能超过他。他原来"生于深宫之中，长于妇人之手"（《荀子·哀公篇第三十一》），的确是阅世很浅，可是经历了家国之亡，他的阅世还会浅吗？李煜的这些词真的是以血泪相和而写成，所以才能警醒后世，才能在艺术和内涵方面都达到难以企及的高度。

虞美人

[南唐] 李煜

春花秋月何时了？往事知多少。小楼昨夜又东风，故国不堪回首月明中。　雕栏玉砌应犹在，只是朱颜改。问君能有几多愁，恰似一江春水向东流。

·选自《南唐二主词笺注·南唐后主李煜》（中华书局2013年版）。

第53课 / 李煜《虞美人·春花秋月何时了》

这是大家耳熟能详的一首词，是李煜的代表作，也可能是李后主的绝命词。

"春花秋月何时了"，春花秋月本来非常美好，但作者却希望它早点结束。之前介绍的李煜几首词当中，他都在痛惜春天这么快就走掉了，用来暗喻无限江山从他的手中就这样轻易地失去。可现在他又希望春花秋月早早结束，因为这些美好的景物、美好的情事让他不由得想起往事，这些往事非但不能勾起他美好的回忆，反而让他无限地伤怀。

李煜是一个杰出的词人，但并非一个合格的君王。他治国不可与父辈比肩，还枉杀了不少谏臣。所以，"往事知多少"这一句，表达的恐怕不只是失去故国的悲苦和愤慨，也多多少少有些悔恨之意。春花秋月确实早该走了。"小楼昨夜又东风"——在《相见欢》中，李煜曾写道："无言独上西楼，月如钩。"每当登上小楼，倚楼独望，看到春花秋月的美好景象，不由得想起了江南故国，可偏偏"故国不堪回首月明中"。

这一轮明月让李煜想起了过去美好的时光，可是在对美好时光的回忆中，又不由得想到此刻身陷囹圄的自己。多么悲惨的身份，多么悲惨的当下！所以"不堪回首月明中"，想都不敢想，只要多想一分，就会多一分痛苦。"雕栏玉砌应犹在"，故国肯定还是在的，可是朱颜已改。不仅是"朱颜改"，恐怕早已是"天上人间"——过去的故国早已成为大宋的江山啊。小楼昨夜"又"东风，看来不止一次，而是很多很多次，作者把酒临东风，想起故国的山山水水，想起故国的亭台楼阁，可是早已物是人非。

想到这里，作者望着明月，触景生情，万千愁绪，夜不能寐。"朱颜"指的是自己的容颜，指的是宫中的红粉佳人，也是指过去一切美好的生活。在词中，作者不管对过去的日子有着怎样美好的回忆，也难以挽回现实情境的残酷。所以最后作者说："问君能有几多愁，恰似一江春水向东流。"

从某种意义上来说，这首词也许算是李煜的绝命词。李煜降宋后，宋太祖、太宗优待他的生活，但从未在政治上放松监控。据说，宋太宗询问李煜旧臣徐铉，归宋后可曾见过李煜，徐铉说，我怎敢私下里偷偷去见他呢？太宗说，你但去无妨，就说是我让你去的。徐铉到了李煜居所，有一老卒守门，徐铉通报来意。老卒说，圣上有旨，不能随便见后主。徐铉说我是奉旨而来。老卒向内通报后，徐铉进入房内，在庭下立等后主多时。过了好一阵子，李煜穿着纱帽、道服走了出来。徐铉对他行君臣之礼，李煜走下台阶，握着徐铉的手，让他站起身来，说，到了今天怎么还行这样的礼呢？徐铉只好拉过椅子，偏过身子稍稍侧着坐下。李煜握着徐铉的手放声痛哭，哭后坐在那里长久沉默不语。过了一会儿，忽然长叹一声说，真是后悔当初杀了潘佑和李平。

潘佑和李平是南唐的两位大臣，潘佑上书李煜讥刺时政，说："家国恓恓，如日将暮。"——咱们国家真是到了黄昏时分，就像太阳就要落山了。李煜对他非常讨厌。潘佑曾经推荐李平为官，李煜认为他们两个人是朋党，就把他们都杀了。(《十国春秋》卷二七)如今看到昔日旧臣徐铉，李煜说起这段往事，颇有悔恨之意。

不久，宋太宗问徐铉李煜都讲了什么，徐铉不敢隐瞒，只好一一道来。恰逢七夕节那天，李煜命歌妓唱他新作之词，其中有"小楼昨夜又东风，故国不堪回首月明中"和"一江春水向东流"之句，太宗听后大怒，认为李煜依然思念故国，用心不轨，于是送毒酒给李煜，李煜饮后即亡。据说酒中的毒药叫"牵机药"，人喝了之后身体抽搐、变形，死得非常痛苦。（宋·王铚《默记》卷上）

毫无疑问，李煜的人生是个悲剧。一朝堂上天子，荣耀至极；一夕阶下死囚，悲苦至极。也正是因为这种巨大的地位、思想和情感反差，使得李煜写出了像《虞美人》这样流传千古的篇章。这些词句为我们揭示出作者内心世界的巨大波澜，让我们看到在一代君王零落成囹圄之臣的痛苦心情。王国维对李煜的词非常看重，说他的词"变伶工之词而为士大夫之词"。（《人间词话》）因为这些词真实地抒发了他彼时彼地的真切心境，而晚唐五代时期，许多士大夫的词作所因循的路子依然是男欢女爱、月下樽前的传统主题，也就是所谓的"伶工之词"。李煜虽然是亡国之君，但他的词情感真挚，抒写用情，语句天然，略无粉饰，家国之恨、亡国之痛尽在词中，是典型的士大夫之词，这正是李煜之词在词史上的重大意义。李煜在词史上的重大贡献，是以他人生的巨大悲剧为代价的，这不能不说是中国词史上的一个重大事件，也正应了欧阳修的那句话："然则非诗之能穷人，殆穷者而后工也。"（《梅圣俞诗集序》）李煜词真可以说是"穷"到了极点，但也"工"到了极处。

渔家傲·秋思

［宋］范仲淹

塞下秋来风景异,衡阳雁去无留意。四面边声连角起,千嶂里,长烟落日孤城闭。　浊酒一杯家万里,燕然未勒归无计。羌管悠悠霜满地,人不寐,将军白发征夫泪。

· 选自《范仲淹全集》（凤凰出版社2004年版）。

范仲淹（989—1052）

字希文,吴县（今属江苏苏州）人。北宋著名政治家、文学家。立朝议政,直谏敢言。戍守延州,善治军,有威名。庆历中,主持推行新政。其文旨意深切,笔力雄健;其诗关怀民生,题材广泛,风格多样;其词情志深切,笔力婉丽。他"先天下之忧而忧,后天下之乐而乐"的人格风范,泽被后世,影响深远。《宋史》有传,有《范文正公文集》《范文正公诗余》行世。

第54课 / 范仲淹《渔家傲·秋思》

　　这是一首边塞词，大约创作于宋仁宗康定元年（1040）至庆历元年（1041）之间。范仲淹时任陕西经略安抚副使兼知延州（今属陕西延安）。这首词表达了范仲淹坚决抵御西夏入侵的边塞情怀。

　　词的上片着重写景。"塞下秋来风景异"，"塞下"指边塞，也就是延州。北宋时期，延州接近西北边疆，是抵御西夏入侵的军事重镇。秋天的边塞，风景与内地大不相同，更何况范仲淹本是南方人，对北方季节的变化肯定更为敏感。"衡阳雁去无留意"，大雁南飞的时候，对延州这片土地毫无留恋之意，因为这里太荒凉了，太萧瑟了。古人云，大雁南飞，到湖南的衡阳就停下来了，所以衡山还有雁回峰。王勃在《滕王阁序》里也说："雁阵惊寒，声断衡阳之浦。"这一句既说明塞下秋来风景之异，也点出了边塞的苦寒景象。戍守边防实属不易，连大雁都不肯留的地方，边防的将士却要长久地驻守。文学的笔法让我们感觉到诗意，但具体的生活就不是诗意了，更多的是苦意。

　　接下来是延州傍晚时分的景象。"四面边声连角起"，傍晚时分，到处响起军中的号角声。这里的"边声"，一方面指号角之声，另一方面指边塞的大风刮过草木，发出的凄厉的声音。这种悲壮甚至有点凄厉的景象，为下片的抒情和叙事埋下了伏笔。

　　"千嶂里，长烟落日孤城闭"，这一句让我们想到很多唐诗。"长烟落日"应该是从王维的名句"大漠孤烟直，长河落日圆"（《使至塞上》）

里化出。"孤城闭"有王之涣的"一片孤城万仞山"(《凉州词》二首其一)的影子。"千嶂里"指层层山峦。在千万座山峦中，词人看到长烟落日，看到一片孤城紧紧关闭。再联想到前面的景象，有动的，有静的，有视觉上的，有听觉上的，归纳起来就是肃杀二字。

　　这些战地深秋的风光暗喻了紧张的军事局面。北宋虽然经济文化昌明，但战功不显。这当然与宋代彼此掣肘的军政体制有关。范仲淹来延州之前，西夏皇帝元昊刚刚攻下了延州城外围的诸多要塞，乘胜直抵延州城下。所以"千嶂里，长烟落日孤城闭"一句，不仅是受了前代诗人边塞诗句的启发，也是当时实际的战况。当初，延州被困很久，后来因为一场大雪，敌军才撤去。范仲淹此时来延州，可以说是受命于危难之际。他加强军队训练，修筑防御工事，使严峻的局面稍稍得以稳定。但整体而言，面对西夏的军队，延州是被动的，在战略上是孤立的。词的上片借着写景，指出了北宋军队薄弱的力量和被动的战略态势。

　　下片主要是写情。"浊酒一杯家万里"，思念家乡，思念亲人，这是边塞诗永恒的主题。眼前放着一杯浊酒，心里想起了万里之外的家乡，"一杯"和"万里"之间形成鲜明的对比。尽管乡愁很浓，思念亲人的心情很迫切，但无法回去，毕竟"匈奴未灭，何以家为"(《史记·卫将军骠骑列传》)。"燕然"即燕然山，现名杭爱山，在今蒙古人民共和国境内。据《后汉书·窦宪传》记载，东汉窦宪大破北匈奴，曾登上燕然，"刻石勒功而还"，然后率兵回朝。现在"燕然未勒"，战争还没取得胜利，还没立功，怎么可能回家？寥寥数句，写出了边地环境的艰苦、对敌作战的艰难，写出了诗人在这样的场景下矛盾而痛苦的心情。

"羌管悠悠霜满地"，这一句我们太熟悉了。不得不说，在这首词里，可以看到很多唐代边塞诗的影子。这也很自然，文学创作从来都是延续传统的，这种传统往往能够启发或触动新的创作灵感。关于羌笛的句子实在太多了：王之涣的"羌笛何须怨杨柳，春风不度玉门关"（《凉州词》二首其一）；岑参的"中军置酒饮归客，胡琴琵琶与羌笛"（《白雪歌送武判官归京》）；等等。深秋季节，地上满是白茫茫的秋霜，羌笛送来了浓浓的边塞风味。"人不寐"，边塞苦寒，思乡心切，战场上还没有取得胜利，所有这一切纠结在心中，怎能睡得着呢？

最后一句"将军白发征夫泪"，这是互文的写法，无论是将军还是士兵，都戍守边关多年，青丝变成了白发，渴望归乡满含热泪。一方面，他们渴望胜利，但一时难以取得突破性的进展；另一方面，战局拖得越久，思念家乡妻子儿女的心情就越迫切。所以爱国之情、思乡之情和急于求胜之情纠结在一起，与边塞风光融为一体，苍凉悲壮。

这首词与当时词坛的风格迥然不同。唐五代乃至北宋初期，词的风格还是以"艳科"为主，描写对象主要是男欢女爱。比如温庭筠的"小山重叠金明灭，鬓云欲度香腮雪"（《菩萨蛮》），李煜前期写的也多是个人身世情怀。北宋初期的大量词作也多写儿女情长。范仲淹的词风之所以发生了如此重大的变化，主要还是因为描写的对象发生了重大变化。范仲淹善于练兵、用兵。他为了提高军队战斗力，招得一万八千名兵卒，分为六部进行训练，士气大振。西夏军队听说范仲淹镇守边关，都互相提醒："无以延州为意，今小范老子腹中自有数万兵甲。"（《续资治通鉴长编》卷一二八）意思是都小心点，这个范仲淹很厉害，胸中自有雄兵数万。此前延州知州范雍,年纪比范仲淹大,但军事才能不比范仲淹,所以西夏兵都说:"今小范老子腹中自有数万兵甲,不比大范老子可欺也。"甚至元昊本人也敬称范仲淹为"龙图老子"(《宋史·列传第三》),因为范仲淹不仅是边关主帅,还兼任着龙图阁直学士的头衔。

总之,范仲淹既是一位大文人,又是一位杰出的军事家。这样文武兼备的双料人才,在当时并不多见。这首词不仅写出了延州一带真实的边塞风光,也展现了范仲淹执掌延州、统一镇边时的胸中谋略。范仲淹还有一首词《苏幕遮》:"碧云天,黄叶地。秋色连波,波上寒烟翠。山映斜阳天接水,芳草无情,更在斜阳外。 黯乡魂,追旅思。夜夜除非,好梦留人睡。明月楼高休独倚,酒入愁肠,化作相思泪。"这首词也大体作于此时前后,重点在于描绘秋色,写到了碧云天、黄叶地、寒烟翠、山映斜阳,重点在思乡。与《渔家傲》相比,《苏幕遮》婉约的氛围更浓厚一些。元代戏曲作家王实甫在《西厢记·长亭送别》里点化、使用了这首词的词意:"碧云天,黄花地。西风紧,北雁南飞,晓来谁染霜林醉。总是离人泪。"可见,范仲淹既能写壮阔的边塞词,也能借边塞风光写无比缱绻的婉约词。

当然,关于范仲淹,大家最熟悉的还是他的《岳阳楼记》。在这篇文章里,他表达了自己的价值追求:"居庙堂之高则忧其民;处江湖之远则忧其君。是进亦忧,退亦忧。然则何时而乐耶? 其必曰'先天下之忧而忧,后天下之乐而乐'乎。"在朝廷为官,忧患民生,在江湖退居,忧患君王,那什么时候才能快乐呀? 忧患在天下人之前,欢乐在天下人之后。唐代诗人白居易推崇"穷则独善其身，达则兼济天下"（《孟子·尽心上》）。仕途得志，就兼济天下百姓，仕途不达，就做好自己。可见两个人的境界还是有区别的。范仲淹的价值观对北宋乃至后世的士大夫影响深远，"位卑未敢忘忧国"（陆游《病起书怀》）、"天下兴亡，匹夫有责"（顾炎武《日知录·正始》）的思想观念、精神气质，都是从范仲淹的价值追求中发展起来的。所以我们读范仲淹的诗、词、文，感受到的不仅仅是文学的魅力，还应从中吸取强大的精神力量，得到人生观和价值观的教育。

蝶恋花

[宋]晏殊

槛菊愁烟兰泣露，罗幕轻寒，燕子双飞去。明月不谙离恨苦，斜光到晓穿朱户。　昨夜西风凋碧树，独上高楼，望尽天涯路。欲寄彩笺兼尺素，山长水阔知何处。

·选自《珠玉词》（商务印书馆1930年版）。

晏殊（991—1055）

字同叔，临川（今属江西抚州）人。北宋著名政治家、文学家。自幼聪慧，十四岁以神童入试，赐同进士出身。官至同中书门下平章事，充集贤殿大学士兼枢密使，深得朝廷倚重，门下俊彦甚多。他工诗能文，尤长于词，其小令含蓄婉丽，雍容华贵，甚为时人称许。后世尊其为"北宋倚声家初祖"（清·冯煦《宋六十一家词选例言》）。《宋史》有传，有《珠玉词》行世。

第55课　晏殊《蝶恋花·槛菊愁烟兰泣露》

  这是一首婉约词，描写的是伤离怀远的主题，表达闺中人对远方游子的思念，但在某些方面又超越了传统的婉约词，具有一般婉约词少见的寥阔高远的特色。

  "槛菊愁烟兰泣露"，"槛"指的是亭台楼阁的栏杆，"槛菊"的意思是园中的菊花。园中的菊花和兰花都笼罩在一层薄薄的烟雾之中，看上去既脉脉含情，又脉脉含愁。兰花上还有点点滴滴的露珠，好像一位美人在默默地哭泣。兰和菊，在中国古代象征高洁的人品。但是在这里，"愁烟"和"泣露"将它们高度地人格化了，象征着脆弱的女主人公。词人借兰花和菊花，意在写身居楼台亭阁的女主人公，她眉头间是拢不断的一层愁烟。所以这一句看似写菊、兰，实则是对女主人公心境的外化。

  "罗幕轻寒，燕子双飞去。"正是深秋时分，院中那些层层叠叠的帘幕之间，似乎荡漾着一缕清寒。罗幕为什么会笼罩着清寒呢？我们刚才说过，菊花和兰花本来没有感情，但在作者的笔下，这两种植物都发了愁、落了泪。罗幕也是一样，似乎笼罩着一层轻轻的、淡淡的忧伤。燕子双双飞走了，一则是耐不得深秋的清寒，更重要的是可能也耐不得院中的寒意和凄凉。

  "明月不谙离恨苦，斜光到晓穿朱户。"这轮明月啊，实在是太不懂事了，它怎能知道此时此刻这位闺阁之中的伤心人正在思念远方的人

清·恽寿平《花卉》

呢？怎能理解离愁别恨呢？月光斜穿过朱户，照在了主人的身上。明月自然是无情之物，但人是有情的，所以不免怨恨它。何况月光一直照到拂晓时分，闺中之人岂不是整晚都无法入睡吗？

词的下片写道："昨夜西风凋碧树，独上高楼，望尽天涯路。"昨天晚上刮了一夜的秋风，早上起来一看，树上的叶子全都被吹落了。本来还是"碧树"，现在只剩下光秃秃的枝杈，这个画面给女主人公带来了强烈的视觉冲击和情感冲击。独自一个人登上高楼，只有站得更高，才能看得更远；只有看得更远，也许才能看到自己思念的人从天尽头回来。

这一句蕴含着无限的伤愁和离恨，但一点也不颓靡，反而让我们感受到壮大的气象。因为"西风""高楼""望尽""天涯"这几个意象组合到一起，就凝聚成了一股悲慨的情怀。难怪王国维在《人间词话》中把这一句和其他两首词里的句子排列在一起，比喻古今成大事业和大学问者一定要经过的三重境界："昨夜西风凋碧树，独上高楼，望尽天涯路"被视为第一重境界，比喻正在探索寻觅真理的道路；第二重境界是柳永的"衣带渐宽终不悔，为伊消得人憔悴"（《蝶恋花》），已经处在苦苦的努力和奋斗中，在迷茫中不懈地追求着；最高境界是辛弃疾的"众里寻他千百度，蓦然回首，那人却在，灯火阑珊处"（《青玉案·元夕》），这是终于找到真理了。这三句词能够入得王国维的法眼，被列为三重境界，说明它们除了词中应有之义，还别有一番情趣，为后人提供了无限的阐释空间。

最后一句："欲寄彩笺兼尺素，山长水阔知何处。""彩笺"指题诗用的诗笺，"尺素"指书信。这一句的意思是：我想将这封书信寄给远方之人，却不知道他身在何处，真有"满目山河空念远"（宋·晏殊《浣溪沙》）的悲慨。

晏殊的这首词其实别有一番风味。一方面，"槛菊愁烟兰泣露，罗幕轻寒，燕子双飞去"，"欲寄彩笺兼尺素"，这些都是婉约词经常使用的典型语汇。但"昨夜西风凋碧树""山长水阔知何处"又隐含着某种悲慨、辽阔和壮大的情怀。原因其实很简单，晏殊本人并不是天天待在闺中的女性，而是一位士大夫，是北宋王朝的宰相。他模拟女性的口吻写下这首婉约词，思念远方之人，然而在写作过程中不经意间就把自己的士大夫情怀写到词中了。

所以，要深入地了解这首词，必须了解晏殊本人。他七岁就能写文章，被视作神童，推荐给朝廷。他考进士的时候，气定神闲，一会儿就写完了文章。宋真宗赐他为同进士出身。宰相寇准认为晏殊太年轻，才十几岁，而且是江西人，在长江以南，并非中原人士，不应给他这么高的荣誉。真宗反问："张九龄非江外人邪？"意思是唐代的张九龄是广东韶关人，不也很有才华吗？不也是进士出身？后来还做了宰相。于是第二天又测试了晏殊的诗、赋和论。晏殊告知真宗，试题中的题目他曾经练习过，请求另出一题，真宗对他更是另眼相看。（《宋史》本传）

晏殊非常好客，家中几乎每天都有宴饮，宴席从来不预先备好，客人来了随到随办，还有歌乐相伴。（《避暑录话》卷上）他为人宽厚，注意延揽人才，比如宰相富弼、杨察都是他的女婿。范仲淹、韩琦、欧阳修、张先等人，或出自他的门下，或得到过他的奖掖提拔。王安石考中进士之后，与同科进士一同来拜见晏殊。晏殊特意将这位江西小老乡留下来，表达对王安石高中进士的喜悦之情。后来又单独请王安石吃饭，对他的态度非常热情殷勤，倍加赞赏，并且谆谆教诲王安石。可惜王安石年轻气盛，恃才傲物，对于晏殊的这番殷勤、嘱托不以为意，甚至还颇有微词，觉得晏殊的言行不像正人君子所为，真是辜负了晏殊的一片真心。(宋·王铚《默记》卷中)

通过这些例子我们可以看出，晏殊之所以能够写出"昨夜西风凋碧树，独上高楼，望尽天涯路"这样的词句，与他作为士大夫的身份、经历和个性有关，同时也与北宋初期婉约词风的盛行有关，是士大夫情怀与传统婉约词风彼此融合的结果。

登飞来峰

［宋］王安石

飞来山上千寻塔，闻说鸡鸣见日升。
不畏浮云遮望眼，自缘身在最高层。

- 选自《王荆文公诗笺注》卷四十八（上海古籍出版社2010年版）。
- 飞来峰：即飞来山，位于今浙江省绍兴市。今名塔山，山上有应天古塔。
- 千寻塔：寻，古代丈量的单位，一寻约八尺。千寻塔并非塔名，说明塔高。

王安石（1021—1086）

字介甫，号半山，临川（今属江西抚州）人。北宋著名政治家、文学家。在宋神宗支持下推行改革变法，史称"王安石变法"。晚年封荆国公，世称王荆公。他诗文词兼善，早期诗作关注民生，刻露直切；晚年诗风趋于含蓄，注重炼字炼意，世称"王荆公体"。其文简洁峻切，长于论辩，为"唐宋八大家"之一。其词意境空阔苍茫，为宋代豪放词派先声。《宋史》有传，有《临川先生文集》行世。

第56课 / 王安石《登飞来峰》

这首诗写于宋仁宗皇祐二年（1050）夏天。这一年，王安石在鄞县（今属浙江宁波）知县的任期已满，回老家江西临川，途经越州（今属浙江绍兴）时写下了这首诗。当时诗人正值三十而立之年，胸中抱负已非常人所可想象。

"飞来山上千寻塔，闻说鸡鸣见日升。"诗的头两句说，诗人来到越州，登上飞来峰，站在飞来峰千寻高塔纵目远望，听见雄鸡一唱，看到太阳东升，天下尽在视野之中。这两句诗为后两句埋下了伏笔。"不畏浮云遮望眼，自缘身在最高层。"我不怕往来浮云会遮住视野，因为我站在最高的位置上。在古代诗歌中，"浮云"意象常常暗喻奸佞小人以及生活中的困难和阻力。这两句诗气魄很大，表达了作者高远的志向与理想，以及无惧危险的决心。王安石后来位至宰相，主持改革变法，真可以说"身在最高层"。可是写这首诗的时候，诗人还只是一个县令，所以这里的"最高层"只是个比喻，表明诗人志向高远，不担心"浮云遮望眼"。那么，王安石为什么有底气说出"自缘身在最高层"这样的话？

首先，王安石才华出众，卓尔不群，对世俗虚名不感兴趣。宋仁宗庆历二年（1042），王安石荣登进士第四名。其实，按照本来名次，他是位列第一的，王珪位列第二，韩绛位列第三，杨寘位列第四。当时，杨寘夺状元的呼声很高。进士试后，杨寘问哥哥杨察状元的得主，杨察又问岳父宰相晏殊，得知状元并非杨寘。杨寘正在酒馆与朋友们喝酒，听到这个消息，拍案而起，说了句粗话："不知那个卫子夺吾状元矣！""卫子"在宋代口语中指的是驴，意思是："不知哪个毛驴把我的状元夺走了！"可巧宋仁宗最后定夺名次时，对王安石试卷里使用的一个典故不很满意，但第二、第三名考生均为在职官员，按规定不能得状元，于是就确定第四名杨寘为状元，王安石反而被列为第四名。王安石对此事的态度，据记载："荆公平生未尝略语曾考中状元。"（宋·王铚《默记》卷下）

那么，王安石对待进士考试究竟是什么态度呢？王安石回江西抚州老家探亲时曾写了一首诗，诗云："属闻降诏起群彦，遂自下国趋王畿。刻章琢句献天子，钓取薄禄欢庭闱。"（《忆昨诗示诸外弟》）在王安石心中，进士考试没那么神圣庄严。无论是第一还是第四，都不过是为了钓取俸禄，让家人开心。那王安石看重的是什么呢？还是在这首诗中，诗人写道："此时少壮自负恃，意气与日争光辉。……材疏命贱不自揣，欲与稷契遐相希。"我年龄虽然不大，但是胸怀壮志，想要跟太阳比一比光芒；我虽然才疏学浅，可在我内心里，也想要成为尧舜时代稷、契那样的千古能臣。

原来在王安石心里，科举考试只不过是漫长人生道路中的一个过程，没有必要为了第一、第四这种事大动肝火。他的目标是要做与日月争辉的伟人，要做天下数一数二的能臣。所以宋人才评论他说："其气量高大，视科第为何等事而增重耶！"（宋·王铚《默记》卷下）跟杨寘那种患得患失的态度相比，确实是一个天上一个地下。

其次，王安石志向高远，意在做大事做实事，不求做大官。进士试

第56课　王安石《登飞来峰》

明·佚名《岩壑清晖册》

后，王安石曾任淮南节度判官厅公事，按照朝廷规定，凡进士试取得甲科者，只要在外地任职满一年，便可向朝廷呈献述作，就能在馆阁中谋得一个职位，负责编撰、整理图书典籍，也承担部分政策咨询工作。(《宋史·选举志二》) 按照当时的惯例，年轻官员任职馆阁，是未来走向宰相这一类高官的进阶之路。王安石完全符合申请这些职位的条件，但他主动放弃了。史书记载："旧制，秩满许献文求试馆职，安石独否。再调知鄞县……"(《宋史·列传第八六》) 他去鄞县做了四年知县，这一年他二十五岁。皇祐三年（1051）二月，王安石又被任命为舒州（今属安徽潜山）通判。到了四月份，宰相文彦博上书朝廷，请求提拔王安石到中央做官。理由是，王安石淡泊自守，人才难得。朝廷的态度也很明确："召王安石赴阙，俟试毕，别取旨。"请王安石赶紧来参加相关考核，然后立刻就位。但王安石依然婉拒了，他的理由是：第一，祖母年纪大了，需要有人照顾；第二，父亲还没有归葬老家；第三，弟弟妹妹到了婚嫁年龄。这三条归结为一条，就是来京城花销太大，难以承担。(《王安石年谱三种》)

舒州通判三年任期又满。这一次朝廷下旨，命王安石直接就任集贤院校理，负责整理皇家典籍。但王安石连上四道辞呈谢绝。理由是：第一，祖母、兄嫂都去世了，办丧事花费不小，进京为官经济压力大；第二，我反复推辞不做京官，别人以为我是欲擒故纵，讨价还价，如果我此次答应进京，等于承认自己在讨价还价；第三，请朝廷不要再强迫我进京，匹夫不可夺志，朝廷不听我的意见，但也不能强迫我听朝廷的，希望朝廷收回成命，还是让我去地方做官。(《王安石年谱三种》)

其实，综合考察王安石的任官轨迹与为官业绩，可以看出，王安石之所以一再拒绝去京城做官，要求留在基层地方，也许主要不是因为经济原因，而是有他自己的思考。具体说来，第一，州县虽小，县积而郡，郡积而天下，郡县治，则天下无不治，在地方为官，就是在为治理天下积累经验；第二，在地方做主官，可以贯彻自己的思想，突破条条框框，大胆放手工作，工作有成效；第三，在地方做主官，可以接触最底层的民众，了解民生，制定最适用的政策。总之，王安石之所以在三十多岁以小小县令的身份便有底气说出"不畏浮云遮望眼，自缘身在最高层"这样的诗句，与他卓越的才华、高远的眼光、宏伟的志向，以及不同流俗的胸怀有直接的关系。也正是因为拥有非凡的见识、胸怀与积累，他才能够在日后主持变法大局，积极推行改革大业。

泊船瓜洲

[宋]王安石

京口瓜洲一水间,钟山只隔数重山。
春风又绿江南岸,明月何时照我还。

- 选自《王荆文公诗笺注》卷四十三(上海古籍出版社2010年版)。
- 瓜洲:镇名,今属江苏省扬州市,位于长江北岸、扬州南郊,京杭运河分支入江处。
- 京口:古城名,今属江苏省镇江市,位于长江南岸。
- 一水:古人除将黄河特称为"河"、长江特称为"江"之外,一般称河流为"水"。这里的"一水"指长江。
- 钟山:即南京的钟山,也叫紫金山。

第57课 / 王安石《泊船瓜洲》

这首诗写于宋神宗熙宁八年（1075），王安石这一年五十五岁。诗的开篇两句，出现了三个地名：江苏南京的钟山，江苏镇江的京口，江苏扬州的瓜洲镇。王安石应是从南京出发，经京口抵瓜洲镇。回望钟山，重峦叠嶂，所以诗人说："京口瓜洲一水间，钟山只隔数重山。"这首诗并不复杂，三四句最为著名，尤其是"绿"字用得尤为精当。

据说，从王安石的手稿上来看，他为了锤炼这个字下足了功夫。最初用的是"到"字，然后改为"过"字，之后又改为"入"字，再之后又改为"满"字，换了形容词，最后才确定为"绿"字。（宋·洪迈《容斋续笔》卷八）"到"是动词，太硬，春风太苍白；"过"也是动词，显得春风太匆忙；"入"字又觉得太莽撞；"满"字不够含蓄；"绿"字，有动作，有颜色，有诗意，将无色无味的触觉春风，转换成鲜明的视觉春风，诗意顿时豁然开朗，焕发出一层全新的境界。

全新的境界来自全新的心情。这首诗写于王安石重返朝廷、再度担任宰相主持变法的时刻。熙宁二年（1069），王安石任参知政事，开始推行变法。这件事，反对的人多，支持的人少。熙宁七年（1074），攻击变法的声浪越来越大，为了缓和局势，神宗权衡再三，答应了王安石请辞宰相的要求，改任江宁知府。但一年过后，为了推进变法，神宗皇帝还是再召王安石进京主持大局。

王安石对于改革变法依然充满信心。所以"春风又绿江南岸"这一句，多多少少也透露出他奉诏回京的愉悦心情，但"明月何时照我还"也透露出诗人矛盾的心情。第一次罢相说明反对变法的势力很强大，所以诗人对第二次入相不可能没有顾虑。变法图强固然是他的政治理想，但退居林下、吟咏性情也是他的生活理想。天色已晚，诗人回望既久，红日西沉，皓月临空，对钟山的依恋还在心头。诗人希望这次变法能获得成功，自己也能早日功成身退。

读完这首诗，我们知道王安石对诗歌创作要求很严格。这种严格有时达到了苛刻的程度。王安石的好朋友刘贡父去他家里，王安石正在吃饭。刘贡父在客厅等候，发现砚台下压着一部王安石关于兵略的书稿。刘贡父博闻强记，又好开玩笑，于是将书稿背过又放回原处。两人聊天时，刘贡父故意说自己正在写一部兵略的书稿，王安石连忙问什么内容，刘贡父就将王安石那部书稿的内容复述出来。王安石一听，默默不语，暗自吃惊。刘贡父走后，王安石就将书稿撕毁。（丁传靖辑《宋人轶事汇编》）可见王安石对自己要求非常严格，写文章决不重复他人。

王安石不仅对自己要求严格，对古人也很严格。譬如谢贞的《春日闲居》诗云"风定花犹舞"，风停下来了，花还在打转、跳舞。可王安石认为，风要是停了，花不就落下来了吗？于是他将"舞"字改成"落"字。（宋·许顗《彦周诗话》）又譬如，李贺有两句名诗："黑云压城城欲摧，甲光向日金鳞开"（《雁门太守行》），威武雄壮，色彩斑斓。可王安石认为既然"黑云压城城欲摧"，怎么可能有太阳？没有太阳，哪儿来的"甲光向日金鳞开"？（宋·王得臣《麈史》卷中）其实李贺这两句诗只是写意，并非写实，王安石却较起真儿了。

王安石的个性、思想都很特立。考中进士后，他与大家一起去拜见主考官晏殊。因为他们是同乡，晏殊对他格外礼遇、器重，还单独请他吃饭，嘱咐说，日后你必定也能坐到我这个位置，只要你能宽容别人，别人也就能宽容你。王安石回到馆驿却说，晏殊身为朝廷重臣，却给年轻人教这些东西，真不怎么样。（宋·王铚《默记》卷中）

　　欧阳修算是王安石的前辈，很欣赏他，曾赠他一首诗，其中两句是："翰林风月三千首，吏部文章二百年。"（《赠王介甫》）意思是，您的诗可以媲美李白，文章可以媲美韩愈。然而王安石却认为欧阳修并不懂他。他回复了一首诗，其中两句说："他日若能窥孟子，终身何敢望韩公。"（《奉酬永叔见赠》）如果有一天我能窥见孟子思想的堂奥则足矣，哪敢奢望达到韩愈的境界呢？看来王安石追求的目标是孟子而不是韩愈。

　　据说欧阳修看到王安石这首诗，笑着说，我说的"吏部文章二百年"，不是指韩愈，而是指谢朓（曾任尚书吏部郎）啊！因为沈约曾说，两百年来不曾见过像谢朓这样优秀的诗文。谁知，王安石听后却说，我说的没错，就是指韩愈，因为孙樵曾写信给吏部侍郎韩愈，称赞他的文章二百年来不曾有过。（丁传靖辑《宋人轶事汇编》）

　　通过这几个小故事，我们能感觉到王安石强烈的个性与独立的思想。这样的态度落实到文学创作上，必然讲究炼字，力求出新出奇，看似在炼一个"绿"字，其实是在炼一颗诗心啊！

六月二十七日望湖楼醉书（其一）

［宋］苏轼

黑云翻墨未遮山，白雨跳珠乱入船。
卷地风来忽吹散，望湖楼下水如天。

· 选自《苏轼诗集》卷七（中华书局1982年版）。

苏轼（1037—1101）

字子瞻，号东坡居士，眉山（今属四川）人。北宋著名文学家、书画家。曾因"乌台诗案"、新旧党争数次被贬。他兼擅诗文词，影响深远。其文纵横恣肆，无不尽意，与欧阳修并称"欧苏"，同为"唐宋八大家"；其诗师法诸家，清新豪健，与黄庭坚并称"苏黄"；其词放达旷远，开豪放一派，与辛弃疾并称"苏辛"；又与父洵、弟辙合称"三苏"。其达观豪迈的人格风范对后世影响深远。《宋史》有传，有《苏轼诗集》《苏轼文集》《东坡乐府》行世。

第58课 / 苏轼《六月二十七日望湖楼醉书》(其一)

　　苏轼是我们再熟悉不过的诗词大家了。林语堂《苏东坡传》说，人们想到李白，总觉得他是一颗流星，划过天际；想到苏轼，就会想到青春与活力。苏轼给我们的感觉和李白很不一样。李白就像一位神仙，永远停留在你的想象当中，很难在日常生活中遇到他；苏轼就像邻家大叔，每天都会遇到，一点都不传奇。直到有一天，你在教科书上读到他的诗词，才恍然大悟，原来这位大叔非同寻常，不是神仙，乃是圣贤。苏轼有时像李白，过着风一样的日子，而更多的时候，他像我们一样，过着寻常的生活，却吟咏着不同寻常的诗篇。

　　这首《六月二十七日望湖楼醉书》，就是一首不同寻常的诗。

　　宋神宗熙宁五年（1072），苏轼三十六岁，任杭州通判。熙宁五年前后，宰相王安石正在推行变法。苏轼的革新主张与王安石有很大不同，彼此间存在一些矛盾，于是苏轼主动提出外放地方任官，这才来到杭州任通判。诗题中的"望湖楼"是西湖边的观景小楼。熙宁五年六月二十七日这天，苏轼在望湖楼上喝醉了酒，一口气写下五首诗，这是其中一首。

　　"黑云翻墨未遮山"，山头一股黑云袭来，好像半空里打翻一盆黑墨，这云墨还没来得及覆盖山头，大雨就轰然来到，猝不及防。这雨不仅来势凶猛，还下得特别大，每一滴雨珠都很大。白居易的诗形容琵琶声好像"大珠小珠落玉盘"，苏轼说"白雨跳珠乱入船"，雨水好像一颗颗的大珠子，活蹦乱跳到了船里。苏轼特别用了一个"乱"字，可见雨珠几乎是争先恐后地跳入船里，下雨的声音也是很大。雨来得很快很大，游人慌忙躲雨，结果雨呢？雨忽然就没了。因为"卷地风来忽吹散"，这一阵狂风卷来，忽然之间云淡风轻，立刻雨被收走了，黑云也被收走了，只剩下什么呢？"望湖楼下水如天"，一瞬间，这西湖的水像天空一样晴朗，天空的表情像西湖一样平静。这一场雨，来得快去得快，似乎只有一秒钟。清代纪昀就评价这首诗："阴阳变化开合于俄顷之间，气雄语壮，人不能及也。"（纪昀评注《苏文忠公诗集》）

多年以后，苏轼又出任杭州知州。有一年，杭州大旱，他与自己的副手兼朋友袁毂一起去求雨。苏轼跟袁毂说，咱俩各写一首下雨的诗，看看谁的雨来得快，输的人请吃饭。话音未落，苏轼脱口而出："一炉香对紫宫起，万点雨随青盖归。"我这求雨的香刚点上，哗，就下起了倾盆大雨，这雨来得的确很快。岂知那小袁的雨来得更快："白日青天沛然下，皂盖青旗犹未归。"我求雨还没开始呢，青天白日里，大雨就劈头盖脸地下起来了。结果，苏轼只能请人家吃饭。（《瓮牖闲评》卷五）

苏轼很喜欢写雨，所以就有不少人前来请教，闹出不少笑话。其中一个叫王禹锡，他有两句诗："打叶雨拳随手重，吹凉风口逐人来。"将雨水比作拳头打人，将凉风比作吹气，这显然不对路子。苏轼就跟他说，写诗要讲规矩、规则，你这个诗没规矩。王禹锡解释说，喝醉了写的。第二天，他又拿了一大卷自己的新作，请苏轼评点。苏轼耐心看完，忍不住问他，你是不是又喝醉了？（《苕溪渔隐丛话》前集卷五五引《王直方诗话》）

我们再回到《六月二十七日望湖楼醉书》这首诗，短诗能写快雨，主要是构思精妙，才思敏捷，这也是苏轼富有才华的一个显著特点。

苏轼在朝中担任翰林学士期间，经常接待外国使节。一次，一位辽国使臣自恃有些文采，想与苏轼比试比试。他说，我大辽国有一对联，曰"三光日月星"，请赐教一二。"日月星"是自然天体，下联一般应对人文，但不好对。谁知辽国使臣话音未落，苏轼就立刻接上："四诗风雅颂！"《诗经》分风、雅、颂，雅又分大雅、小雅，因此是四诗。"三光日月星，四诗风雅颂"，自然对人文，天衣无缝。苏轼又说"四德元亨利"，也能对上。大家感到奇怪，《易经》四德不是元亨利贞吗？怎么少了一个"贞"字？苏轼解释说，仁宗皇帝名讳是赵祯，怎能直言称"贞"？这便是苏轼的敏捷之才。（宋·岳珂《桯史》卷二《东坡属对》）

苏轼曾说，他喝醉之后，感觉酒气从十指冒出，再行诸笔墨，落到纸上，成为书法。（宋·赵令畤《侯鲭录》卷四）可见酒能激发东坡的灵感。其实他酒量并不大，最多也就能喝两三盏，酒量虽小，但激发出的才华很高啊！苏轼曾在一篇词的小序里写道，春天的夜晚，他喝醉了，在月色里走上溪桥，解鞍下马，平躺在桥上，脑袋枕在胳膊上睡着了。一觉醒来，已经是第二天早晨，只见群山掩映，流水叮咚，宛如仙境，于是即兴作词一首，题写在桥柱之上。（《西江月·照野弥弥浅浪》）

苏轼平时就像邻家大叔，可是在关键的时候，他是东坡先生，是我们的"坡仙"。很多艺术巨匠都有这个特点，在日常生活中看上去普普通通，但只要一个契机，可能是一杯酒、一番对话、一道美景，在那一刻，他就立刻会焕发出全部的才情，展示出不凡的才华与神采。

饮湖上初晴后雨（其二）

[宋]苏轼

水光潋滟晴方好,山色空蒙雨亦奇。
欲把西湖比西子,淡妆浓抹总相宜。

· 选自《苏轼诗集》卷九（中华书局1982年版）。

第59课 苏轼《饮湖上初晴后雨》（其二）

《饮湖上初晴后雨》是苏轼描摹西湖美景的七绝，共两首，这是第二首，写西湖美如西施，"淡妆浓抹总相宜"。第一首则状西湖朝霞晚雨之美。这两首诗作于苏轼杭州通判任上。苏轼此时刚刚三十七岁，精力旺盛、思维敏捷，积累了比较丰富的创作经验，正是写出精品佳作的好时机。

我们欣喜地发现，曹植、王勃、李白、李贺、苏轼、辛弃疾等这些著名诗人，他们的代表作往往是在比较年轻时创作出来的。从这个角度来看，一部中国古代诗歌史，至少应该有半部可以称为"青春诗歌史"。《饮湖上初晴后雨》就是这样的"青春之作"，它将敏捷的才思、西湖的奇景完美融合一气，是苏轼创作史上瑰丽的一笔，也是历代欣赏西湖、吟咏西湖、想象西湖的奇绝一笔。

"水光潋滟晴方好"，正是晴天，阳光下细小的水纹在湖面上起伏，泛着点点金光。这句诗的主题字是"晴"，晴天的西湖，真美。"山色空蒙雨亦奇"，西湖周围没有什么大山，也就是一些平缓起伏的丘陵，正如辛弃疾在《水龙吟·登建康赏心亭》中所写的"玉簪螺髻"一般的丘陵。山色空蒙，烟雨朦胧，这句诗的主题字是"雨"，雨中的西湖风光绮丽，别有一番风味。三、四句"欲把西湖比西子，淡妆浓抹总相宜"，西湖，不管天晴时还是下雨时，都像西施，不管淡妆时还是浓妆时，都永远那么美丽。按理说，西施的故事发生在太湖，与西湖一点关系也没

清·王原祁《西湖十景卷》

有，但苏轼却将西湖比作西施，而且将西施的淡妆浓抹比作西湖的天晴雨时，的确是天才的手笔。

自从有了这首诗，其他一切写西湖的诗都可以不看了。就好像写庐山瀑布，李白一首《望庐山瀑布》（二首其二）就足够了；写庐山全貌，苏轼一首《题西林壁》就足够了；写西湖，这一首诗也就足够了；写中秋节，苏轼一首《水调歌头·明月几时有》就足够了。这就是经典的魅力，以一当十，一首诗、一首词就写尽了神韵。

西湖的这份美，来之不易。十几年后，苏轼又来到了西湖，这次他的职务是杭州知州。此时西湖的水域因为种种原因正在萎缩，也面临污染。对杭州百姓而言，西湖不仅是一处风景名胜，更是经济生活的重要来源。于是苏轼决心疏浚西湖，重现西湖的美丽。

首先要处理西湖里的淤泥。苏轼调集劳力挖出湖中淤泥,并利用这些淤泥在湖里筑起一道连接南北的长堤,堤宽五丈、长八百八十丈,堤上筑桥,将西湖分为内湖和外湖。这道堤岸既解决了堆放淤泥的问题,又方便了南北两岸居民往来。苏轼还部署在西湖堤岸遍植垂柳,让这条堤岸完美地融入西湖的景观中,成为我们今天看到的西湖十景之一——"苏堤春晓"。

　　疏浚西湖绝非一劳永逸之事,每年仍需花费大量人力、物力清淤。苏轼于是将近岸的湖面租给农民种植菱角——种菱需要及时清淤除草,维护水域清爽。这样一来,既免去了专人疏浚湖水的费用,又解决了农民的生计问题,租金还可以用于西湖的养护。为了防止种植菱角过盛,苏轼又命人在湖心筑了三尊石墩,规定石墩圈出的水域内禁止种植。这三尊石墩演变至今,就成为我们熟知的"三潭印月"。

　　这就是苏轼,既是一位负责任的官人,也是一位洋溢着浪漫主义气息的文人。他治理西湖,既满足了老百姓对美好生活的向往,又满足了一个诗人对美好景致的向往。他对西湖的改造,既是一次生活的改造,也是一次文学和美学的改造。我们要为苏轼点赞,为他在工作中的实干精神与审美态度点赞。

江城子·乙卯正月二十日夜记梦

［宋］苏轼

十年生死两茫茫,不思量,自难忘。千里孤坟,无处话凄凉。纵使相逢应不识,尘满面,鬓如霜。 夜来幽梦忽还乡,小轩窗,正梳妆。相顾无言,惟有泪千行。料得年年肠断处,明月夜,短松冈。

·选自《东坡乐府笺》卷一(上海古籍出版社2009年版)。

第60课 / 苏轼《江城子·乙卯正月二十日夜记梦》

宋神宗熙宁八年（1075）正月二十日晚上，苏轼做了一个梦，梦到了他的结发妻子王弗。两人成婚时，苏轼十九岁，王弗十六岁，婚后仅仅十一年，王弗去世，归葬眉州。这一场梦醒，苏轼十分感伤，此时距离夫人离世已整整十年，他提笔写下了这首缠绵悱恻、感人至深的悼亡词。

"十年生死两茫茫，不思量，自难忘。"首句点出与妻子生死相隔，十年间音容渺茫。"不思量，自难忘"看似矛盾，却是对逝去亲人的真实情感记录。白天忙忙碌碌，无心他想，夜晚万籁俱寂，思念袭上心头。虽然结发妻子去世已久，平常并不一定时时思念，但这份深情早已刻骨铭心，成为心底难以磨灭的印记，因此不必思量却自然入梦。这也是整首词的起点和来由。

但作者却并没有急着描绘梦境，而是跟亡妻絮叨起来了："千里孤坟，无处话凄凉。"想跟你唠叨唠叨我的凄凉、我的不痛快，可是咱们远隔千里之遥，我想到你的坟头上跟你说说话也不行啊！此时的苏轼身处密州，与妻子归葬的故乡眉州相隔千里，阴阳相隔本来难以相见，就是坟前诉苦也不可能。所以，这两句的重点是"无处话凄凉"，或者说无人话凄凉。正因为此，才尤其觉得王弗的珍贵。

"纵使相逢应不识，尘满面，鬓如霜。"可是，就算穿越时光隧道，我与亡妻相见又能如何呢？见面时，我认得她，她却不认得我了。这三句的重点是后两句，也是我感到凄凉的原因：你走了十年，我蹉跎了十年，凄凉了十年。一句话，你走了，我就蹉跎了。

也正因为如此，诗人就更加思念妻子可爱温存的模样："夜来幽梦忽还乡，小轩窗，正梳妆。"还是在家乡，还是在轩窗下，你正在梳妆，多么美好啊，夫妻重逢，本有千言万语，然而却"相顾无言，惟有泪千行"。诗人看到妻子容颜依旧，忍不住想起以前的美好岁月，而妻子看到诗人"尘满面，鬓如霜"，也忍不住泪流千行。

结尾说："料得年年肠断处，明月夜，短松冈。"这是从对方处落笔，料想在明月之夜，短松冈上，妻子也一定因思念自己而痛断肝肠。这一句或化用了"欲知肠断处，明月照孤坟"的典故。唐代孟棨《本事诗·征异》记载：开元年间，幽州张姓衙将，妻子孔氏生五子，不幸去世。后来亡妻显现白布题诗相赠，上有"欲知肠断处，明月照孤坟"两句。

从这首词里可以看出，苏轼对去世十年的夫人眷恋甚深。那么，王弗到底是个怎样的人呢，她在苏轼的人生中又扮演着怎样的角色呢？

王弗与苏轼同为眉州人，出身读书人家，知书识礼。苏轼在《亡妻王氏墓志铭》中，曾用"敏而静"来评价她，意思是说王弗聪敏而沉静，很聪明却并不张扬显露。这与苏轼遇事遇人不吐不快、一吐为快的言说方式大相径庭，但也形成了性格的互补。王弗随苏轼去凤翔府做官，她常常提醒苏轼要谨慎从事。当苏轼与朋友高谈阔论时，王弗时常躲在屏风后仔细地听，之后告诫丈夫有人说话模棱两可，总是顺着苏轼的话说；又有人喜欢和苏轼套近乎，王弗提醒他要远离这些人，而后来的事实也证明王弗的判断是对的。王弗是苏轼生活中的好帮手，对于刚刚走上仕途、年轻气盛的苏轼来说，王弗的提醒和忠告非常重要。苏轼是幸运的，他在家里有严父慈母的教诲，离开家乡、初涉官场，身边又有这样一位贤内助。苏洵对这个儿媳妇也非常满意，王弗去世后，苏洵对苏轼说，你的妻子与你同甘共苦，不能忘记，将她葬在你母亲的墓旁吧。

魏晋时期的潘岳首创悼亡诗，苏轼这首《江城子》是首创的悼亡词，不仅怀念亡妻，同时也寄予身世之慨。那么，王弗去世后的十年间，苏轼都经历了什么，促使他写下"尘满面，鬓如霜"的自伤之语呢？

宋英宗治平二年（1065），年仅二十七岁的王弗在京城去世。第二年苏洵也去世了。苏轼兄弟在眉山为父亲守丁忧三年，回京后，正好遇上王安石开始主持变法。苏轼兄弟对变法持不同意见，遭到变法派的排挤。不久，苏轼出京任杭州通判，三年后又调任密州知州。密州的生活较为艰苦，苏轼在《超然台记》中写道："予自钱塘移守胶西，释舟楫之安，而服车马之劳；去雕墙之美，而庇采椽之居；背湖山之观，而行桑麻之野。始至之日，岁比不登，盗贼满野，狱讼充斥，而斋厨索然，日食杞菊，人固疑予之不乐也。"车马交通不方便，饮食起居不适应，山川景观不养眼，庄稼收成不好，盗贼很多，民间官司不断，总之，变法的大环境让他很烦心，密州的小环境让他很闹心。可以说，"纵使相逢应不识，尘满面，鬓如霜"既是作者相貌的真实写照，也是这一时期内心苦闷消沉的写照。在这个感伤的夜晚，苏轼回想与妻子相处的十年。正是自己人生不断上升的十年，而妻子亡故之后的这十年，却是自己历经沧桑的十年。这十年，"无处话凄凉"，"尘满面，鬓如霜"。可见，这首词在追忆亡妻的过程中融入了作者的仕途慨叹，是对悼亡主题内涵的一种深化与拓展。

江城子·密州出猎

[宋] 苏轼

老夫聊发少年狂,左牵黄,右擎苍,锦帽貂裘,千骑卷平冈。为报倾城随太守,亲射虎,看孙郎。　酒酣胸胆尚开张。鬓微霜,又何妨!持节云中,何日遣冯唐?会挽雕弓如满月,西北望,射天狼。

· 选自《东坡乐府笺》卷一(上海古籍出版社2009年版)。
· 密州:今属山东省诸城市。

第61课 苏轼《江城子·密州出猎》

这首词写于宋神宗熙宁八年（1075）十月间，苏轼三十九岁左右，担任密州知州。之前，王安石持续推进变法，苏轼对于变法有自己的立场、看法。他在变法目的、如何变法、如何用人等问题上，与王安石有较大分歧。后来迫于情势，苏轼只好离开朝廷，去杭州任通判，后来又改任密州知州。密州自然灾害频发，这一年遇到旱灾，苏轼和同僚们便去密州常山祈雨。祈雨之后，归途中，他与同僚们在铁沟跃马游猎，写下了这首《江城子·密州出猎》。

词首起笔不凡："老夫聊发少年狂。"苏轼四十不到却自称"老夫"，当然指的不是年龄，而是心境。在追悼亡妻王弗的《江城子》中，他形容自己："纵使相逢应不识，尘满面，鬓如霜。"俨然一垂垂老者，恐怕也不是实际情形，更多的是悲苦郁闷的精神状态。此外，这里用"老夫"也是为了凸显"少年狂"这个亮点。意思是说，虽然我年纪大了，但是依然少年青春，狂放豪迈。诗有诗眼，文有文眼，词也有词眼，读这首词，抓住这个"狂"字，就抓住了这首词的灵魂。

那是怎么个狂法呢？"左牵黄，右擎苍。锦帽貂裘，千骑卷平冈。"左手牵着猎犬，右臂架着猎鹰，身上穿着猎装。"锦帽貂裘"，华美的帽子，貂鼠皮衣，一派羽林军的打扮，真是英姿飒爽。"千骑卷平冈"，"卷"字用得尤妙，这一队猎骑快马加鞭，风驰电掣，越过山岗，犹如狂风席卷一般，就这么狂！

"为报倾城随太守,亲射虎,看孙郎。"期待全城的百姓都能随我一同出猎,看我弯弓射虎的英雄气概。这当然是夸张,还是为了烘托出猎的气势。太守是汉代官职,宋朝没有太守只有知州,这里是借用。从常识来说,猎虎主要是为了消除虎患,老虎并非人们日常狩猎山野动物的主要对象,但是这里偏说"亲射虎",也是为了给"老夫聊发少年狂"造势。还不惜借用孙权的典故为出猎张目。当初孙权骑马射虎,老虎咬伤他的坐骑,孙权落地后毫不畏惧,将手中双戟投向猛虎,猛虎退却,后来他在扈从的帮助下居然擒获猛虎。(《三国志》卷四七)

由此可见,上阕主要是写打猎的气派,下阕则借此抒发人生感慨。"酒酣胸胆尚开张",游猎岂能无酒? 酒后自然是英雄虎胆,敞开胸襟,豪情万丈。"鬓微霜,又何妨!"我虽已年近不惑,两鬓已染上霜色,但那又怎样呢? 只要有一腔英雄意气,就不怕年华老去。"持节云中,何日遣冯唐?"这里又用典故说话。汉文帝时,云中太守魏尚戍守抗击匈奴有功,但有一次他虚报战功,就被削去官职。大臣冯唐劝汉文帝说,魏尚虚报战功应受惩罚,但您不能抹杀他的战功,这不利于鼓励将士上阵杀敌。汉文帝从谏如流,就派冯唐持使节赦免了魏尚,依旧让他做云中太守。(《史记》卷一〇二)苏轼用这个典故,言下之意是:魏尚犯了错误,汉文帝还能赦免他,让他继续为国建功;希望自己能够像魏尚一样幸运,被冯唐这样的有识之士举荐,希望朝廷像汉文帝一样爱惜我这样的人才。"会挽雕弓如满月,西北望,射天狼。"北宋长期遭受辽国、西夏的袭扰、威胁,外患堪忧。天狼星,又称犬星,古人以为天狼星主侵掠,此处喻指西夏和辽国。这三句意谓西北方向依旧不太平,只要朝廷启用我,我

清·郎世宁《白鹰图》

一定拉满雕弓,一箭射落天狼星。这首词的词眼是"狂",但"狂"的背后是作者报国无门的愤懑,所以他使用了冯唐和魏尚的典故。

说起词这种体裁,从中晚唐五代以来,主要是写男女情长、宫闱闺阁、女性妆扮等题材,即所谓的"艳科"。士大夫很少用词这种文学形式表达情怀抱负,更与豪放风格关系不大。比如五代欧阳炯的《女冠子》:"薄妆桃脸,满面纵横花靥,艳情多。绶带盘金缕,轻裙透碧罗。"

冯延巳的《浣溪沙》："春到青门柳色黄，一梢红杏出低墙，莺窗人起未梳妆。"北宋柳永的《雨霖铃》："多情自古伤离别，更那堪，冷落清秋节！今宵酒醒何处？杨柳岸，晓风残月。"张先的《菩萨蛮》："簟纹衫色娇黄浅。钗头秋叶玲珑翦。轻怯瘦腰身。纱窗病起人。相思魂欲绝。莫话新秋别。"等等，都是传统的男女情爱主题。

与这些流行词作相比，苏轼这首词的风格真是大相径庭，独树一帜。他曾给好朋友鲜于子骏写信，信的大意说：近来我也写小词，虽然没有柳永词的那种风味，但也自成一家。几天前，我在郊外狩猎，所获猎物颇多，写了一首词，这个需要东州壮士吹笛击鼓为节，鼓掌顿足而歌，真是壮观！（《苏轼文集编年笺注》卷五三）

我们知道，词在北宋多由二八歌姬弹琴鼓瑟、轻声细气娓娓而歌，何曾见过由关东大汉敞怀顿足击鼓而歌？这就是苏轼词自是一家的风格，也是日后大放光彩的豪放词的风格。

其实，用"豪放"这个词来概括苏轼的词风和词的题材，是很不准确的。苏轼词的内容非常多元，他开创了多种题材，比如乡村词："簌簌衣巾落枣花，村南村北响缲车，牛衣古柳卖黄瓜。酒困路长惟欲睡，日高人渴漫思茶。敲门试问野人家。"（《浣溪沙》）比如悼亡词："十年生死两茫茫，不思量，自难忘。千里孤坟，无处话凄凉。纵使相逢应不识，尘满面，鬓如霜。"（《江城子》）再比如："明月几时有，把酒问青天，不知天上宫阙，今夕是何年。我欲乘风归去，又恐琼楼玉宇，高处不胜寒。"（《水调歌头》）"世事一场大梦，人生几度秋凉？夜来风叶已鸣廊。看取眉头鬓上。"（《西江月》）等等，这里有雄迈、沉郁、洒脱、旷达、清远等多种风格、内容，绝不仅仅只是豪放。

总的来说，苏轼善于用词这种"艳科"来写士大夫情怀，他将诗的主题、题材、手法、情志都用来写词，从某种意义上来说，就是将词"诗化"了。这不仅大大拓展了词的主题、题材，也将词的儿女情长格调提升到家国情怀的高度。当然，这样的创作路数也引发了不同的意见。比如李清照认为，这样做偏离了词固有的属性，她甚至认为欧阳修、苏轼、王安石等人所作之词根本就是长短不一的诗句，难以卒读："晏元献、欧阳永叔、苏子瞻，学际天人，作为小歌词，直如酌蠡水于大海，然皆句读不葺之诗尔……王介甫、曾子固，文章似西汉，若作一小歌词，则人必绝倒，不可读也。"（《词论》）但这恰恰从一个侧面反映出苏轼"豪放词"的创作对传统词学的巨大冲击力，这也正是苏轼在词史上的巨大贡献。

苏轼之所以"以诗为词"，原因是多方面的，但最核心的一条，还在于他博闻强记、学养深厚、阅历丰富、才华横溢，具有极强的艺术创造力与创新力。简而言之，苏轼之所以在诗词文赋等多个文学领域有创造性贡献，就在于他的文学创作从来不墨守成规，往往打破常规，以求更充分、更有效地表达情志、表达思想。苏轼不只是一味追随着诗词文赋的文体规则进行创作，而是主动地、创造性地调动这些体裁为自己的创作目的服务。也就是说，他的创作往往并不局限于文体的限制，而是打破诗词文赋这些文学样式的边界，呈现出词中有诗、诗中有文、文中有赋、赋中有诗的多元交融的格局，这正是苏轼创作兼容并蓄、格局宏大、气象万千的一个重要原因，也是苏轼"豪放词"创作给我们的启示。

水调歌头

[宋] 苏轼

丙辰中秋,欢饮达旦,大醉,作此篇,兼怀子由。

明月几时有?把酒问青天。不知天上宫阙,今夕是何年。我欲乘风归去,又恐琼楼玉宇,高处不胜寒。起舞弄清影,何似在人间。 转朱阁,低绮户,照无眠。不应有恨,何事长向别时圆?人有悲欢离合,月有阴晴圆缺,此事古难全。但愿人长久,千里共婵娟。

·选自《东坡乐府笺》卷一(上海古籍出版社2009年版)。

第62课 / 苏轼《水调歌头·明月几时有》

这首词可以说是千古第一等的中秋词，大家都已经非常熟悉了。

"水调歌头"是词牌名，"丙辰"即宋神宗熙宁九年（1076），这一年苏轼四十岁，任密州知州，也是他在密州的最后一年。

这首词严格来讲由两部分组成，一是词前的一篇小序，再就是词的正文，分为上下两片。小序短短十七个字交代了词的创作背景："丙辰中秋，欢饮达旦，大醉，作此篇，兼怀子由。"子由即苏轼的弟弟苏辙，字子由。当时苏辙在齐州（今山东济南）担任掌书记——这是负责文书的官员。密州和齐州相距四百多里，来往不便。熙宁九年（1076）中秋夜，苏轼喝得酩酊大醉，一直喝到第二天天明，然后写下了这首词。序里说"兼怀子由"，写这词就是因为思念自己的弟弟。

这也难怪，苏轼和苏辙真是手足情深。十九年前，两人同科进士，十五年前，两人又双双通过了制科考试，苏轼还得到了宋代制科以来的最佳成绩。宋仁宗非常欢喜地说，我今天为子孙得到了两个太平宰相。（丁传靖辑《宋人轶事汇编》）意思是苏轼兄弟将来肯定是做宰相的材料。然而兄弟虽然情深，走上仕途之后却是聚少离多。制科考试后，苏辙留在汴京侍奉父亲苏洵修撰礼书，而苏轼奔赴陕西凤翔为官；五年前，苏轼赴杭州任通判，先到陈州与时任学官的苏辙相会，在弟弟家中逗留七十多日才去赴任。此次苏轼任职密州，苏辙任职齐州，虽然都在山东，但是按照规定，地方官员不能随意联络，所以他们也难以会面。正因为这种种分别，以及苏轼在密州为官时遭遇的种种不快，苏轼在这样一个中秋的夜晚发出了无穷的感慨。

头两句："明月几时有？把酒问青天。"一般认为这两句是化用了李白《把酒问月》中的"青天有月来几时，我今停杯一问之"。你可能会觉得奇怪，"明月几时有"这是个天文学问题，苏轼这样问有意义吗？或许在天文学上没有意义，但是在文学上却自有它的意义。苏轼这样设问，实际上是说出了他的心事。

后两句："不知天上宫阙，今夕是何年。"不知道天上的那些宫阙，那些亭台楼阁，现在到底是哪一年？在人间是熙宁九年（1076），可是在天上是哪一年呢？民间常说，"天上一日，地上一年"。苏轼其实是借着这样的发问，来抒发自己忧伤的情怀。这里的忧伤，是因为兄弟不能相会，恐怕也有忧心朝廷的地方。

紧接着三句："我欲乘风归去，又恐琼楼玉宇，高处不胜寒。"我想要乘着清风走了，到天上的宫阙去，但是又担心天上的琼楼玉宇太过寒冷。琼楼玉宇者，也许就是明月里的广寒宫吧？到底什么样，咱们没见过，地上的琼楼玉宇，也许就是朝廷的皇宫了吧？据说几年后，苏轼被贬黄州期间，宋神宗看到这几句词，从中居然读出"苏轼终是爱君"的道理，并因此将苏轼从贬地黄州量移至汝州。（宋·陈元靓《岁时广记》卷三一引《复雅歌词》）彼时，王安石已经辞去宰相之职，退居江宁，宋神宗独自支撑变法大局，举步维艰。此时此刻，他读到苏轼词中这几句话，想必别是一番滋味，别有一番领悟。如果此事属实，至少说明苏轼当年落笔之时，也是别有一番感慨。毕竟当初苏轼因反对王安石变法而不得不离开朝廷，到杭州任通判，再到密州任知州，一路之上都是变法惹起的事端，苏轼固然是在思念弟弟子由，但这种思念也因为现实政治的不良境遇而变得更加迫切。

上片的最后两句："起舞弄清影，何似在人间。"一瞬间，苏轼感觉不知道自己是在天上还是在地上。这句诗在结构上也是一个过渡，通过月光落回人间和地上。

回顾一下上片：醉醺醺的苏轼问，"明月几时有？"不知道是在问他自己，还是远方的弟弟？是问迷离的月光，还是眼前的酒杯？作者这样发问，实际上只是想在醉意阑珊中寻找到一个聊以解嘲的答案。政治境遇让他不愉快，密州的境遇让他不爽快。他希望乘着秋夜里的清风离开人间，到那琼楼玉宇去，可是天上也并不是他想象的那样安宁祥和，所以在这一刻，苏轼只好"起舞弄清影，何似在人间"。这句诗让我们想起了李白的《月下独酌》："花间一壶酒，独酌无相亲。举杯邀明月，对影成三人。"李白似乎也努力地在寂寞当中寻找快乐，但其实天上和人间又有什么分别呢？在词的上片，苏轼仿佛是想要追寻着某种希望，但又丢不下兄弟情分。

再看这首词的下片。头三句："转朱阁，低绮户，照无眠。"因为上半片起调很高，一开始就问"明月几时有"，又要"乘风归去"，所以月光始终集中在苍穹，而人间的月光还一点都没有看到。在这里苏轼借助"转朱阁，低绮户，照无眠"等一连串动作，将月光从天上宫阙、琼楼玉宇转向人间的楼阁、人间的绮户、人间的不眠之人，并开始埋怨月亮："不应有恨，何事长向别时圆？"月亮不应对人们有什么怨恨吧？否则，为什么总是在人们离别时格外圆呢？由此引出千古名言："人有悲欢离合，月有阴晴圆缺，此事古难全。"有缺才有圆，有悲才有欢，这就是人生的辩证法。最初，苏轼好像是在埋怨人世间的种种不快，好像是在埋怨自己：为什么与弟弟近在咫尺却不能团圆？但在一瞬间，又好像用人世间的温情化解了自己的怨气，懂得了人世间的沧桑、离别都是合理的、能理解的。是啊，"此事古难全"，当你不得不离别的时候，那就为这离别来唱一曲骊歌吧。

词的结尾两句："但愿人长久，千里共婵娟。"既然没有办法和弟弟团圆，那么只好借着这千里月光，传递自己对亲人的深情祝愿："但愿人长久"，既然我们不能相聚，那就希望我们都能身体健康，过得快活，都能共赏这同一轮明月，共享这人世间的快乐。

这其实是一种无奈的安慰。人生本就无奈，怎能要求完满？苏轼对人生的悲欢离合非常明了，所以他的中秋才会过得如此不同寻常。好诗都是在困境中逼迫出来的，天底下最难的事是自己做自己的思想工作，把自己的思想做通了，你就没有那么痛苦了。人总还是要向前走，此刻我们虽然不能相聚，但共对一轮明月，就算是相聚了，就好像是在一起了。

晏殊有两句词说："一向年光有限身，等闲离别易销魂。"（《浣溪沙》）人生的遗憾实在太多了，但是要想把握好人生，那就要把握好现在。其实月光可能是儒生笔下的一缕情丝，可能是老庄眼中的一线光影，也可能是禅者心中的一段话头。苏轼很明白这些道理，他也许只是假装醉了，只有这样，他才能忘却离别的痛苦。他怎么能不了解这些呢？他渴望人生的完满和团圆，但不会过分地执着人伦亲情，否则他就不会这么旷达、超逸。

所以，熙宁九年（1076）的这个夜晚，苏轼并没有因为思念而走向疯狂。相反，这个夜晚是如此的丰厚充实、平静温和，饱含着人间的深情与智慧。今天读这首词，我们走进东坡的中秋，感受东坡式的语言、东坡式的领悟、东坡式的深情眷恋与潇洒气派。他说，"人有悲欢离合，月有阴晴圆缺"，又说，"但愿人长久，千里共婵娟"。人生到底有多么长久？让我们自己来回答吧：月光有多长久，它就有多长久。

定风波

[宋] 苏轼

三月七日，沙湖道中遇雨，雨具先去，同行皆狼狈，余独不觉。已而遂晴，故作此词。

莫听穿林打叶声，何妨吟啸且徐行。竹杖芒鞋轻胜马，谁怕？一蓑烟雨任平生。　料峭春风吹酒醒，微冷，山头斜照却相迎。回首向来萧瑟处，归去，也无风雨也无晴。

· 选自《东坡乐府笺》卷二（上海古籍出版社2009年版）。
· 芒鞋：草鞋。
· 蓑：蓑衣，用棕制成的雨披。
· 料峭：微寒的样子。
· 萧瑟：风雨吹打树叶声。

第63课 / 苏轼《定风波·莫听穿林打叶声》

很多人在生活中遇到不顺心的事、遇到困难时，往往会用这首词来宽慰自己。这首词写于宋神宗元丰五年（1082），苏轼到黄州贬所的第三年，这一年他四十六岁，挂了一个黄州团练副使的虚衔。

这首词前面有一篇小序，交代了写作的原委。苏轼在《东坡志林》中也记载了这首词的创作缘由。黄州城东南三十里有个地方叫沙湖，他和朋友到那里去买田。半路上突然下起雨来，身边没有雨具，淋了雨，大家很狼狈，怨声不断，苏轼却不以为然，"已而遂晴，故作此词"——过了一会儿，天晴了，于是写下这首词。

上片说："莫听穿林打叶声，何妨吟啸且徐行。竹杖芒鞋轻胜马，谁怕？一蓑烟雨任平生。"听到雨水穿林打叶的声音，不要烦恼，只管吟咏长啸，拄着竹杖，穿着草鞋，慢慢朝前走吧。有什么好大惊小怪的呢？天上下雨很正常啊。"一蓑烟雨任平生"，就这样披着蓑衣在风雨里走过一生吧。人生在世，不免会遇到风雨，这是常态。

下片紧接着说："料峭春风吹酒醒，微冷，山头斜照却相迎。"初春时节，春风料峭，寒气袭来，酒意全醒，天边的乌云散去，迎面的青山多么明媚——"山头斜照却相迎"——夕阳西下，金色的阳光重回大地。

所以"回首向来萧瑟处，归去，也无风雨也无晴"。回头再看这一路走来，下雨，没啥可抱怨的，天晴，也没啥好欢喜的。只要内心坦然，处处都是好风景，时时都有好风光。

这是苏轼的领悟。不过，获得这番领悟不易。领悟要有积累，特别是坎坷的积累。当初，因为反对新法，他被政敌诬病，被贬黄州。他在给朋友的信中强调：不要给别人看这封信，信看完就烧掉吧，否则又会给自己带来麻烦。(《答李端叔书》)他告诉朋友：我弟弟苏辙专门来信，让我少说话少惹事，所以我常常终日不说一句话，觉得也挺好。(《与滕达道书》其二二)所以他平常很少出门，到了黄昏时分才出来散散步，"幽人无事不出门，偶逐东风转良夜"。(《定惠院寓居月夜偶出》)那时的苏轼刚刚经过"乌台诗案"，有点像惊弓之鸟，心情可以理解。但苏轼毕竟是苏轼，他是有不安与惊恐，但更多的则是反思与内省。

苏轼认为自己的问题就是话太多。在给友人的信中，他说自己少时写文章，喜欢高谈阔论、引经据典，看似才华横溢，其实都是科举文章套路。后来又应考制举，看似纵论古今、考辨是非、陈明利害，其实不过是为了应制举"直言极谏"的名号罢了。就好像鸟儿自鸣得意，于世其实无补。就像是树干上奇特的树瘤、石头上美丽的斑纹，似乎颇能取悦于人，但树瘤与石纹本来都是毛病。(《答李端叔书》)当然，苏轼也有自己的坚持。在给友人的信中，他深情表白，我现在老而且穷，但是心肝骨髓里充满了忠义道德，面对生死谈笑自如。(《与李公择书》其一一)可见，此时的苏轼有惴惴不安，有人生反省，同时也有自己的坚持。

反省与坚持只停留在嘴上是不行的，苏轼还有行动。他脱下文人的长袍，穿上农夫的短打，亲自带领家人在坡地上开荒种田。想当年白居易在忠州任刺史，常在城东的坡地上栽种花草树木，作诗云："持钱买花树，城东坡上栽。但购有花者，不限桃杏梅。"(《东坡种花》二首其一）"朝上东坡走，夕上东坡步。东坡何所爱，爱此新生树。"(《步东坡》)苏轼仰慕白居易的人格文章，也为自己这块坡地取名东坡，更以"东坡居士"自谓。对苏轼来说，这称呼显然不只是佛教居士的概念，也是在表明他是一个养家糊口的农人，是在劳动中寻找乐趣的诗人。

除了劳动、写诗，苏轼还健身。他有一整套健身方法，比如：半夜十二点以后，披衣而起，盘膝面朝东方，上下牙齿叩击三十六次；按摩脚心以及"脐下腰脊间"直至发热；双手摩擦眼、面、耳、项直到发烫；摁鼻梁六七下，梳头一百多次，然后一觉睡到大天亮。(苏轼《养生诀》)苏轼活了六十六岁，其中贬谪的岁月累计近十二年之久，没有积极乐观的生活态度，没有健康的身体，他恐怕六十岁都活不到。

苏轼还是一个老顽童。他的朋友陈慥，号"龙丘居士"。苏轼常在晚上与陈慥畅谈佛法，在一首诗中，他揶揄老陈说："龙丘居士亦可怜，谈空说有夜不眠。忽闻河东狮子吼，柱杖落地心茫然。"(《寄吴德仁兼简陈季常》)——我的朋友真可怜，谈论佛法夜不眠，忽听老婆一声吼，手杖落地心茫然。"河东狮"现多指悍妇，原创者原来是苏轼。"狮子吼"本是佛家用语，意谓佛祖在众生面前说法，声如狮吼。陈妻柳氏是河东人，所以就是"河东狮吼"喽。也有人认为，苏轼不过是形容陈夫人嗓门大，其实这位夫人并非悍妇，还很温柔。

这就是黄州时期的苏轼。有人遇到挫折、困难就怨天尤人，诅咒生活。苏轼不仅不抱怨，还想方设法犒赏自己，还把犒赏的感受写成诗文，与朋友分享。人们仰慕苏轼，不仅仅因为他是一个文艺天才，更重要的是他在人生困厄中依然能够做旷达洒脱的自己。

题西林壁

[宋]苏轼

横看成岭侧成峰,远近高低各不同。
不识庐山真面目,只缘身在此山中。

·选自《苏轼诗集》卷二十三(中华书局1982年版)。

第 64 课　苏轼《题西林壁》

　　这首诗可谓家喻户晓，很多人在小学时就背诵过。它用最常见的汉字，串连起最普通的词语，表达最简单的道理，所以被千万人记住。可以说，只要认得汉字，就能读懂这首诗。不过我想提醒大家，它的背后其实隐藏着很多密码。要真正读通、读透这首短小精悍的小诗，还需要破解一个又一个的密码。

　　题目里的"西林壁"指庐山西林寺的墙壁。庐山脚下有东林寺、西林寺两座寺庙，这首诗是苏轼题写在西林寺墙壁上的，所以叫作《题西林壁》。宋神宗元丰七年（1084），苏轼被贬黄州第五年，宋神宗觉得苏轼到底是个人才，应该善待他，于是亲自下诏令，量移苏轼到河南汝州，依然任团练副使，依然不得签署公事。量移是指皇帝恩赦被贬官员，改善他的任职状况。汝州与黄州相比，距离汴京更近了，条件也好得多，这是神宗对苏轼释放的善意。苏轼四月离开黄州，随后登上庐山。在《自记庐山诗》这篇文章里，他简略记述登上庐山的过程。刚登上庐山时，看到山谷奇秀，都是生平从未见过的奇绝景观，发誓不写诗，因为自然山川就是最好的诗。但这怎么可能呢？苏轼的名气太大了，他一到山里，大家就都知道大文豪、大诗人苏轼来了，纷纷请他题诗。苏轼虽然在政治上翻了船，被流放贬谪，但在文坛上依然声名显赫。这一写，就刹不住了，在庐山上游赏十余日，诗也写了十几首，庐山的方方面面都写到了。

明·魏克《策杖看山图》

这首《题西林壁》应该是苏轼游历庐山结束时所写,也是对这次游历活动的一个小结。他说:"横看成岭侧成峰,远近高低各不同。"横看是山岭,侧看是山峰,远近高低,参差各异,各有千秋。"不识庐山真面目,只缘身在此山中。"因为总是在庐山里面转来转去,看到的只是庐山的一个局部和侧面,所以始终无法看清庐山的全貌和真面目。这四句诗虽然简单,内涵却极为深刻。它启发我们,只有跳出自我,超越自我,站在更广阔高远的高度,才能更好地认识自我,了解真相,洞察事物的全貌。问题是,苏轼去过的名山大川多了,这一次游历庐山十几天,看得也够周全了,为什么最后还会得出"不识庐山真面目,只缘身在此山中"这样的结论? 这与他被贬黄州前后的经历有什么必然联系吗?

想当初,苏轼因为不满王安石变法,招致"乌台诗案",被贬黄州。这一时期他所作的诗词,总在追问自己的人生,追问自己的价值:"长恨此身非我有,何时忘却营营。"(《临江仙·夜归临皋》)人生烦恼多啊,感觉自己并不属于自己,那属于谁呢? 不知道。什么时候才能忘却这世间的蝇营狗苟呢? 政治斗争、流放、贬谪,使得诗人厌倦了现实,恨不能一走了之:"小舟从此逝,江海寄余生。"不如浮游江海之外,从此忘记烦恼人生。在《卜算子·黄州定慧院寓居作》中,作者写道:"缺月挂疏桐,漏断人初静。谁见幽人独往来,缥缈孤鸿影。 惊起却回头,有恨无人省。拣尽寒枝不肯栖,寂寞沙洲冷。"他将自己比作一只孤独的大雁,在惊慌失措中飞翔,留下了孤独的身影,透露出贬谪流放带给他的心灵伤害。在《后赤壁赋》当中,苏轼写他夜游赤壁,看见一只仙鹤掠过江面,晚上梦见一个道士经过他的窗前,给他作揖,问他在赤壁是否快乐。苏轼想问他的姓名，道士却不回答。苏轼恍然大悟，原来这个道士就是从他身边飞过的仙鹤。苏轼追问道士的身份，其实也是在追问自己的身份。这种对身份的不确定感，反映了流放和贬谪生活带给苏轼的困扰。不过苏轼好像很快就走出了困扰，在《定风波》中说："竹杖芒鞋轻胜马，谁怕？一蓑烟雨任平生。""回首向来萧瑟处，归去，也无风雨也无晴。"苏轼好像认定了人生的方向，那就是不管天晴还是下雨，自己都会坚定不移地向前走。

我们之所以不厌其烦地罗列苏轼黄州时期的诗词，就是想说明苏轼的庐山感悟不是孤立的，是有缘由的，也许正来自他黄州五年时间里的人生反思与总结。庐山之游后，苏轼送长子苏迈赴任饶州德兴县尉，途经湖口，与苏迈夜访石钟山。在《石钟山记》中他指出，关于石钟山山名的由来，郦道元在《水经注》中语焉不详，李渤的考察更是不得要领，此后的读书人更不可能亲自到现场来考察。如今，他与苏迈亲自来到石钟山考察，终于揭示出石钟山得名的真相，可见，要获得真相，就一定要深入实际调查研究。

庐山的真相、石钟山的真相、变法的真相、"乌台诗案"的真相、黄州的真相、人生的真相……世间的真相到底是什么？怎样才能更接近真相？苏轼在经历了一系列的人生磨难与沉淀之后，肯定会深入思考这些问题。这些思考无论对于苏轼还是对于当时的北宋政局，都是意味深长的。

离开庐山，苏轼沿江东下，拜会了闲居江宁（今属江苏南京）的王安石。在与王安石朝夕相处一个多月后，他对这位往日的政治对头有了更为深入、真实的认识。总之，宋神宗元丰七、八年间，历经政治风波的苏轼和王安石，也许已经在某种程度上开始走向和解，或者说走向和解性的默契。这对于苏轼今后的政治立场、仕途经历产生了深刻的影响。

十六年后，宋哲宗元符三年（1100）六月，苏轼结束了在海南岛的贬谪流放生活，乘船渡海回到大陆。当晚，他写了一首《六月二十日夜渡海》，最后两句说："九死南荒吾不恨，兹游奇绝冠平生。"年过花甲之年，我被流放到荒凉的海南儋州，虽然经历九死一生，但我并不悔恨，因为我看到了平生从未见过的奇绝景观。这就是六十五岁的苏轼对自己海南人生的总结。同样，《题西林壁》似乎也是年近五旬的苏东坡对自己黄州人生的总结，对未来岁月的期待，至少，这为他之后更达观、更淡定地看待人生，开启了新的法门。

惠崇春江晚景

[宋]苏轼

竹外桃花三两枝,春江水暖鸭先知。
蒌蒿满地芦芽短,正是河豚欲上时。

· 选自《苏轼文集编年笺注》附录一卷十五(巴蜀书社2011年版)。一作《惠崇春江晓景》。

第65课　苏轼《惠崇春江晚景》

这是一首题画诗，即题写在画作上的诗作。

北宋初期，有僧惠崇、僧希昼等九位僧人擅长五七言律绝，他们彼此酬唱，多写隐逸闲趣及林下生活，风格清奇雅静，在诗坛上有一定的影响，人称"九僧"。(宋·司马光《温公续诗话》)惠崇就是九僧之一，他不仅能诗，亦擅长画作。惠崇的画作名曰《春江晚景》，苏轼这首《惠崇春江晚景》就题写在这幅画上。那么，这幅画到底画了些什么呢？

"竹外桃花三两枝，春江水暖鸭先知。"由这两句诗可知，画里有竹子，有三两枝桃花，有春江流水，流水里有鸭儿游过。虽然展示的是文字，但是色彩感极强，有竹青，有桃红，有绿水，还有超出色彩的温度："暖"。只是这一句，我们便仿佛看到画面里的鸭子在水中游弋时的那份惬意、那份自在、那份享受。诗人落笔很妙，他没有直接说：春天来了，桃花开了！而是说"春江水暖鸭先知"，小小的鸭子成了报春的使者，鸭子的春天感受是从水暖开始，从春水开始，真是别有生机，别有新意。

"蒌蒿满地芦芽短"，画面里还有蒌蒿和芦芽。蒌蒿多生长在河湖岸边、沼泽地带，可以入药；芦芽就是芦苇的嫩芽，可以食用。蒌蒿遍地，青绿一片，芦芽嫩绿，冒出尖角。初春的时光真是美好。

这三句都是画中之景，眼见为实。只有最后一句"正是河豚欲上时"来得蹊跷，无论惠崇怎样手巧，绝无可能将一条河豚也绘入画中。这一句完全是苏轼本人的感慨与想象。换言之，诗人看到惠崇的画里，有青竹，有桃红，有春江，有鸭子，有蒌蒿，有芦芽，所有这一切引发的诗人感慨就是两句话，一句是春天来啦，另一句是河豚也来啦！

原因很简单，苏轼是一个大吃货，河豚迷。

初春时节，正是河豚最美味的时候，但大家知道，这个美味剧毒无比，烹调不当会让食客丢了性命。据说苏轼在常州居住时期特别喜欢吃河豚。当地有个乡绅仰慕苏轼，他家的厨子擅长烹调河豚，于是这位乡绅就请苏轼来家里吃河豚。这一天的河豚宴只有苏轼一个食客。乡绅的老婆孩子都躲在屏风后面，希望听到苏轼对这顿河豚宴的评价。他们听到了苏轼下筷子的声音，听到了苏轼大口咀嚼的声音，却没有听到苏轼对河豚的评价。大家正在面面相觑、失望之际，猛听苏轼放下筷子，大喝一声："也直一死！"——死了也值！（宋·孙奕《履斋示儿编》卷一七）可见，苏轼爱河豚胜过爱自己的生命啊！

所以，苏轼看到惠崇的《春江晚景》图，看到了初春的花红草绿，便不由自主地想起了美味的河豚。这是一个吃货、一个美食家心中的春天，真是别有风味。说到吃，苏轼真算得上是个大专家。他曾经与朋友们讨论，什么才是美食的最高境界。他在纸上写出美味的具体做法：烂蒸同州羊羔肉，将杏仁茶灌入羊羔腹中蒸煮而成，吃这道菜，不必用筷子，要用匕匙削切而食；还有嫩槐芽拌南都麦心面、襄邑抹猪肉、共城香粳米、蒸幼鹅、松江鲈鱼。吃饱了，喝足了，用庐山康王谷帘泉水烹曾坑斗品茶，然后解衣仰卧，诵读前后《赤壁赋》，该有多么开心啊！（宋·朱弁《曲洧旧闻》）

看来，苏轼这个美食家的美名真是实至名归，绝非虚名。但实事求是讲，这样精致的美食，偶一为之尚可，天天食用，既不可能，也难持久。其实，苏轼这个美食家，既吃得山珍海味，也吃得粗茶淡饭，正如他自己所说的："人间有味是清欢。"（《浣溪沙》）

被贬黄州期间，他喝不到好酒。在《岐亭五首》其四中，他写道："酸酒如齑汤，甜酒如蜜汁。三年黄州城，饮酒但饮湿。我如更拣择，一醉岂易得。"黄州的酒太差了，只能调整心态，以丑为美。如果酒发酸，权当是在喝酸汤水；如果酒发甜，权当是在喝蜜汁。喝了三年黄州的酒，只求尝个味儿，没想着尽兴而饮。如果再挑三拣四，就更不可能求得一醉啦！可见，对苏轼来说，吃饭喝酒，重在心情。心情好，酒再差也是美酒，心情差，酒再美也是差酒。

宋哲宗绍圣元年（1094），快六十岁的苏轼被贬惠州。期间，他写信给弟弟苏辙，畅谈自己吃羊脊骨的感受：惠州市场萧条，每天售卖一只羊，不敢与官府争买羊肉，只好买剩下的羊脊骨。细细观察，骨头之间还微微有点儿肉。于是将脊骨煮熟晾干，以酒浸泡，撒点盐，稍稍烧烤一下，然后终日在骨间剔肉，常常在筋骨之间还能寻得一星半点羊肉，心情大好。这样吃羊脊骨，好像在吃螃蟹，过几天吃一顿，真是大补。子由吾弟三年来吃肉，每一口咬下去都咬不到骨头，哪儿能知道我这个羊脊骨的味道呢？我这虽是游戏之语，但你也不妨真的试试。但是这个办法一旦实行，狗就没什么吃的了，"众狗不悦矣"。（《与子由弟十五首之七》）

明明没有吃到几两肉，却偏偏吃得很高兴、很开心，为什么？因为目前在惠州，不管你开不开心，也只能吃到这么点儿肉，那为什么不选择开心呢？

在惠州，苏轼向别人借了半亩地种菜。他与儿子苏过就吃自己种的蔬菜。有时候喝醉了，到了半夜，没什么醒酒的佳肴，就只好煮些菜来解酒。他这样描写自己对蔬菜的感觉："味含土膏，气饱风露，虽粱肉不能及也。人生须底物而更贪耶？"（《撷菜并引》）这些蔬菜，饱含着泥土的芳香，蕴含着风霜雨露，就算是美食佳肴也不能与之相比。人生在世，有这样纯美的蔬菜就很知足了，夫复何求？

这就是苏东坡，既能吃大餐，又能嚼菜根。

绍圣四年（1097），六十一岁的苏轼又被贬海南儋州。这里食材更加匮乏，蔬菜稀缺，主食就是芋头，还有各种奇怪的海味，这对于老饕苏轼来说真是个挑战。但他的表现再次让我们惊叹，他不仅兴致勃勃地品尝海味，还写了一篇别致的文章，直播了自己的食蚝过程：将生蚝肉剜出，以酒搅拌放入水中煮熟食用，鲜美无比。又取大块生蚝肉放在炭火上烧烤，味道更美于水煮。举凡海蟹、海螺、八足鱼，都可以如法烹制。苏轼还常常告诫小儿子苏过，千万不要对外人说这里的海味有多么美好，如果让北方京城的正人君子们知道了，那还了得！他们肯定会争先恐后要求贬谪来海南，与我争着吃这美味，那我可就吃大亏啦。（《食蚝》）

听上去真不错。可是韩愈当初被贬潮州，也曾品尝海味，感受却大为不同："鲎实如惠文，骨眼相负行。蚝相黏为山，百十各自生。蒲鱼尾如蛇，口眼不相营。蛤即是虾蟆，同实浪异名。……调以咸与酸，荐以椒与橙。腥臊始发越，咀吞面汗骍。惟蛇旧所识，实惮口眼狞。"（《初南食贻元十八协律》)在韩愈眼里,这些鲨鱼、生蚝、蒲鱼、蛤蟆、蛇蟹,就算是咸酸甜辣百般调味,依然是腥臊无比,食之冒汗,难以下咽。这种困难,对于长期居住中原地区的巴蜀人苏轼又何尝不是呢？但是苏轼面对诸多"海怪",该煮的煮,该烤的烤,从容淡定,甚至拿自己的艰难境遇开涮,嘴上依然不饶人。这样心胸开阔的美食家,也真可以说是空前绝后了。

细算起来,苏轼厨房里的食谱还真不少。比如"东坡羹",有《东坡羹颂》为证。其实就是将锅中菜羹、屉中米饭一次加工而成,菜饭合一,方便实惠,有点儿类似于现在的快餐。还有"东坡鱼",也有《书东坡鱼羹》为证,具体做法与现在的清蒸鲈鱼也差不多。可见,苏轼平时所做的、所吃的,还是以家常菜甚至粗茶淡饭为主。如果说吃山珍海味是品味名山大川、江河湖海,那么吃粗茶淡饭就是品味田野山居、涓涓溪流,它们都是人生不可或缺的部分。

在大多数时间,我们的每餐家常饭,就是我们的美食。因为每餐饭都来之不易,都是我们难得的福报。所以,细细品尝每餐饭,就是在享受我们的美食,回味我们的幸福。从这个意义上来说,我们每个人其实都是美食家。

点绛唇

[宋]李清照

蹴罢秋千,起来慵整纤纤手。露浓花瘦,薄汗轻衣透。 见客入来,袜刬金钗溜。和羞走,倚门回首,却把青梅嗅。

· 选自《李清照集校注》卷一(中华书局2020年版)。

李清照(1084—1155?)

号易安居士,济南(今属山东)人。两宋之际著名女词人。少年即有诗名。与丈夫赵明诚情意甚笃,致力金石书画收藏。早期词作灵秀明快,感情真挚;靖康之变后国破夫亡,词作多悲叹家国身世,情调哀婉悲怆。其词善用白描,语言清丽,世称"易安体";其诗慷慨雄健,长于咏史议论。生平散见《宋史》李格非传、赵挺之传,及相关诗话、笔记,有《漱玉词》行世。

第66课 / 李清照《点绛唇·蹴罢秋千》

  李清照是宋代首屈一指的词人，在女词人中更是翘楚。她的文学成就，特别是词作的成就，为历代所称颂。这首《点绛唇》，据传为李清照所作，虽然内容非常简单，情景却非常生动，描写的是少女情窦初开的瞬间场景，将少女俏皮娇羞的行为、神态生动地展现在我们面前，非常美妙。

  词的上片写道："蹴罢秋千，起来慵整纤纤手。露浓花瘦，薄汗轻衣透。""露浓"说明早晨的露水还很重，"花瘦"说明花还没有完全地绽放开，李清照喜欢用"花瘦"这个意象，比如"人比黄花瘦"。(《醉花阴》)词的开篇就交代，这是一个大清早，太阳刚刚升起，花朵都还没完全绽放，花朵上的露水依然浓重。

  然而我们的女主人公已经像一只小鸟一样快活地登场了。她活泼、健康，充满生气，大清早就开始荡秋千啦。"蹴罢秋千"，"蹴"是踩、踏的意思，刚刚荡完秋千，有点疲倦。"慵整"这两个字用得特别妙，慵懒疲倦，揉一揉自己有点发麻的双手。"纤纤手"出自《古诗十九首》："娥娥红粉妆，纤纤出素手"，形容双手的细嫩与柔美，这也点出了人物的年龄和身份。看到"蹴罢秋千，起来慵整纤纤手"，不由得让我们想到《如梦令·常记溪亭日暮》中那个喝了点儿小酒，有点儿微醺，将船划入藕花深处的小姑娘，没错，这俩人兴许就是同一个人呢，这首词写的可能就是她欢快活泼的少女生活。

紧接着是"露浓花瘦，薄汗轻衣透"。"薄汗轻衣透"这五个字，让我们一下就感受到这位运动型少女的蓬勃朝气。"轻衣"，轻便、宽松的衣裳，也许就像现在的运动服。刚刚出了一点汗，衣裳就湿透了，看来运动量不小。这位少女娇小柔美而又富有活力。

然而，这还不是最奇妙的。词的下片说："见客入来，袜刬金钗溜。和羞走，倚门回首，却把青梅嗅。"少女正在那儿"慵整"自己的"纤纤手"，正在那儿"薄汗轻衣透"，也许想休息后再荡一轮秋千，突然有客人来了。怎么办？要是在户外，就不存在"见客入来"的说法，由此可见是在自家花园里荡秋千。少女急忙含羞回避，"袜刬金钗溜"，真是够狼狈的。荡秋千时只顾得玩个痛快，鞋子也掉了，脚上只剩下一双袜子。客人快进来了，她只顾得跑开，发髻上的金钗也跑掉了，真是"丢盔卸甲，溃不成军"。

然而，奇妙的故事还远远没有结束。

既然如此狼狈、窘迫，那就赶紧含羞走吧。不，词人笔锋一转，忽然写到"倚门回首，却把青梅嗅"，本来已经跑到花园门口了，小姑娘却忽然回过头来——原来门边上有一株青梅，她凑上去，嗅了嗅青梅的味道……

词写到这里，就结束了，后面又发生了什么，不知道，也许只能依靠读者的想象了。我们不妨做一个大胆的猜测：到底是谁来到了花园里？为什么少女要"和羞走"？为什么走到花园门口了，又要再回首？难道这一回首，只是为了嗅一嗅青梅么？也许，能够让活泼开朗的少女"和羞走"的神秘来客，正是少女日思夜想的"伊人"吧？也许，只有少女的心上人，才会让她猝不及防，慌了手脚，掉了金钗，又羞又急地跑开去吧？ 也许，这位心上人，本来就是应少女之约而来，本来就是相熟之人，否则怎会一大早就无遮无拦地"闯"进花园里呢？ 也许，少女跑到花园门口，回首一瞬，其实是回眸一瞬，只是为了看一眼"伊人"，但又不愿意让对方看出自己的用意，只好假意去嗅门边那株长得非常及时的青梅？ 这个情形就好像一首老歌里唱的那样："我想偷偷望呀望一望他，假装欣赏欣赏一瓶花……"如果事情真的像我们想象的这样，那么，这颗酸酸甜甜的青梅不正象征着少女那颗青涩酸甜的初恋之心吗？

对于这首词，有学者认为并非李清照所作，原因在于《漱玉词》并宋代诸家词集、词选并未选录本词；也有人认为这首词词笔肤浅，不像是李清照的作品。比如"倚门回首"之"倚门"，有人认为源自司马迁《史记·货殖列传》："农不如工，工不如商，刺绣文不如倚市门。"于是认为语意浮浪，与李清照身份不符。

其实，不论这首词的作者是否为李清照，都大可采取一种较为开放、包容的眼光来解读。比如，关于"倚门"，很多唐宋诗人都常用这个意象表达多种多样的情感："愧见高堂上，朝朝独倚门。"（唐·王泠然《淮南送舍弟》）"同怀扇枕恋，独念倚门愁。"（唐·王维《送崔三往密州觐省》）"寂寂山村夜，悠然醉倚门。"（宋·陆游《村夜》）"乃翁八十齿发落，倚门待儿斜日薄。"（宋·吴大有《钱陈随隐归临川》）等等。可见"倚门"在唐宋诗人的笔下，情感内涵非常广泛，并不存在语意浮浪的问题。

至于说这首词词笔肤浅，可能是因为词中有"薄汗轻衣透""见客入来，袜刬金钗溜"等语句，与宋代文人心目中的大家闺秀形象相距甚远。事实上，因为李清照之特立独行，封建时代的传统文人往往多肯定她的才华，却微词她的妇德："作长短句，能曲折尽人意，轻巧尖新，姿态百出。闾巷荒淫之语，肆意落笔。自古缙绅之家能文妇女，未见如此无顾籍也。"（宋·王灼《碧鸡漫志》卷二）

其实，这首词传递给我们的，无非是活泼可爱、灵气好动、多情善感的少女青春。在李清照的笔下，少女的生活，不仅可爱、活跃，而且也很多情："绣面芙蓉一笑开，斜飞宝鸭衬香腮。眼波才动被人猜。　一面风情深有韵，半笺娇恨寄幽怀。月移花影约重来。"（《浣溪沙·闺情》）词中的少女凝神回味甜美无比的相见时刻，虽然想要极力掩饰内心的喜悦，却怎么也掩饰不住，美丽的笑容就像芙蓉花一样绽放开来。美好的回忆又怎么能掩饰得住呢？只要你的眼波微微一动，就会被他人看破，内心的秘密当然是甜蜜的小秘密，与心爱之人相约本来就是美好之事。而后又是令人焦急的思念与等待，所以"半笺娇恨寄幽怀"。用情太深却又不能相见，所以因爱而生恨，因恨而生情，因情而更爱。最终还是情不自禁地说，希望在美好的月夜再次约会。我们无法言之凿凿地说，《点绛唇》这首词是李清照的个人情感体验，但能写出这样的词，肯定有体验的基础。

宋代文人之所以诟病李清照"闾巷荒淫之语，肆意落笔。自古缙绅之家能文妇女，未见如此无顾籍也"，无非因为李清照以一介女流，却在词作中大胆抒发少女情怀、少妇情思等，或与封建礼教不合。而李清照之所以能如此，是她高雅、宽松的家庭环境使然。李清照的父亲李格非是"苏门后四学士"之一，学养深厚，人品高尚，在士大夫中享有很高的声誉。李清照的母亲更是出身官宦世家，能文善书。在这样的家庭里，李清照不仅身心活跃、个性独立，而且知书达理、才情兼具。李清照的婚姻总的来说是幸福的。她的父亲李格非和公公赵挺之虽然政见有不同，但两家也算是门当户对，双方家长也并未干预子女的婚姻意愿；她与赵明诚更是琴瑟相合，犹如神仙眷侣——李清照的《金石录后序》对于他们婚姻生活的回忆，就是很好的证明。所有这些对于李清照的个性修养、文学创作风格都有着积极的影响。

如梦令

[宋]李清照

常记溪亭日暮,沉醉不知归路。兴尽晚回舟,误入藕花深处。争渡,争渡,惊起一滩鸥鹭。

·选自《李清照集笺注》卷一(上海古籍出版社2002年版)。
·一滩:一作"一行"。

第67课 / 李清照《如梦令·常记溪亭日暮》

这首《如梦令》写的是李清照自己少女时代的生活。

"常记溪亭日暮,沉醉不知归路。""溪亭"有多种说法,有说泛指溪边的亭子,也有说是山东济南城西一眼泉水的名字,还有说是章丘明水附近的一处游憩之所,等等。大约是一个夏日的傍晚,词中的女主人公,也许就是李清照自己,与小伙伴们去溪亭游玩。她们在一起说笑、品茶,玩得太开心了,不知不觉已日落西山。糟糕!爹妈该责备了,赶紧回家吧。又开心、又着急,不免有些手忙脚乱,以至于"沉醉不知归路"。"兴尽晚回舟,误入藕花深处",这个"误"字用得真妙。本来就不辨方向,天色将晚,小姑娘们心里着急,手下又乱,东摇西晃,左划右转,小船就是不听指挥,歪歪斜斜、误打误撞地闯入荷花丛里。

"争渡,争渡,惊起一滩鸥鹭。"船到底该朝哪个方向去?不知道,可船却是越划越急了,闯得也就越猛了,那些正在浓密荷花丛中打盹的沙鸥、白鹭,居然都被惊醒了,呼啦啦纷纷飞起来。可以想见,那一刻,水面上荡漾起姑娘们银铃般的笑声。

李清照特别擅长描写瞬息之间的情景变化,这个变化往往就出现在词的结尾之处。"争渡,争渡,惊起一滩鸥鹭"就是如此,前面说了一大堆,都是为了这三句埋伏笔,如果说前几句是热身运动,那么这三句就是腾空跃起,将少女们欢快的心情表达得淋漓尽致。

她还有一首《如梦令》,也绝妙至极:"昨夜雨疏风骤,浓睡不消残酒。

试问卷帘人，却道海棠依旧。知否，知否？应是绿肥红瘦。"可见少女时代的李清照，词没少写，酒也没少喝。"昨夜雨疏风骤，浓睡不消残酒。"风雨交加的夜晚，她喝了不少。海棠花在风雨中摇曳，也搅动着少女的情思。她喝醉了，睡了一整晚，醒来时残留的酒意让她犯了迷糊，心里却还惦记着海棠花："试问卷帘人，却道海棠依旧。"卷帘人是谁？可能是家中侍女吧。诗人忙问，园子里的海棠花怎么样了？侍女回答"海棠依旧"。侍女的话本没有错，但她哪儿知道小姐内心的真实想法呢？

海棠花是花中贵妃、花中神仙，与玉兰、牡丹相映衬，是富贵美丽的象征。李清照正值二八年华，不也是一枝美丽沉静、雅致温润的海棠花吗？李清照问侍女昨夜风雨中海棠的境况，其实也是在追问自己的青春岁月。"知否，知否？应是绿肥红瘦。"哎，卷帘人呀，你懂什么？一场风雨过后，海棠花的叶子自然滋润肥硕，可是娇艳的花朵恐怕早已凋零。这是在感慨红颜易老，青春易逝。"绿肥红瘦"造语甚奇，一绿一红，一肥一瘦，颜色鲜明，对比强烈，将青春的怅惘、少女的愁绪衬托得惟妙惟肖。

她还有一首《渔家傲》，也非常好："雪里已知春信至，寒梅点缀琼枝腻。香脸半开娇旖旎，当庭际，玉人浴出新妆洗。造化可能偏有意，故教明月玲珑地。共赏金尊沉绿蚁，莫辞醉，此花不与群花比。"第一句"雪里已知春信至"，雪花送来了春天的讯息，让我们想到雪莱那句"冬天来了，春天还会远吗"。冬天里有着春天般的心情，跟唐代诗人岑参的"忽如一夜春风来，千树万树梨花开"（《白雪歌送武判官归京》）有异曲同工之妙。严冬里傲放的寒梅，居然像迎春花一样娇小妩媚、婀娜多姿，在明月和白雪的映照下，更显得冰清玉洁。这首词赞美冬天的梅花,"此花不与群花比",梅花不仅像春花一样妩媚多姿,更有傲霜斗雪的独立个性,这或许正是少女李清照卓然独立个性的写照吧。

李清照是古代难得的才女,她的独立个性、文学才华早在少女时代就已显露出来,这当然与她的家庭环境关系密切。据史料记载,李清照的父亲李格非乃进士出身,曾在朝廷和地方做官,他清正廉洁,刚直不阿。在山东做官时,他俸禄很低,上司想让他兼任其他职务,多拿些薪水,被他婉拒。在江西做官时,有个道士妖言惑众,骗取钱财。有一次,李格非正好在路上与道士相遇,他嫉恶如仇,竟然让人将道士从车上拖下来,痛打一顿,驱逐出境。(《宋史·文苑传六》)李格非学术造诣深厚,个性清正刚直,这些都对李清照的成长产生了深刻的影响。李清照晚年曾在一首诗中回忆:"嫠家父祖生齐鲁,位下名高人比数。当时稷下纵谈时,犹记人挥汗成雨。"意思是,我的父祖辈出生在儒学昌明的齐鲁稷下地区,地位虽然不高,但是学问、道德令人敬仰。

李清照的母亲王氏也是官宦世家出身。王氏的祖父王拱辰是宋仁宗朝的状元,曾任翰林学士、御史中丞、吏部尚书等重要官职。在《宋史·文苑传》有关李格非的记载中,特别记述夫人王氏"亦善文",女儿李清照"诗文尤有称于时",可见这母女二人文学声名之高。

也许正是因为在这样的家庭里成长,李清照从小就不是娇气柔弱、多愁善感的小家碧玉,而是活泼开朗、见多识广的大家闺秀。她眼中的世界处处充满了斑斓的色彩、蓬勃的生机,让她感受到生活的乐趣和美好。所以,她善用自己生花的妙笔将青春的朝气描写出来,让我们感受到青春的无限生机和饱满活力。

一剪梅

[宋]李清照

红藕香残玉簟秋,轻解罗裳,独上兰舟。云中谁寄锦书来?雁字回时,月满西楼。　　花自飘零水自流。一种相思,两处闲愁。此情无计可消除,才下眉头,却上心头。

·选自《李清照集笺注》卷一(上海古籍出版社2002年版)。

第 68 课 / 李清照《一剪梅·红藕香残玉簟秋》

很多人喜欢这首词，尤其是女性朋友。在古代，很多表达恋情、爱情的诗作，抒情口吻都是女性，但诗词的作者都是男性。像李清照这样以女性的视角、笔触和口吻描写女性内心对于爱情的那份渴望，实在并不多见，更何况写得如此精致、细腻、形象、贴切，就更罕见了。

"红藕香残玉簟秋"，已是夏末秋初时节，粉红的荷花将要谢了，夏天就要走了。"玉簟"指光滑如玉的竹席，睡在这张竹席上，已经有点凉了。"红藕香残"，一则是写实景，一则是写自己青春凋谢。其实她的青春也没有这么快就凋残，只是因为丈夫赵明诚在外做官，她不得不独守空房，遂有"香残"之叹。想当初结婚时，李清照十八岁，赵明诚二十一岁，正是青春年少，志趣相投。婚后不久，赵明诚任官外地，李清照遂写下这首词，表达对丈夫的一片思念之情。

"轻解罗裳，独上兰舟。"我轻轻地提着丝裙，独自踏上兰舟。词人决定出去散散心，看看风景，排遣相思之苦。舟船是李清照诗词特别钟情的意象，年少时的"兴尽晚回舟，误入藕花深处。争渡，争渡，惊起一滩鸥鹭"（《如梦令》），晚年时的"只恐双溪舴艋舟，载不动许多愁"（《武陵春·春晚》）。其实，"兰舟"也好，"舴艋舟"也罢，都不过是在婉转表达她的心情。不同的诗人有不同的情感载体，有的选择了舟，比如李清照；有的选择了酒，比如李白；还有的选择了明月，比如苏轼。所以，"轻解罗裳，独上兰舟"既是一个具体的行动，又是一种感情的表达。

"云中谁寄锦书来？雁字回时，月满西楼。"词人身在兰舟，心早已飞到了丈夫身边，船儿向前走，眼睛往空中看。看到大雁飞回，不知道是不是带来了丈夫的书信？尤其是这个月圆之夜，更是让人由不得思念。这里写得很妙，没有一个字在说我想你，但是满篇都能感觉到浓浓的思念之情。借鸿雁传书、千里明月写离人相思是古典诗词的传统。比如温庭筠《菩萨蛮》："玉楼明月长相忆，柳丝袅娜春无力。"李煜《相见欢》："无言独上西楼，月如钩。"晏殊《诉衷情》："凭高目断，鸿雁来时，无限思量。"秦观《减字木兰花》："困倚危楼，过尽飞鸿字字愁。"等等。

"花自飘零水自流"这一句很关键，承上启下，让整首词意脉不断。上片结尾"雁字回时，月满西楼"，相思已浓，但词人的情思还没说尽。"花自飘零水自流"的意思是"无可奈何花落去"（宋·晏殊《浣溪沙》），即使我千般思量，花要飘零水自流，我的丈夫依然要远行，我又能如何呢？用一种无奈连接起了上片和下片。

"一种相思，两处闲愁。"李清照是多情之人，善写多情之词，前面写的都是单相思，现在替丈夫把他的那份相思也写进来了。我在此地，你在彼地，都体会到相思之苦、闲愁之深。这两句从对面写来，是对"云中谁寄锦书来"的深化，由自己推想到丈夫此时此刻肯定也在思念着我，加深了这种相思的内涵。古人的诗词里有很多类似的句子，比如唐代诗人罗邺的《雁二首》诗云："江南江北多离别，忍报年年两地愁。"韩偓的《青春》诗云："樱桃花谢梨花发，肠断青春两处愁。"这种写法把两个人对彼此的牵念加深了一层。

最妙的是结尾三句:"此情无计可消除,才下眉头,却上心头。"我怎样才能忘了那个人呢? 我怎样才能不思念他呢? 我怎样才能暂且放下这种相思呢? 想念对方的时候,词人双眉紧蹙,稍稍放下相思,眉头就舒展开了,可刚把眉头舒展开一秒钟,马上又开始了思念。

可见,李清照一直在思念丈夫赵明诚。可是写诗总不能写"我一直一直在想你",写诗需要技巧、手法,而这种技巧、手法又来源于生活的真实感受。有人说,李清照这三句是从范仲淹《御街行·秋日怀旧》中点化出来的:"都来此事,眉间心上,无计相回避。"无论在眉间,还是心上,藏也藏不掉,躲也躲不开,一直都在想着你。但我觉得,李清照这三句可比范仲淹那三句要高明多了。范仲淹的句子是一种客观的描述,直接写我一直在想你,而李清照的表达则选取了瞬间的情态变化,通过瞬息之间表情和心情的急速转变,透露出内心浓烈不断的相思之情。这是李清照诗词的一大特点,往往在诗词的最后几句抓住词眼,点出新意,让人眼前一亮。

苦苦的相思,映射出夫妻浓浓的情意。李清照和赵明诚不仅感情好,更有着相同的志趣爱好,那就是创作诗词文章、收集整理金石碑刻、鉴赏品味文物字画,这也是两人感情的重要基础、纽带。他们既是夫妻,又是朋友,还是难得的知己。

李清照晚年在《金石录后序》中回忆:"侯年二十一,在太学作学生。赵、李族寒,素贫俭。"赵明诚在太学的时候没有什么经济来源,赵李两家出身寒素,不是什么名门望族,所以夫妻俩在经济上并不宽裕。但是:"每朔望谒告出,质衣,取半千钱,步入相国寺,市碑文果实归。"

每到初一或十五，两人就会去当铺里典当衣物，换来五六百钱，然后去大相国寺逛文物市场。大相国寺就是《水浒传》里花和尚鲁智深倒拔垂杨柳的地方，在北宋是东京有名的文物市场，汇聚了不少名人字画、金石碑刻。

李清照回忆道："尝记崇宁间，有人持徐熙《牡丹图》，求钱二十万。"有一次，有人拿来一幅南唐画家徐熙的《牡丹图》，要价二十万。"当时虽贵家子弟，求二十万钱，岂易得耶？"这个价钱对富家子弟尚且太高，何况对他们小夫妻？赵明诚想买买不起，不买舍不得，"留信宿，计无所出而还之"，夫妻俩将这幅画留在家里反复品鉴，最终还是无奈地归还给卖主了。为了这件事，"夫妇相向惋怅者数日"。在李清照看来，这样的生活虽然清贫，却纯真朴实、悠闲自在。人生得一知己足矣，夫复何求。

在《凤凰台上忆吹箫》中，李清照也表达了对丈夫的深情，但角度却很独特："香冷金猊，被翻红浪，起来慵自梳头。任宝奁尘满，日上帘钩。"铜炉里熏香已冷，早起被褥乱堆在床上，头也不梳，梳妆台上全是尘土，日上三竿还不起床，为什么？因为思念丈夫赵明诚。生活变得毫无滋味，也懒得装扮自己。"生怕离怀别苦，多少事、欲说还休。"很多很多话想要给你说，又没法说。"新来瘦，非干病酒，不是悲秋。"我瘦了，不是因为喝酒，也不是因为悲秋，而是因为相思之愁。正如柳永所说："衣带渐宽终不悔，为伊消得人憔悴。"（《蝶恋花》）"休休，这回去也，千万遍阳关，也则难留。"我就算吹奏多少遍《阳关曲》，也留不住你。"念武陵人远，烟锁秦楼。"这里用了两个典故。一是汉朝人刘晨、阮肇到天台山采药,迷了路,碰上两位神仙姐姐,乐而忘返,与她们生活了大半年。下山之后,发现家里已经过了七世,正所谓"山中方一日,世上已千年"。二是"烟锁秦楼"。秦穆公时有个小伙子叫萧史,擅长吹箫,秦穆公把女儿弄玉许配给他。弄玉跟着丈夫学会了吹箫,招来凤凰,两人乘凤凰飞走了。这两个典故说的其实是一个意思:心爱的人走了,不在身边了。"惟有楼前绿水,应念我、终日凝眸。"只有楼前的流水知道,我终日呆呆地凝望着楼前流水,无时无刻不在思念着你。最妙的又是结尾:"凝眸处,从今又添,一段新愁。"就在这凝望的瞬间,又平添了一段新愁。与《一剪梅》有异曲同工之妙,都生动地写出了相思的瞬息变化。

古代的很多男性作家在遭遇仕途艰险、流放贬谪之苦后,往往会写出名篇佳句。李清照虽然是一位女性,但她之前随丈夫经历了党争之祸、仕途沉浮,后来又经历了靖康之变,国破而夫亡。所有这些都使她更深刻地认识社会,并以卓越的才情写下撼动人心的词章,她也因此成为中国古代最著名的女性文学家。

醉花阴

〔宋〕李清照

薄雾浓云愁永昼,瑞脑销金兽。佳节又重阳,玉枕纱厨,半夜凉初透。　东篱把酒黄昏后,有暗香盈袖。莫道不销魂,帘卷西风,人比黄花瘦。

· 选自《李清照集校注》(人民文学出版社1979年版)。

第69课 / 李清照《醉花阴·薄雾浓云愁永昼》

在李清照的词作中，这首《醉花阴》也许是最出名的。当时，她的丈夫赵明诚正在山东莱州做官，李清照独居青州，分居两地，情思牵念，李清照特意写下这首词寄给丈夫，表达相思之意。

"薄雾浓云愁永昼"，又是薄雾，又是浓云，说明天气不好。其实不是天气不好，而是词人的心情不好，看什么都"愁云惨淡万里凝"（唐·岑参《白雪歌送武判官归京》）。"瑞脑销金兽"，香炉里飘出一阵阵瑞脑香，真是百无聊赖。

"佳节又重阳"，要是普通日子也就算了，偏偏今天是重阳佳节。王维在《九月九日忆山东兄弟》中说"每逢佳节倍思亲"，重阳节本应该亲友团聚，相携登高，遍插茱萸，饮菊花酒。可是如今丈夫不在身边，只剩孤零零的一个人，团圆的佳节也就变成了苦闷的日子。"玉枕纱厨"，枕头是好枕头，床上的帷帐也是好帷帐，可是"半夜凉初透"。以此反衬出夫妻二人在一起的时候，说说笑笑，甜甜蜜蜜，处处透着温馨。

总算挨到黄昏时分，重阳节还是要过的，那就喝点酒吧。把酒赏菊本来就是重阳节的重头戏。词人也许是为了应景，也许是为了自娱，也许是为了排遣内心的孤寂之情，终于强打精神，从屋里走了出来，"东篱把酒黄昏后"。"东篱"应该是借了陶渊明"采菊东篱下，悠然见南山"（《饮酒》二十首其五）的意象，倒不一定真的指东篱。"东篱把酒"必然有菊在侧，原本指望三杯两盏淡酒稍稍缓解一下愁怀，可没想到反而在她心中掀起了更大的波澜。"有暗香盈袖"，菊花的香气不是大摇大摆而是悄悄地、慢悠悠地飘来，透露出的这点香气也是那么孤独。

菊花开得繁盛而美丽，一边饮酒一边赏菊，如果心中挂念的人就在身边，那一定是快乐极了。但现在却只能触景伤怀，菊花再美再香，也无法和那个远在他乡的人分享。所以词人写不出"东篱把酒"的节日氛围，只好写一句"暗香盈袖"。它让我们想到《古诗十九首》中的"馨香盈怀袖，路远莫致之"，袖子里的清香再多，心上人也无法感受到，因为路途太遥远。暗香，不仅令人伤感，也令人神往："疏影横斜水清浅，暗香浮动月黄昏。"（宋·林逋《山园小梅》二首其一）透着孤独和寂寞的意味。南北朝文学家江淹在他的《别赋》中说"黯然销魂者，唯别而已矣"，的确如此。

"莫道不销魂"，不要再说销魂之时，我此刻已然销魂，无法忍受。于是词人匆匆离开东篱，准备回到房里，可是晚来风急，一阵秋风把帘子卷起来了，顿时引发了作者无限的感慨："帘卷西风，人比黄花瘦。"词写到这里，可以说作者把她全部的感怀和情绪都集中在了结尾一句。菊花本来在秋风中就很瘦弱，我比菊花更瘦弱。我瘦弱在身体和内心，瘦弱在无尽的相思中。整首词最终的落脚点，它的词眼就在这一个"瘦"字上。

李清照的词写得精粹、入心。整首词所表达的是对丈夫的一片相思，这个主题是中国古典诗词中的传统主题，但传统主题要写出新意来，那可真是难上加难。而这首词，从"东篱把酒黄昏后，有暗香盈袖"，一直到最后的"帘卷西风，人比黄花瘦"，可谓字字珠玑，每一个字、每

清 · 恽寿平《花卉——册页》

一句话，都能让人对相思的传统主题有新的感知、新的认识、新的体验。什么叫好词？什么叫好诗？就是继承传统并且超越传统，创造出对生活的全新的感受和表达。

当然，李清照之所以能写出如此感人肺腑的绝妙好词，归根结底，是出于对赵明诚深厚的感情。据说赵明诚收到夫人的词作之后赞叹不已，自愧弗如，于是闭门谢客，废寝忘食，在三天三夜的时间里写了数十首词。赵明诚将自己的词作与这首《醉花阴》混在一起，交给朋友陆德夫，让他选出最好的一首。陆德夫以为这些都是赵明诚的作品，他品味再三，最后得出结论，说只有这几句是绝佳的："莫道不销魂，帘卷西风，人比黄花瘦。"（《琅嬛记》引《外传》）我估计赵明诚听罢肯定就绝望了，自己与妻子的文学才华相距太远，恐怕得以光年来计算了。

人到情深处，必有佳作。李清照与赵明诚相亲相爱，相知相敬。赵明诚一度受到政治风波的影响，离开仕途，与李清照回到了山东青州老家。李清照为他们在青州的居所取名归来堂，给自己取号易安居士。"归来堂"出自陶渊明的《归去来兮辞》，"易安"出自《归去来兮辞》中的两句："倚南窗以寄傲，审容膝之易安。"意思是，我靠在窗下，寄托傲然的情怀；房间虽小，仅能容膝，我的内心却很满足。退居青州的十年，是他们夫妻相聚最长的时间，也是两个人共同致力于金石碑刻、书画文物收集整理工作的十年。这十年，凝聚着他们的爱情、友情和知己之情。

晚年，李清照在《金石录后序》中常常回忆起这段生活。他们每当得到珍稀的古人字画或青铜器皿，恨不得一整夜品赏把玩。夫妻俩经常饭后坐在归来堂里烹茶，指着堆积如山的诗文典籍，分别说出哪件事在哪本书的第几卷第几页第几行，然后看看谁记得准确，以此决定饮茶的先后顺序。李清照记忆力很强，常常答对，于是得意地举杯大笑，结果将茶杯打翻，洒了满身的茶水。对于这样惬意的生活，李清照总结道："甘心老是乡矣！"——就愿意这样在乡野里，两个人一起慢慢变老。

赵明诚对妻子也是一往情深。据记载，李清照三十一岁的时候，请人给自己画了一幅肖像，赵明诚特意在这幅肖像上题词："清丽其词，端庄其品，归去来兮，真堪偕隐。"（《题易安居士三十一岁之照》）清丽的词句，端庄的品质，我们一起回到乡间的田园，过着隐居的生活。夫妻俩在青州厮守十年，相亲相爱，感情甜蜜，而现在赵明诚在莱州，不在身边，难怪李清照这般思念。古人说"女为悦己者容"，李清照之所以在《凤凰台上忆吹箫》里说自己"起来慵自梳头，任宝奁尘满，日上帘钩"，就是因为丈夫不在身边，她当然无心装扮自己了。

写诗之人，都是在写自己的一颗真心。有了这颗真心，才能打动读者，才能让后人读到这样的作品时感同身受，感受到古典诗词的美妙之处。李清照就是这样的人。

夏日绝句

[宋]李清照

生当作人杰,死亦为鬼雄。
至今思项羽,不肯过江东。

·选自《重辑李清照集·诗》(中华书局2009年版)。

第70课 / 李清照《夏日绝句》

这首《夏日绝句》一点都不像是女性的作品,我觉得它比男性的诗篇更有男子气概。

"生当作人杰",做人,就要做人中豪杰。据《史记·高祖本纪》记载,汉高祖刘邦曾对他的几位开国功臣张良、萧何、韩信做出评价:"此三者,皆人杰也。吾能用之,此吾所以取天下也。"这三个人都是人中豪杰,我善于运用他们的才华,所以我能取得天下。"人杰"的说法较早就出自这里。"死亦为鬼雄",死了也要做鬼中的英雄。"鬼雄"最早出自屈原的《九歌·国殇》:"身既死兮神以灵,子魂魄兮为鬼雄。"人的肉体虽然死亡了,但还有魂魄,魂魄依然是鬼神中的英雄。从"生当作人杰,死亦为鬼雄"这一句,我们可以看出李清照的价值观。一个人活在世上,就要活成英雄,活成豪杰,具体来说,就要活成项羽那样:"至今思项羽,不肯过江东",就像西楚霸王项羽一样,活出他的英雄气概来。

据《史记·项羽本纪》记载,项羽逃到乌江边,乌江的亭长把船划过来,劝他道:"江东虽小,地方千里,众数十万人,亦足王也。愿大王急渡。今独臣有船,汉军至,无以渡。"江东面积虽然小,但也有千里沃野、数十万众,足以称王,成就霸业。请大王赶紧渡江,江上只有我这一条船,汉军就算追到这里,也无法渡江。项王笑曰:"天之亡我,我何渡为!且籍与江东子弟八千人渡江而西,今无一人还,纵江东父

唐·韩幹《十六神骏图卷》(局部)

兄怜而王我，我何面目见之？纵彼不言，籍独不愧于心乎？"老天爷要灭我，我渡江又有什么用！况且我当初率江东子弟八千人渡江而西，现在没有一个人活着跟我回去，即使江东父老怜惜我，拥戴我为王，我又有何颜面见他们？就算他们不责备我，我的心里难道不愧疚吗？——项羽重视气节，宁可做一个悲剧式的英雄，也不愿苟活于世。可见，李清照心目中的人杰、鬼雄，就是项羽。

她对项羽的期待与唐代诗人杜牧恰恰相反。杜牧《题乌江亭》诗云："江东子弟多才俊，卷土重来未可知。"假如项羽当初渡过乌江，很可能会东山再起，卷土重来。与杜牧的诗相比，李清照的这首诗更有壮怀激烈的英雄气概。在李清照看来，项羽正因不肯过江东，慷慨悲壮地直面死亡，方才显示出他顶天立地的人格尊严。在一般人的印象里，李清照似乎是一个只能写"昨夜雨疏风骤，浓睡不消残酒""帘卷西风，人比黄花瘦"的纤纤弱女子，其实她不仅有婉约之情，还有雄壮之气和非凡

的历史洞见力。这种洞见力造就了她诗词中不同凡响的思想境界，呈现出时而豪放、时而婉约的美学风貌。在靖康之变的历史背景下，"至今思项羽，不肯过江东"是有所指的，她是借项羽大无畏的英雄形象来嘲讽每临大战就缩头缩脑、苟且偷生的宋朝官员和将领。

宋钦宗靖康二年（1127），北宋王朝在金兵的沉重打击下迅速瓦解，徽宗、钦宗父子二人以及大批臣民都被金兵掳掠北去。康王赵构率领一帮臣僚仓皇南逃，他们先逃到扬州，后来渡江逃到临安（今属浙江杭州），又逃到越州（今属浙江绍兴）、明州（今属浙江宁波），最后确定临安为行在，终于可以苟安一时了。这与项羽宁死不肯过江东的气概相比，形成鲜明反差。然而，具有讽刺意味的是，就在李清照写下这首壮怀激烈诗篇的时候，她身边就出现了一个贪生怕死的典型人物——她的丈夫赵明诚。

宋高宗建炎三年（1129），赵明诚出任江宁（今属江苏南京）知府。

彼时，有一名将领率京城部队驻扎在江宁，意欲图谋不轨，谋反作乱。当地一位将官得知这个消息，迅速报告赵明诚。按照常规，赵明诚应该立刻严查、制止这起谋反事件。可事情就是这么巧，他恰好收到朝廷派他赴任湖州知州的调令。赵明诚手握一纸调令，对待这起紧急事件的态度居然是：我已不再是江宁知府，所以江宁的事件应当由我的后任来解决。尽管这位后任尚未到任，赵明诚尚未离开江宁，但他却对这起即将发生的谋反事件毫不理会。

那位向他汇报的将官看赵明诚不予理睬、毫无作为，只好自己采取行动。在他的精心部署之下，叛军不战而遁。第二天天亮之后，这位平叛的将官去拜见赵明诚，汇报平叛事宜，却无比震惊地发现，赵明诚早已不知去向。原来，前一天晚上，赵明诚和另外两位官员从城墙放下绳索、攀绳下城、逃出城外、弃城而去。(《建炎以来系年要录》卷二〇)前面他说自己是湖州知州，不在此位不谋此政，顶多是推托敷衍，也就算了。可是现在面临叛乱，却连夜翻出城墙逃遁而去，这种行为简直可以说卑鄙无耻、猥琐丑陋。说到这里，我们都得叹一口气：李清照怎么摊上这样的丈夫？收藏金石字画文物、相濡以沫、相知相伴的时候，赵明诚与李清照情投意合，赵明诚无疑是优秀的学者、文物收藏家鉴赏家，也是一个好丈夫，但从这起事件来看，他绝对不是一个有能力和责任心的合格官员。北宋王朝每年为庞大的官僚群体支出巨额的钱粮，但面临内忧外患之际，这个官僚群体的表现却令世人扼腕痛恨，赵明诚就是一个明证。

赵明诚因为渎职，被朝廷罢了官。在李清照的笔下，我们看不到她对丈夫的所作所为有任何议论与评价。我们了解李清照的价值观，她是一位个性耿直、爱憎分明、善于分辨是非曲直的奇女子。但在男尊女卑的古代社会，她又能怎样评价政治人格猥琐的丈夫呢？宋高宗的南宋小朝廷对金国一味忍辱退让，军事上又节节败退，许多官员在动乱面前丧失斗志，正所谓上梁不正下梁歪。以李清照一介女流，她又能说些什么呢？

但李清照在这首诗中鲜明地展示出了自己的价值观，让我们看到这位奇女子不同寻常的眼光和心胸。其实无论是在少女时代还是在晚年，李清照都曾写过不少反映政治的诗篇。这些诗篇不仅对历史有独到的见解，对现实也有深刻的感悟。宋代大儒朱熹曾经称赞道："如此等语，岂女子所能？"（《朱子语类》一四〇卷）我想，正是这种独到的见解和独立的思想，使李清照成为中国古代最杰出的女作家，甚至不让须眉，称雄一时。

游山西村

[宋] 陆游

莫笑农家腊酒浑,丰年留客足鸡豚。
山重水复疑无路,柳暗花明又一村。
箫鼓追随春社近,衣冠简朴古风存。
从今若许闲乘月,拄杖无时夜叩门。

· 选自《剑南诗稿校注》卷一(上海古籍出版社1985年版)。

陆游(1125—1210)

字务观,号放翁,越州山阴(今属浙江绍兴)人。南宋著名诗人。因积极主张抗金遭主和派贬斥,屡次被迫归居乡里。其诗雄奇奔放、沉郁悲凉,充满爱国忧民、收复中原的壮志与激情。晚年蛰居山阴后诗风趋于清旷淡远,为南宋"中兴四大诗人"之一;其词慷慨雄浑、凄婉动人;其文笔墨简淡、内涵丰沛。《宋史》有传,有《剑南诗稿》《渭南文集》《放翁词》《老学庵笔记》行世。

第 71 课 / 陆游《游山西村》

陆游这首诗流传甚广,是宋诗中首屈一指的名篇佳作。陆游自言"六十年间万首诗"(《小饮梅花下作》),他现存的诗有九千三百多首,在唐宋两朝诗人中,这个数字首屈一指。陆游是一位爱国诗人,恢复中原、报仇雪耻是其诗作的核心主题,这一类诗慷慨悲凉、壮怀激越;他又是一位乡村诗人,由于屡屡主战而屡屡被朝廷罢官回到老家山阴(今属浙江绍兴),所以,乡村题材也是陆游诗作一个很重要的主题。

这首《游山西村》就是一首乡村诗,作于宋孝宗乾道三年(1167),这一年陆游四十三岁。之前,陆游担任隆兴府(今属江西南昌)通判,积极支持抗金名将张浚北伐。北伐失败后,朝廷一纸罢免令让他回了老家。陆游的心情既悲愤又无奈,只好借着乡村生活舒缓自己郁结的心情。

"山西村"是哪个村呢?这一年陆游住在绍兴城南鉴湖三山一带,三山旁边有一个村子叫"西村"。所以这里的"山西"不是村名,诗的题目应该读作"游 / 山 / 西村"。

在这首诗中,诗人重点突出的是一个"游"字。大家对陶渊明、孟浩然写的田园诗都很熟悉,比如陶渊明的《归园田居》,重点在于"归"字:"羁鸟恋旧林,池鱼思故渊",强调的是回归田园;孟浩然的《过故人庄》,重点则在于"过"字,他来到朋友的庄园,看到了什么,吃喝了什么,受到了怎样的盛情款待;而陆游的这首《游山西村》,则以一个"游"字点亮全篇,为我们展现了色彩明丽的江南乡村风光。

一句话：陆游的《游山西村》，就是一场乡村游直播。

"莫笑农家腊酒浑，丰年留客足鸡豚。"这两句其实是农家说给客人的话：不要笑话俺们农家酿的酒浑浊，虽然没那么清亮，但是管够；鸡肉、猪肉，满桌子的酒菜，丰盛得很，也管够。"莫笑"二字显出农家的厚道、憨态；"腊酒"指腊月里农家酿的米酒；"丰年"自然是指丰收年，稻谷丰收之后才能有余粮酿酒。一个"足"字，表现出农家款待客人时倾囊而出的自得与慷慨。那么，这个"客"到底是谁呢？就是诗人陆游。如果是在今天，陆游一定是举着自己的手机，一家一家地为我们介绍、直播：这家"腊酒浑"，那家"足鸡豚"，一路走来一路吃喝，一路直播。

山村里都是山路，弯弯曲曲，转过了东边的村寨，就看不见西边，一瞬间还以为迷路了，所以诗人说"山重水复疑无路"，但毕竟转来转去还是在朝前走，所以"柳暗花明又一村"。由此可知，这两句本来是实地的描写，但细细品读，的确是寓意深远，意味无穷。

类似的场景、诗句、意味，前人也有。比如王维《蓝田山石门精舍》："遥爱云木秀，初疑路不同。安知清流转，偶与前山通。"诗人喜欢云林之秀，开始觉得路不太对，后来跟着水转来走去，才发现原来后山的路跟前山的路是相通的。白居易的《游悟真寺诗》："山下望山上，初疑不可攀。谁知中有路，盘折通岩巅。"从山下往山上看没有路，其实路就隐藏在曲折盘旋的山林之间。王安石《江上》有："青山缭绕疑无路，忽见千帆隐映来。"宋人强彦文还有两句残句："远山初见疑无路，曲径徐行渐有村。"这些诗句描写的景象、表达的意思，应该说与《游山西村》都有异曲同工之处。至于"柳暗花明"这个具体意象，则极有可能是从李商隐的"花明柳暗绕天愁,上尽重城更上楼"(《夕阳楼》)点化而来的。

总而言之,"山重水复""柳暗花明"的诗意、寓意,在陆游之前虽有人表达过,但是都没有陆游表达得精准、精致。陆游将"山重水复""柳暗花明"和"疑无路""又一村"这两对意义转折,直截了当地摆在我们面前,形象鲜明,有视觉的冲击力,又有智慧的冲击力。千百年来,在遇到困难和挫折的时候,人们常常会吟咏这两句诗,领悟到困难总是暂时的,光明才是永恒的。游山西村的陆游,心情并不好,他被朝廷罢了官,陷入"山重水复",什么时候才能"柳暗花明"呢?他不知道。不过,虽然他在仕途上"山重水复",在文学上却"柳暗花明",赢得了千古之名,这或许就是人生的辩证法吧。

诗人继续向前走,看到"箫鼓追随春社近,衣冠简朴古风存"。"春社"是古代的一种习俗,时间在立春之后的第五个戊日,约在春分前后。这个时候,村民们吹箫、打鼓、祭拜土地爷,祈求农事丰收、消灾赐福。据说这种习俗早在西周就有,可见真是"古风存"。最后,诗人的直播即将结束了,该发表一日游感言了:"从今若许闲乘月,拄杖无时夜叩门。"以后,只要我有空闲的时候,就专门挑一个有月的夜晚,拄着拐棍,再来品尝农家的美酒佳肴和快乐生活。

《游山西村》是一首典型的宋诗,在细碎的生活里意味深长地说理,这是宋诗与唐诗的不同。唐诗写完"丰年留客足鸡豚"之后,很可能举起腊酒开始向春社高声致敬,但宋诗必须适时做点总结,并以舒缓自然的方式结束,达到润物无声的效果。无论是"议论入诗"还是"理趣入诗",都强调润物无声地浸润其中,这正是宋诗的妙处。

小　池

[宋]杨万里

泉眼无声惜细流，树阴照水爱晴柔。
小荷才露尖尖角，早有蜻蜓立上头。

·选自《杨万里集笺校》卷七（中华书局2007年版）。

杨万里（1127—1206）

　　字廷秀，号诚斋，吉州吉水（今属江西）人。南宋著名诗人。他力主抗金，反对议和。其诗初学江西诗派，后由师法前人转向师法自然。善于捕捉自然、生活中饶有兴味的场景，语言平易诙谐，别有生趣，创造了新鲜活泼、独具特色的"诚斋体"。为南宋"中兴四大诗人"之一。《宋史》有传，有《诚斋集》行世。

第 72 课 / 杨万里《小池》

杨万里的这首七言绝句富有童趣，很多人还以为这是一首儿歌呢。

这首诗的核心在于两个字，一是"小"字，二是"爱"字。诗里写到的所有事物和景象，都显得那么小，那么轻柔，那么可爱。一个小小的泉眼，无声无息地渗出涓涓细流；一小片树荫，投在水面上，柔波里明暗斑驳；刚露出水面的小小荷叶，打着卷儿，露出尖尖一小角，一只小小蜻蜓，立在上头⋯⋯四句诗突出的首先就是"小"，让人感觉玲珑剔透，小巧天真，活泼可爱。

细读整首诗，"泉眼无声惜细流"，一个"惜"字，化无情之物为有情之思。岩石上的泉眼只露出了一点点缝隙，泉水只能一点点流出。在诗人眼中，泉眼就像妈妈一样怜惜地抱着泉流，千分小心，万般关爱，舍不得让泉流奔涌而出，而是让它缓慢地、一点一滴地流淌出来。这一瞬间，泉眼和泉流之间竟仿佛母子情深一般。泉眼和泉流之间当然不可能有情感，有情感的是杨万里，在杨万里眼中，大自然处处都充满了爱，充满了情感。

"树阴照水爱晴柔"，小池旁边有几棵树，浓浓的树荫遮住了强烈的阳光，小池的水波那么轻柔、温顺。细流、树荫、小池，诗人对周围的一切都感到饶有趣味，兴味盎然。"爱晴柔"三个字让初夏时节在诗人的笔下有了万般柔情。

三、四句更是颇有意趣："小荷才露尖尖角，早有蜻蜓立上头。"初

宋·佚名《荷花蜻蜓》

夏时节,新生的荷叶质地柔嫩,蜷缩成一个卷儿,两端便形成了"尖尖角"。等到再成熟一些的时候,荷叶就会舒展开来——这时正好有一只小小的蜻蜓停下来,调皮地立在角上,颤颤巍巍。诗人捕捉到了瞬间的景象,这一幕蕴藏着勃勃的生机和盎然的天趣。

杨万里擅长写景,尤其是瞬息变化中的景象。宋代诗人陈与义说:"忽有好诗生眼底,安排句法已难寻。"(《春日》)杨万里就很善于安排好句法，如写重峦叠嶂："正入万山围子里，一山放出一山拦。"(《过松源晨炊漆公店》)群山在他笔下好像顽皮的孩子在捉迷藏，生动活泼。又如："初疑夜雨忽朝晴，乃是山泉终夜鸣。流到前溪无半语，在山做得许多声。"(《宿灵鹫禅寺》)诗人住在寺庙里，听到夜里似乎有雨，但早上起来才知道，原来是山中泉水响了一夜。诗人顺流而行，发现泉水在山间流淌欢唱，流入小溪后却沉默无语。

这些诗句都充满生机，又蕴含寓意，透露出某种别样的人生意趣，被人称作"诚斋体"。"诚斋"是杨万里的书斋名。宋高宗绍兴二十九年（1159），杨万里任永州零陵（今属湖南）县丞。当时抗金名将张浚正好蛰居永州，杨万里前去拜访，张浚勉励他要正心诚意，并给他的书房起名诚斋。

杨万里是南宋"中兴四大诗人"之一。他最初写诗多师法前人诗句，又好以典故入诗，这就是"江西诗派"所谓的"点铁成金""夺胎换骨"的诗法。后来他终于明白，写诗最终还是应拜大自然为师，用他自己的话来说就是："步后园，登古城，采撷杞菊，攀翻花竹，万象毕来，献予诗材。"(《诚斋荆溪集序》)我在后园散步，登上古城，采撷菊花，攀翻花竹，自然万物都是诗材。用现代的话来说，作诗应该突破前人桎梏，在敏锐的艺术思维与鲜活的自然界之间实现无缝对接。姜夔曾诙谐地打趣杨万里的诗："年年花月无闲日，处处山川怕见君。"(《送朝天续集归诚斋时在金陵》)由于自然景致在杨万里诗中出现的频率实在是太高了，它们都怕见杨万里，因为只要杨万里一开始写诗，自然山川就要忙活起来，就没有安闲的好日子啦。

春　日

[宋] 朱熹

胜日寻芳泗水滨，无边光景一时新。
等闲识得东风面，万紫千红总是春。

· 选自《朱子全书》第二十册（上海古籍出版社2002年版）。

朱熹（1130—1200）

字元晦，又字仲晦，号晦庵，别号紫阳。祖籍徽州婺源（今属江西），生于南剑州尤溪（今属福建），徙居建阳崇安（今属福建武夷山）。南宋著名思想家、教育家、诗人。毕生致力于儒学传承发展与书院教育，是"程朱理学"代表人物，被后世尊称为朱子，世称朱文公。他诗文兼擅，其诗明理言志，诗风自然冲淡，构思精巧，颇具理趣。其文说理透辟，语意无穷。《宋史》有传，有《晦庵先生朱文公文集》行世。

第73课 朱熹《春日》

一说起朱熹，很多人的脑海中就会浮现出一个严肃、庄重的哲学家形象。但这样一位宋代理学的集大成者，却写了这样一首优美、轻松、通俗的小诗，多多少少让我们有点意外。

"胜日寻芳泗水滨，无边光景一时新。""胜日"指好天气，"寻芳"指踏青、赏春，连起来的意思就是，在一个天清气朗的好日子一起去踏青。去哪儿踏青呢？"泗水滨"，泗水旁边。举目一看，无边无际，处处都是好风光。好风光最大的特点就是"新"：新面貌，新气象，春回大地，万象更新。诗人寻来的"芳"，它的属性就是"新"，具体怎么"新"呢？

三、四句给出了答案："等闲识得东风面，万紫千红总是春。""等闲"指容易、寻常。这两句的意思是，在东风的吹拂下，一派万紫千红，春意盎然，色彩缤纷。可见"无边光景一时新"的"新"，指的就是"万紫千红"。只要春天到了，百花争艳，自然界就充满了无限的生机。应该说，这首诗写得很不错。有抒怀，有写景，触景生情，情景交融，浅显易懂，便于记诵，也便于青少年轻松地学习。

按理说，诗讲到这里就可以结束了，但还远远不能结束。

刚才讲到"泗水滨"，但没有介绍泗水的位置。泗水位于孔子的故乡山东曲阜东北方向。据《博物志》记载，"泗出陪尾"。山东省泗水县东部有一座陪尾山，据说泗水就从这里发源，一路汇聚响水泉、趵突泉、洗钵泉、红石泉四大泉水，并与运河相通，"泗水"也就因此得名。但也正因为如此，"胜日寻芳泗水滨"这一句诗就不成立了。因为朱熹是南宋人，他写这首诗的时候，山东曲阜并非南宋辖区，而是在金国的统治之下。至于朱熹本人，则更是没有去过山东曲阜，也没有去过金国。换言之，朱熹可以在他的祖籍地江西寻芳，可以在他生活的福建寻芳，但唯独无法在山东曲阜的泗水边寻芳。

那朱熹为什么偏偏要写在泗水寻芳呢？因为泗水是孔门和儒学的象征。在中国古代文化传统中，有所谓"洙泗"之说，指的是流经曲阜的洙水和泗水。据说，孔子曾经在洙水和泗水间聚徒讲学，所以后来就以"洙泗"作为孔门、儒学甚至中原文化、礼乐文明的象征。

比如，魏晋阮侃的"洙泗久已往，微言谁为听"（《答嵇康诗》），指的就是孔门乃至孔子讲学；南宋张孝祥的"洙泗上，弦歌地，亦膻腥"（《六州歌头》），指的就是中原礼乐文明；南宋陆游的"洙泗日已远，儒术日已丧"（《杂感十首以野旷沙岸净天高秋月明为韵》），指的就是孔子和儒学。

现在，我们明白了，这首诗中的"胜日寻芳"，其实就是在寻求、追求孔孟儒学的圣人之道，这个"道"的源头在曲阜，所以当然要在泗水之滨寻芳。学到了圣人之道，理解了圣人之道，你的人生将从此万紫千红，你的世界将洋溢起无限的生机。

显然，在孔子、孟子面前，朱熹就好像一个苦苦追求儒学真谛的学生，不断地通过刻苦的学习，去领悟儒学的真谛，感受儒家学说的博大精深。这首诗就是一篇不大不小的学习感受。通过学习，朱熹感受到"无边光景一时新"，这个"新"不仅指自然风光新，更指自己的思想和人生境界也为之一新。"等闲识得东风面"，这里的东风不只是自然之风，更是儒学风范教化、泽被世人的浩荡东风。儒学教化所到之地，"万紫千红总是春"。

所以，这首诗整个就是一个大比喻，表现了诗人对儒学思想境界的不懈追求。我们常说"春风化雨"，儒家思想、礼乐精神对中国人的人生、人格的培育而言，不就像春风化雨一样吗？这首《春日》没有一个字讲大道理，始终讲春光、春色、春意，其实每个字、每句诗都隐含着大道理，只不过这个道理早已如盐入水，与诗歌融为一体了。

朱熹还有一首《观书有感》也非常好："半亩方塘一鉴开，天光云影共徘徊。问渠那得清如许？为有源头活水来。"表面看是写池塘，但明眼人一看便知，朱熹老人家又在讲道理了。半亩方塘清澈至极，宛如明镜，天光、云影尽在其中。池塘的水为何如此清澈？因为它并不是一潭死水，源源不断的流水让它清澈如许。一句话：只有不断地汲取新知识、新思想，思想才能更清晰，境界才能更高远。朱熹用诗歌这种轻捷、流行的形式来教化人心，不仅令人感受到诗歌之美，更感受到社会之善、自然之真。他真不愧是一位大诗人、大哲学家、大教育家。

朱熹是中国古代儒学、哲学、教育历史上的里程碑式人物，他对于中国儒学思想的革新、哲学观念的变迁、教育实践的创新贡献甚巨。这样的大人物，写了这样一首小小诗，而且传诵人口，长久不衰，真是令人感慨。

西江月·夜行黄沙道中

[宋]辛弃疾

明月别枝惊鹊,清风半夜鸣蝉。稻花香里说丰年,听取蛙声一片。　七八个星天外,两三点雨山前。旧时茅店社林边,路转溪桥忽见。

·选自《稼轩词编年笺注》卷二(上海古籍出版社1993年版)。

辛弃疾(1140—1207)

字幼安,号稼轩居士,历城(今属山东济南)人。南宋著名词人、爱国将领。生于金国,早年参与耿京起义,后回归南宋,在多地任官。他力主抗金,遂屡遭劾奏,数次退隐上饶山居。其词题材广泛,抒发爱国情怀、忧国情思是重要主题。词风沉雄豪迈、细腻柔媚,擅长用典并化用前人诗文入词。与苏轼并称"苏辛"。《宋史》有传,有《稼轩长短句》行世。

第74课 / 辛弃疾《西江月·夜行黄沙道中》

这是一首典型的乡村词。大家可能会觉得奇怪，辛弃疾不是豪放派词人吗？怎么开始写乡村词了？辛弃疾词的主导风格的确是豪放一派，但他词作的内容、风格又是多元化的，乡村词就是这多元化中的一元。

宋孝宗淳熙八年（1181），辛弃疾四十二岁，因遭到朝臣弹劾、排挤，被罢去官职，于是退居江西上饶带湖。题目中的"黄沙道"，指上饶黄沙岭的乡间道路。黄沙岭有岭有谷，石中有泉，风光优美，农田肥沃。辛弃疾退居上饶期间常来此地，也就此开启了他的乡村词创作，这首《西江月》就是其中之一。

"明月别枝惊鹊，清风半夜鸣蝉。"明月升起来，惊动了栖息在斜枝上的鹊儿，这让我们想起王维的"月出惊山鸟，时鸣春涧中"（《鸟鸣涧》）。夜色之中，清风徐来，又传来清朗的蝉鸣，多美的夜色啊！"稻花香里说丰年，听取蛙声一片。"刚才写树上的鸟雀、鸣蝉，现在镜头由高往低，转向田野。稻田里稻香阵阵，几位老农聊着天儿：哎呀，今年肯定是个丰收年。水田里传来阵阵的蛙声。想想看，在这个静谧的夜晚，有多少声音都融汇在了一起：惊鹊声与明月相映，鸣蝉声与清风相随，人语声与稻香相伴，蛙鸣声与水流相和。作者的确是词中高手，简简单单四句话，一幕夜半乡村稻香图就生动地展现在我们面前了。

"七八个星天外，两三点雨山前。"稻田里温馨香溢，夜空里星光璀璨，几点雨水从山前飘过，轻轻点染，水墨画成，为这个诗意的夜晚增添了更多画意。"旧时茅店社林边，路转溪桥忽见。""社林"，社庙（土地庙）边的树林。以往走过这里，总会看到社林边几处茅棚，今天只顾听蝉鸣、蛙声，只顾看星光、雨滴，却不见旧时的社林、茅店。正在恍惚间，转过溪上的小桥，定睛一看，哎呀，社林、茅店不就在眼前吗？——看来作者真是沉醉在稻花香的月夜里啦！

其实，辛弃疾写乡村词实属无奈。朝廷不让做官了，杀敌的本事用不上，只好退居乡野，将多余的精力用在文学上，真是："追往事，叹今吾，春风不染白髭须。却将万字平戎策，换得东家种树书。"（《鹧鸪天》）稼轩此言不虚。想当初，他追随耿京在北方举旗抗金，真是豪气干云。有位僧人义端，聚众千余，投奔耿京，他与辛弃疾交谊甚厚。不料此人居心叵测，窃走耿京帅印投奔金人。耿京大怒，辛弃疾请耿京给他三天时间，若抓不到义端，情愿受死。辛弃疾果然追上义端，将其斩首，回报耿京。之后，耿京委托辛弃疾与南宋朝廷接洽归顺事宜。不料叛将张安国杀掉耿京，投降了金国。辛弃疾知道后，立刻率部将闯入金营，擒获正在与金将酣饮的张安国，冲出金营，将叛将献给朝廷处斩。（《宋史·列传第一六〇》）这简直就是《三国演义》中关云长对张翼德的评价："百万军中取上将之头，如探囊取物耳。"此时，辛弃疾不过二十三岁。

辛弃疾是一位杰出的政治家、军事家。回到南宋朝廷后，他提出不少治军抗金的建议，但"主战"并非这一时期南宋朝廷的对金主策，而辛弃疾"归正人"的身份也让南宋朝廷不大可能真正重用他。只是让他负责治理荒政、整顿治安而已。一旦遭遇弹劾，又不得不退居乡野。可以说，辛弃疾的一生始终是怀才不遇的，没有充分施展其军政才华，也没有实现他抗击金军、收复中原的雄心壮志。所以，他只能将自己的情怀、思想、人生寄托在词的创作当中。

　　辛弃疾现存的六百多首词，题材涉及极为广泛。举凡政治、哲理、友情、恋情、田园、生活等无所不有。可以说，在辛弃疾的词中，几乎没有什么题材不能写。苏东坡写词还只是"以诗为词"，辛弃疾则更进一步，"以文为词"，词的语言趋向散文化，更加自由开放、变化无端。比如这首词的"七八个星天外，两三点雨山前"，比如"天下英雄谁敌手？曹刘。生子当如孙仲谋"（《南乡子·登京口北固亭有怀》），"不恨古人吾不见，恨古人、不见吾狂耳"（《贺新郎》）等，都采用了散文的句式，语气不仅不再温婉，而且有了强烈的谐谑、游戏色彩。在这些多元化的主题中，就有一部分是反映农村生活和田园风光的。乡村词首创在苏轼，但将乡村词发扬光大，使它更丰富、更有乡村情趣的，还是辛弃疾。辛弃疾将满腔才情注入乡村闲适题材，我们从中一方面感受到田园风光的温馨安逸，一方面也深深感受到辛弃疾内心的苦闷与无奈。

清平乐·村居

[宋]辛弃疾

茅檐低小，溪上青青草。醉里吴音相媚好，白发谁家翁媪？　大儿锄豆溪东，中儿正织鸡笼。最喜小儿亡赖，溪头卧剥莲蓬。

·选自《稼轩词编年笺注》卷二（上海古籍出版社1993年版）。

第75课 / 辛弃疾《清平乐·村居》

这首词的题目叫《村居》,作于宋孝宗淳熙十四年(1187)前后,当时作者居住在江西上饶带湖,这首词就是一幅有声有色、栩栩如生的乡村风俗画。

词的内容很简单。"茅檐低小",茅草屋又矮又小。"溪上青青草",茅屋附近有一条小溪潺潺流过,溪水两边长满了碧绿的青草。一共只有九个字,却描画了好几个景:一座小茅屋,一条小溪流,两边青青草……恬淡朴素的乡村生活,这还只是村景,村人呢? 马上登场。

"醉里吴音相媚好","吴音",即上饶口音。春秋战国时期,上饶属于吴国,所以称之为吴音。"白发谁家翁媪","翁",老头儿;"媪",老太太。一对白头发的老头儿老太太,亲亲热热地坐在一起,舒舒服服地喝了一点小酒,喝得有点醉醺醺的,细细碎碎地说着话,好温馨,好亲热,好恩爱。一个"媚"字很有讲究,老夫老妻幸福的乡村生活,就这样跃然纸上,惹人艳羡不已。

老夫妻喝多啦,拉家常呢,孩子们呢? "大儿锄豆溪东",大儿子是家里的主要劳动力,正在溪水东边的豆田里除草哩,这是家里的核心产业;老二呢,年纪稍微小一些,到地里干农活有点够呛,所以"二儿正织鸡笼",做做手工活,这是家里的延伸产业;老大、老二都在劳动,最小的三儿子却啥活也没干,他在干吗呢? "溪头卧剥莲蓬",一个人躺在溪水边的青草地上,正在那儿剥莲蓬吃。这倒好,老大老二干活,老三却在吃零嘴儿,这不是成了小无赖了么?应该训斥、上家法!作者也承认他是无赖,但却用了"最喜小儿亡赖"这一句。"亡赖"者,无赖也;亡、无通假。既然是无赖,怎么会是"最喜"呢?难道还有最讨人喜欢的无赖么? 当然有。在这里,"亡赖"指的不是游手好闲的泼皮,不是毫无用处的草包,不是蛮横无理的刁民,而是有点儿顽皮、有点儿调皮、有点儿天真、有点儿蛮不讲理的小可爱、小讨厌,谁让咱家老三还小呢? 他哪儿懂得干农活呀? 只懂得玩耍、吃零嘴儿,就是这个小无赖、小可爱,偏偏成了乡村生活最温馨、最有趣的一幕。

你看,乡村生活多幸福:老夫老妻秀恩爱,老大、老二勤劳作,老三玩得最开心——这就是乡村生活的节奏。这首词字数不多,可是仅"溪"字就重复出现了三次:"溪上青青草""大儿锄豆溪东""溪头卧剥莲蓬",可见这条溪水就是全家人的生活内容、生活重心,连续三次使用"溪"字,也使得全词画面布局紧凑,不会流于散点,具有结构性的功能。

说到"大儿锄豆溪东,中儿正织鸡笼。最喜小儿亡赖,溪头卧剥莲蓬",这种老大、老二做事,老三却在休闲的叙述结构,并非辛弃疾的创造,汉代早已有之。比如汉乐府《长安有狭斜行》:"大子二千石,中子孝廉郎。小子无官职,衣冠仕洛阳。"老大、老二分别有二千石、孝廉郎等官职、待遇,只有小儿子没有一官半职;他们的老婆也是如此:"大妇织绮纻,中妇织流黄。小妇无所为,挟琴上高堂。"大嫂、二嫂都在纺织,只有最小的媳妇在高堂上弹琴。与此类似的还有《相逢行》:"大妇织绮罗,中妇织流黄。小妇无所为,挟瑟上高堂。"

这种独特的叙述方式,当然是一种文学话语模式,但它展示的其实

清·华嵒《花卉山水》

也是一张一弛的生活之道。紧张的、严谨的劳动生活，宽松的、轻快的休闲生活，从来都是幸福生活的两个方面。这首词里的农家三子，也许是生活的真实，也许只是文学的真实，也许是这两者的结合，总之，重要的在于，辛弃疾用这种独特的方式为我们展示出生动有趣、温馨安逸的乡村生活，并极大地拓展了苏轼创制的乡村词格局，对古代乡村词题材、古代词史的发展影响深远。

破阵子·为陈同甫赋壮词以寄之

[宋] 辛弃疾

醉里挑灯看剑,梦回吹角连营。八百里分麾下炙,五十弦翻塞外声。沙场秋点兵。 马作的卢飞快,弓如霹雳弦惊。了却君王天下事,赢得生前身后名。可怜白发生!

·选自《稼轩词编年笺注》卷二(上海古籍出版社1993年版)。

第76课 / 辛弃疾《破阵子·为陈同甫赋壮词以寄之》

这是一首真正的豪放词，但豪放里也有悲壮。

陈同甫，即陈亮，字同甫，浙江人，辛弃疾的好友。"壮词"就是豪放词。"醉里挑灯看剑，梦回吹角连营。"喝醉酒后，将灯挑亮，抽出宝剑，在灯下细细地看剑，不由得想起自己驰骋疆场的岁月，一切往事宛如梦中。辛弃疾是个战士、英雄，打过硬仗，在百万军中取上将之头如探囊取物。他的梦回、回忆，当然是激烈的金戈铁马生活。"吹角"即号角，这里指军号。"吹角连营"，连绵的军营里响起嘹亮、高亢的军号声，大军就要出征了。

"八百里分麾下炙，五十弦翻塞外声。沙场秋点兵。""八百里"是牛的代称。《世说新语》说，东晋贵族王恺有一头爱牛，名曰"八百里驳"，意谓这头毛色驳杂的牛跑得很快，日行八百里。这一句的意思是，军营里开餐，将上好的烤牛肉分给将士们。"五十弦"原本指瑟，所谓"锦瑟无端五十弦，一弦一柱思华年"。(唐·李商隐《锦瑟》)但也有人说，瑟其实只有二十五根弦。这里的"五十弦"其实还是指军营里的军乐声，"塞外声"也就是边塞之地的乐声、战歌。为什么要将烤牛肉分给将士们，为什么军乐、战歌阵阵？因为大军即将出征，主将即将阅兵。为什么要"秋点兵"，秋日出征呢？据说，因为秋收之后粮足兵精，是用兵的好时机；而古代传统观念中，秋日肃杀，对应五行之金，主刑杀，也正宜用兵。

"马作的卢飞快,弓如霹雳弦惊。""的卢"据说是额头有白点的骏马。据《三国志·蜀志·先主传》裴松之注引《世语》记载,刘备赴荆州刺史刘表宴会,刘表部将想杀刘备,刘备借故离席,乘的卢马逃走,中途陷入襄阳城西檀溪水中,多亏的卢马纵身跃出,刘备方才脱离险境。所以这两句词的意思是:想当年,沙场征战,胯下的卢马快如闪电,弓弦响处犹如霹雳,将士精锐,虎虎生威。

"了却君王天下事,赢得生前身后名。"对辛弃疾和将士们来说,抗击金国,收复中原,雪耻靖康,这就是他们生前建功、身后留名的头等大事,也是他们效忠君王的头等大事。词写到这里,真是热血沸腾、慷慨雄壮、意气勃发。然而忽然,最后一句作者却悲叹:"可怜白发生!"说得这么热闹、这么慷慨激昂,都没用,都是空,为什么?我早已苍颜白发,垂垂老矣,雄心壮志如灰飞烟灭。这是怎么回事?怎么忽然之间志气陡跌、意气消沉?

宋孝宗淳熙八年(1181),辛弃疾被罢官,一直退居江西上饶带湖。淳熙十四年(1187),太上皇宋高宗赵构病逝,高宗是宋金议和派的总后台,他的去世给宋金主战派带来了一线希望。这其中陈亮的表现尤为瞩目。陈亮是南宋政论家、文学家,他专门上疏宋孝宗,纵论恢复中原大略,主张朝廷起用非常之人、建非常之功。谁是非常之人?陈亮认为朱熹、辛弃疾就是非常之人。他主动给朱熹写信,鼓励他出来做官,担当国家大任,并邀约朱熹、辛弃疾一起相会紫溪(今江西铅山县以南),谋划恢复中原大计。陈亮性子太急,还没等到朱熹给他回信,就先行上饶来会辛弃疾。辛弃疾冒着严寒,与陈亮同游鹅湖,共酌瓢泉,分析时局，谋划恢复中原大业。他们又同赴紫溪，等待与朱熹相聚。遗憾的是，朱熹并未前来赴会。陈亮只好辞别辛弃疾，踏上归程。辛弃疾不忍心好友失望而去，极力挽留。陈亮走后，辛弃疾一路前去，希望追回好友，无奈雪深泥滑，难以前行，只好夜半投宿吴氏泉湖四望楼，把酒独饮。

其后，辛弃疾赋《贺新郎》（把酒长亭说）寄与陈亮，以表情志，陈亮即应和《贺新郎·寄辛幼安和见怀韵》（老去凭谁说），辛弃疾则再以《贺新郎·同甫见和再用韵答之》（老大那堪说）和之，陈亮则接连应和两首《贺新郎·酬辛幼安再用韵见寄》（离乱从头说）、《贺新郎·怀辛幼安用前韵》（话杀浑闲说）。真是惺惺相惜，知己难舍。品读词意，这首《破阵子·为陈同甫赋壮词以寄之》应该就是在这一时期所写，代表了辛弃疾这一时期的心情。这首词中的英雄形象，就是词人自己的化身，也是他志向的化身。

辛弃疾当然不甘心只在乡村里做一个词人。但天不遂人愿，他终究没能实现恢复中原的志向，只能将满腔的郁愤倾注到词作当中。我们正是从这些词作当中，感受到这位南宋爱国词人的情感、意志与思想，这也正是辛弃疾给予我们这个民族的宝贵精神财富。

游园不值

[宋]叶绍翁

应怜屐齿印苍苔,小扣柴扉久不开。
春色满园关不住,一枝红杏出墙来。

·选自《两宋名贤小集·靖逸小集》(清文渊阁四库全书本)。

叶绍翁(1194？—？)

字嗣宗,号靖逸,龙泉(今属浙江)人,祖籍固始(今属河南)。南宋后期诗人。曾从叶适学,入朝为官,后长期隐居西湖(今属浙江杭州)一带。他擅长七绝,诗歌语言清新,意境高远。有《靖逸小集》行世。

第77课 叶绍翁《游园不值》

《游园不值》是叶绍翁最具知名度的诗。这首诗大家太熟悉了，尤其是后面两句，意味隽永，广为人知。

诗题中的"不值"指不遇，这里是说没机会入园游赏。关于这首诗，我们可以做一个大胆的猜想：第一，叶绍翁所写的可能是他遇到的一个真实场景。他没能进入园子，无法欣赏园里的春色，但看到有一枝红杏从墙头伸了出来。第二，作者其实并没有真的看到一枝红杏出墙，而是为了从一个独特的角度书写满园春色，特意设置了这样一个场景。为什么这么说呢？因为"一枝红杏出墙来"并不是叶绍翁原创的诗句，陆游的《马上作》说："平桥小陌雨初收，淡日穿云翠霭浮。杨柳不遮春色断，一枝红杏出墙头。"最后一句和叶绍翁的诗句只差一个字。其实，陆游的这一句也并非原创，而是来自晚唐诗人吴融《途中见杏花》："一枝红杏出墙头，墙外行人正独愁"。吴融还有一首《杏花》："独照影时临水畔，最含情处出墙头。"与叶绍翁大体同时的另一位诗人张良臣，有一首《偶题》，其中两句说道"一段好春藏不尽，粉墙斜露杏花梢"，表达的也是同样的意思。

不过，叶绍翁这一句诗虽是从前人处点化而来，却真称得上是点铁成金，比前人的那些诗句要高明得多。还是让我们回到《游园不值》这首诗本身。作者游园的时间顺序应该是这样的：先是"小扣柴扉久不开"，敲了半天的门，主人都不来开；诗人心里明白，主人就在家里，故意不来开门，为什么？"应怜屐齿印苍苔"，因为担心我的鞋子踩坏园子里初春刚刚萌芽的青苔。其实主人不来开门也没用，因为"一枝红杏出墙来"，园中的一枝红杏早已伸出墙外，可见"春色满园关不住"，就算园门紧闭，也藏不住满园春色。诗人故意将自己惴惴不安、猜想主人不愿开门的原因放在第一句，就是要将主人小心翼翼守护满园春色的心情凸显出来。一个"怜"字，让我们仿佛看到了主人无奈、纠结最终又毅然决然的表情包，更加让我们对这满园的春色充满了好奇与想象。

叶绍翁的最后两句安排得很妙，他将"春色满园"与"一枝红杏"相对应，"关不住"与"出墙来"相对应。这里的"一枝红杏"代表了整个园子的景象，代表了作者心中整个春天的景象。前两句表达的则是失望、遗憾、期待，但到了最后一句，这些负面情绪都发生了一个大反转。所以前三句和最后一句是埋伏笔和抖包袱的关系，前三句都是为了最后一句的意外、惊喜而服务的。

这首诗景中有情，诗中有人。主人园子的柴门并不常开，说明他懒于社交，无心功名利禄。门虽然开得少，但园子里的春色却溢于墙外，令人生发无限遐思。尤其是"春色满园关不住，一枝红杏出墙来"，展现出无限的诗意与深远哲理。一切美好的、向上的、生机勃勃的事物都具有顽强的生命力，是任何力量也无法阻挡的，更不用说一道小小的柴门了。

有一个问题，为什么吴融、陆游等诗人的诗句给人的印象不深？因为他们的"一枝红杏出墙头"，不是整首诗的主体内容，没有在诗中得到凸显。在陆游的诗里，平桥、小路、云日、翠霭、杨柳和红杏出墙，这几种景象的关系是平行的,"一枝红杏出墙头"不是一枝独秀的诗眼。至于吴融的"一枝红杏出墙头,墙外行人正独愁",就更不突出了。因为这两句诗的重点不在"红杏出墙头",而是"墙外行人独自愁",所以大大减弱了"红杏"这一句的力度。张良臣的"一段好春藏不住,粉墙斜露杏花梢",又是粉墙,又是斜露,又是杏花梢,太纷乱,没重点。"一枝红杏出墙来",简单明确,让人一下子就记住了。所以叶绍翁可能名气不及陆游,可能参照了吴融的诗,但他这一句最集中、最有力,也最出名。

叶绍翁是南宋后期"江湖诗派"的代表人物。江湖诗派成员都是一些无权无势的江湖游士,迁转江湖间,以献诗卖文维持生计。当时杭州有一个书商叫陈起,喜欢结交文人墨客,为这些江湖诗人刻印诗集,总称为《江湖集》。这些诗人后来就被称为江湖诗派。江湖诗派长于绝句创作,尤其追求七绝的炼字。叶绍翁的《游园不值》就是江湖诗派的代表作。

明日歌

［明］钱福

明日复明日，明日何其多。

我生待明日，万事成蹉跎。

世人若被明日累，春去秋来老将至。

朝看水东流，暮看日西坠。

百年明日能几何？请君听我明日歌。

·选自《钱太史鹤滩稿》卷一（明万历三十六年沈思梅居刻本）。

钱福（1461—1504）

字与谦，号鹤滩。南直隶松江府华亭（今属上海松江）人。自幼才思过人，七岁能属文，深得文坛宗主李东阳器重奖掖。明弘治三年进士第一名及第，官至翰林院修撰。辞官后纵情山水，诗文名重一时。有《鹤滩集》行世。

第78课　钱福《明日歌》

这首诗很简单，有点像打油诗，其实它是一首流传甚广的励志诗，警醒、督促我们好好学习，天天向上。

"明日复明日"，明天一个接一个，今天之后还有明天，明天之后还有后天。"明日何其多"，明天看似很多。"我生待明日，万事成蹉跎。"一个人一辈子如果将一件又一件事情都推到明天去做，那所有的事情都会随着岁月而蹉跎下去，到头来两手空空，一事无成。所以诗人说，"世人若被明日累"，世上的人如果总被这种等明天再说的观念所束缚的话，"春去秋来老将至"，一年年地过去，转眼就老了，可是事情一件都没有办成。

"朝看水东流，暮看日西坠。"早上起来看河水，浩浩汤汤向东流；晚上看太阳，挪到西边，缓缓地往下落。水就这么流走了，太阳就这么落下了，时间就这么过去了。"百年明日能几何？"就算活一百岁，又能有几个明天呢？"请君听我明日歌"，诸位仁兄，听我唱唱这首《明日歌》，你们警醒吧。

其实，这首《明日歌》就是唱给所有拖延症患者听的。什么是拖延症？能等一等就等一等，能放一放就放一放。说白了就是懒惰，归根结底，就是人生目标不明确，缺乏一张蓝图画到底的干劲。

这首诗大家都很熟悉，但对它的作者钱福可能了解不多。钱福，明英宗天顺五年（1461）生人。他从小天资聪颖，七岁就能写一手很漂亮的文章。明宪宗成化二十二年（1486）考中举人。钱福才华卓异，参加殿试的文章有三千余字，文辞精美、义理深刻，根本没打草稿，完全是临场一蹴而就写成，并因此摘取了状元的桂冠。

明清读书人考试，有三大关口。第一关到省城考举人，考取第一名叫作解元；第二关到礼部考贡士，考取第一名是会元；第三关是殿试，皇帝亲自主持考试，考中就是进士，第一名是状元。如果在三关中每一关都考了第一名，就叫作"连中三元"。钱福是连中会元、状元，已经非常了得。当时的文坛领袖李东阳对他更是格外欣赏、器重。

后来，钱福上书请求辞官养病。他离开官场后，纵情山水，常常宴饮终日。写文章也不特别追求法度，只在辞藻上下功夫。朋友间觥筹交错之际，他往往即兴创作数首诗作，令人叹服。但遗憾的是，这样一位满腹才华的杰出人物，四十多岁就英年早逝，实在可惜。

以钱福的才学，为什么要写《明日歌》这样的通俗诗歌呢？就是为了勉励青少年抓紧时间，珍惜光阴，努力学习。钱福的行为是典型的大家写小书、写小诗。在古代，这样的例子还有不少，比如《三字经》，据说是宋代大学问家王应麟写的。再比如陆游的《冬夜读书示子聿》："古人学问无遗力，少壮工夫老始成。纸上得来终觉浅，绝知此事要躬行。"都很通俗易懂，便于流传。

珍惜时光，也是历朝历代成功人士、有志之士的共同特点。比如汉代名臣朱买臣，年轻时生活穷困，但非常珍惜光阴。他常常一边沿街挑柴叫卖，一边大声诵读念书。他老婆觉得这样太难堪了，不许他边挑柴边念书，免得让人笑话。朱买臣读书的声音反而更大了。他老婆为此感

到羞耻，甚至离他而去。但朱买臣依然坚持苦读，终于有所成就。(《汉书·朱买臣传》)

东晋名将陶侃也非常珍惜光阴。他经常教导下属说，圣人都很珍惜光阴，我们就更不用说了，一定不能"逸游荒醉"，意思就是不要将时间荒废在吃喝玩乐当中。如果手下将佐因为饮酒作乐耽误事情，陶侃就将他们的酒器统统扔到江里去。(《晋书·陶侃列传》)

宋代学者司马光为了抓紧时间读书，专门用圆木做了一个枕头，称之为"警枕"。小睡片刻的时候，枕头一转，他就醒了，赶紧起来接着读书。(清·陆以湉《冷庐杂识》卷四)

明代学者宋濂，小时候家贫，买不起书，经常借书、抄书来看。天气冷得手指头都伸不开，也不敢懈怠。每次抄完书之后，都按时送回，他因此得以遍观群书。(明·宋濂《送东阳马生序》)

中国古代也有很多珍惜光阴的诗篇。比如汉乐府的《长歌行》："少壮不努力，老大徒伤悲。"晋宋之际陶渊明的《杂诗》(十二首其一)："盛年不重来，一日难再晨。"唐代杜秋娘的《金缕衣》："劝君莫惜金缕衣，劝君惜取少年时。"唐五代王贞白的《白鹿洞》(二首其一)："读书不觉已春深，一寸光阴一寸金。"还有南宋陈著的《续侄溥赏酴醾劝酒》(二首其一)："花有重开日，人无再少年。"以及岳飞的《满江红》："莫等闲、白了少年头，空悲切。"这样的诗句实在是太多了，数不胜数。

当今时代，知识更新非常快，每个人都要面临很多的挑战，只有抓紧时间、珍惜光阴，才有可能在有限的生命里做出更有意义的事情。

木兰花令·拟古决绝词

［清］纳兰性德

人生若只如初见，何事秋风悲画扇。等闲变却故人心，却道故心人易变。骊山语罢清宵半，泪雨零铃终不怨。何如薄幸锦衣郎，比翼连枝当日愿。

· 选自《饮水词笺校》卷二（中华书局2005年版）。
· 诗题一作"拟古决绝词柬友"。

纳兰性德（1655—1685）

字容若，号楞伽山人，满洲正黄旗人，权相纳兰明珠长子。清代著名词人。自幼饱读诗书，殿试二甲第七名，赐进士出身。先后选授三等侍卫、一等侍卫，深得康熙皇帝恩遇。他个性多愁善感，喜好结交名士。其词真挚自然，清丽婉约，格高韵远，备受后世推崇。《清史稿》有传，有《通志堂集》《饮水词》行世。

第79课　纳兰性德《木兰花令·拟古决绝词》

清代词人纳兰性德的词风清丽朴素，说的是等闲家常话语，但其中的意蕴、情谊却深沉悠远。

这首词的第一句"人生若只如初见"，引起无数人的共鸣与唏嘘。人生在世，特别是有情人，如果永远都能像初次见面时那般美好，该有多好。可是世事难料，人心无常，所以下一句写道"何事秋风悲画扇"。扇子夏天有用，秋天就没用了。这里用了一个典故：班婕妤曾得到汉成帝的宠爱。后来赵飞燕得宠，还进谗言迫害班婕妤。班婕妤失宠后，非常悲愤，就写了一首《怨歌行》："新裂齐纨素，皎洁如霜雪。裁作合欢扇，团团似明月。出入君怀袖，动摇微风发。常恐秋节至，凉飙夺炎热。弃捐箧笥中，恩情中道绝。"大意是：我班婕妤就像您皇帝手里的扇子，您喜欢我的时候，扇个不停，天天都留我在身边。现在秋天到了，您就将我这把扇子装到箱子里，再也不理我了。班婕妤的扇子意象影响颇深，后人就以"秋扇见捐"或"秋扇被弃"比喻女子被抛弃。

第三、四句"等闲变却故人心，却道故心人易变"，典故出自南齐谢朓的《同王主簿怨情》："故人心尚尔，故心人不见。"这两句是谢朓模拟女子的口吻，表白女子对于爱情的忠贞执着。后四句"骊山语罢清宵半，泪雨零铃终不怨。何如薄幸锦衣郎，比翼连枝当日愿"，用唐玄宗与杨玉环的爱情故事。《长恨歌传》载，唐玄宗与杨玉环曾于七月七日在骊山华清宫盟誓，愿世世为夫妇。白居易在《长恨歌》里也写道："在天愿作比翼鸟，在地愿为连理枝。"李杨二人感情深厚，可最终还是落得生离死别的下场。据说唐玄宗在逃往成都的途中，听闻雨声和车鸾铃声，思念贵妃，采其声作《雨霖铃》曲，以寄哀思，"雨霖铃"的词牌就由此而来。(《明皇杂录》)

这首词的题目是"拟古决绝词"。所谓"拟古"，一般是指模拟古诗或是古乐府诗。"决绝词"就是写男女之间决断之情的词作。纳兰的这首词，从字面上来说，应该是出自南朝《宋书·乐志》所引的《白头吟》一诗："皑如山上云，皎若云间月。闻君有两意，故来相决绝。"意思是我的心就像山上的云、云间的月一样，清白皎洁。但我听说你心有两意，所以我要和你一刀两断。

中国古代的爱情诗，有写浓情蜜意的，也有写情断义绝的。比如汉代乐府诗《有所思》："闻君有他心，拉杂摧烧之。摧烧之，当风扬其灰！"这位女子本来对自己的情郎很痴情，一听说他变心了，于是立刻将要送给他的礼物全都烧了，还"当风扬其灰"，非常决绝。这可以算是一首古决绝词了。唐代诗人元稹曾经写过《古决绝词》三首，其一云："分不两相守，恨不两相思。对面且如此，背面当可知。春风撩乱伯劳语，况是此时抛去时。握手苦相问，竟不言后期。君情既决绝，妾意已参差。借如死生别，安得长苦悲。"

纳兰借"古决绝"的主题，表达自己心中的情怀。有的版本题目后面还有"柬友"二字，"柬"是书信的意思，他要把这首词当作书信送给朋友。有学者认为这个朋友可能是纳兰的好朋友顾贞观。顾贞观，江苏人，明末东林党人顾宪成的四世孙，很有才华，曾经在纳兰性德的父亲

第79课　纳兰性德《木兰花令·拟古决绝词》

明·吕纪《杏花孔雀图》

家里开学馆。纳兰性德的父亲纳兰明珠，是康熙时期的权相，精通经史子集。顾贞观是一位词家高手，和陈维崧、朱彝尊并称明末清初的"词家三绝"，和纳兰性德、曹贞吉同为"京华三绝"，他们都在文学创作方面有很高的成就。

纳兰与顾贞观关系很好，这首古决绝词写给顾贞观，肯定不是要跟他分手的，所以其主题是：我们既然是朋友，就应该彼此诚心相待。在给顾贞观的另一首词《于中好》中，纳兰性德说："握手西风泪不干，年来多在别离间。遥知独听灯前雨，转忆同看雪后山。　凭寄语，劝加餐。桂花时节约重还。分明小像沉香缕，一片伤心欲画难。"可见纳兰与顾贞观的关系非同一般。所以这首拟古决绝词的核心是在写对友情的期待，但它的语气是从反面写来，借助女子谴责不忠诚的丈夫或情人的口吻来写，反过来讲就是我们彼此要真诚相待，忠诚相依。

这首词的第一句是核心句，是作者真正想要表达的正面的主旨，其余七句都是作为第一句的对立面和反例出现的。大家一说起这首词，一般就会想起"人生若只如初见"，这是我们共同的愿望。从中也可以看出，纳兰对于友情的期待值是很高的。

在父亲的影响下，纳兰性德从小就饱读诗书，文武兼修。清圣祖康熙十五年（1676），他考中了进士第二甲第七名，并主持编纂了一部儒学汇编《通志堂经解》。他还将自己熟读经史的见闻整理成文，编了四卷《渌水亭杂识》，涵盖天文、地理、佛学、音乐、文学等方面。

纳兰性德才华横溢，出身显赫，与皇室关系密切，所以被留在康熙的身边，担任乾清门三等侍卫，后来又晋升为一等侍卫，多次跟随康熙出巡。纳兰性德喜欢交朋友,尤其是结交文人墨客,比如江南文士顾贞观、朱彝尊、陈维崧。纳兰对朋友真诚,仗义疏财,敬重他们的才华。

可惜天不假年,纳兰三十岁就去世了,但他的词广为流传。人们将纳兰的词汇编成《饮水词》,"家家争唱饮水词,纳兰小字几曾知。"(曹寅《题楝亭夜话图》)王国维在《人间词话》中对纳兰的词大加褒奖:"纳兰容若以自然之眼观物,以自然之舌言情……北宋以来,一人而已。"纳兰的词之所以好,就是因为他以自然的眼光观察世界,以自然的言语表达情感,以真切的情义感染读者。王国维对他的评价很高,也表达出了人们对纳兰的喜爱之情。

苔（其一）

[清]袁枚

白日不到处，青春恰自来。
苔花如米小，也学牡丹开。

·选自《袁枚全集新编》第二册（浙江古籍出版社2015年版）。

袁枚（1716—1798）

字子才，号简斋，晚年自号随园主人，钱塘（今属浙江杭州）人。清代著名文学家。少有才名，曾任多地知县，后绝意仕进，隐居江宁（今属江苏南京）小仓山随园。他个性鲜明，思想通脱，论诗标举"性灵"，主张抒写真实的个性、情感与生活。其诗感情真挚，别有情趣，形成"性灵诗派"。与蒋士铨、赵翼并称"乾嘉三大家"。《清史稿》有传，有《小仓山房诗集》《小仓山房文集》《随园诗话》等行世。

第80课　袁枚《苔》（其一）

这首诗写得很平淡，文字也很简单。我们一读一听，就能明白作者在写什么。

袁枚是清朝乾嘉时期著名诗人、散文家和文学评论家。乾隆年间他考中进士，担任翰林院庶吉士，在皇帝身边工作，负责起草诏书，后来又在江苏溧水、江宁等县担任县令，是一位勤政的官员。袁枚个性疏放，喜交游，好书画，乐泉石。他思想通脱，极具个性，作诗标举"性灵"。

乾隆十三年（1748），三十三岁的袁枚辞官回家，在江宁小仓山买了一处园子，命名为随园。他在园中写诗作画，招收弟子授课，一直在这儿生活到去世，享年八十有三，世人称之为随园先生。了解袁枚大体的人生经历，对于理解他这首诗是很有帮助的。

诗的第一句"白日不到处"，写苔藓避光生长的自然习性，阴暗潮湿的生长环境。关键是第二句"青春恰自来"，话锋一转，不同寻常。苔藓生长在阴暗潮湿之地，太阳照不到，能有什么前途、什么青春？但这一句却偏偏说青春"恰""自"来，虽然我生长在太阳照不到的地方，但是我的青春一直都在，青春的光芒从我的内心深处自然而然地展现出来。

所以从第二句开始，我们很明显地感受到作者内在的写作动机和写作激情。三、四两句尤为引人入胜："苔花如米小，也学牡丹开。"很少有人关注苔藓，更不用说苔藓的花朵了。所以作者告诉我们，苔藓开的花就像米粒一样小，虽然不受世人的关注，但它也是花朵，也会像牡丹一样盛开，朝气蓬勃，毫不逊色。

诗写到这里，一下子境界大开。生长在阴暗潮湿的角落里的苔藓，忽然在我们面前绽放出了光彩，让我们感觉此时此刻这一片小小的青苔光彩耀人，这光彩不是谁赐予的，而是青苔自身迸发出来的。

古人有不少写苔藓的诗，如唐代诗人刘禹锡《再游玄都观》："百亩庭中半是苔，桃花开尽菜花开。"玄都观里百亩庭院，一半长的都是青苔，意思是这个庭院很长时间都没有人来了，备受冷落。他的《陋室铭》也说："苔痕上阶绿，草色入帘青。"我的这间陋室，台阶上长的全是苔藓。还有宋代诗人叶绍翁的《游园不值》："应怜屐齿印苍苔，小扣柴扉久不开。"主人担心访客不小心踩到院子的青苔上。这些诗人，都是在孤独、寂寞、备受冷落的时候，或者写人迹罕至的景象，才以青苔作为背景，苔藓的意象是陪衬，不是诗的主体。但是在《苔》这首诗里，苔本身就是诗的主角，而且是青春的主角，是盛开的、像牡丹一样鲜艳的主角。

为什么袁枚会写这样一首诗呢？袁枚追求自由自在、不受约束的生活，这也反映在他的文学创作上。袁枚的文学创作主张"性灵说"，也就是独抒性灵、不拘格套，非从自己胸臆流出不肯下笔。这本来是明代"公安派"的主张，袁枚的主张与之相近。他在《随园诗话》中说："自三百篇至今日，凡诗之传者，都是性灵，不关堆垛。"意思就是，写诗、写文章、写文学作品，一定要写真性情，不能只靠典故和学问堆砌。他

元—明《缂丝牡丹团扇》

的这首《苔》写得直白真实，没有用半个典故，突出的就是青苔的性情，其实也是袁枚自己的性情。

袁枚三十多岁就辞官回家，八十多岁去世，这几十年的生涯，他靠什么生活呢？根据史料记载，袁枚把自己的随园经营得非常好。他一是将随园的田地、山林、池塘出租，坐收地租；二是应约撰写各种诗文，收取润笔；三是刻印、销售自己所作诗文，赚取稿费；四是招收学生，开帐授课，收取学费；等等。总而言之，在自己的随园里，袁枚就像他笔下的青苔一样，尽情地、自由地绽放着自己的光彩，虽然这光彩不是大红大紫，却有着自己独特的青春和价值，像苔花一样，自有它的宜人清香。

在这个世界上，并不是所有人都可以像牡丹那样花开富贵，大多数人就像苔藓一样普通，默默地生长着，默默地存在着。这首《苔》就是袁枚写给普通人的，写给默默地为生活、家庭和社会奉献自己一片绿意的普通人的。

袁枚写了两首《苔》。第二首也很有趣："各有心情在，随渠爱暖凉。青苔问红叶，何物是斜阳？"你红叶很鲜艳，我青苔不怎么起眼，但我们各有各的心情，各有各的活法，你喜欢暖阳，我喜欢阴凉，所以我不妨问问你，夕阳西下是怎么回事啊？这首诗跟第一首有异曲同工之处。第一首说"也学牡丹开"，第二首说"何物是斜阳"，意思是斜阳很好，暖阳很好，但是我这里一派阴凉也不错，"随渠爱暖凉"，各自安好。骨子里透出来的精神是：我的人生我做主。

袁枚的诗，风格飘逸、玲珑、活泼，也很风趣。比如他的《推窗》：

"山似相思久，推窗扑面来。"这座大山好像思念我很久了，推开窗子就扑面而来。还有《夜立阶下》："梧桐知秋来，叶叶自相语。"秋风吹过，梧桐树的叶子婆婆娑娑、窸窸窣窣，好像互相之间在说："秋天来了，秋天来了。"这样的诗让我们很自然地想到李白的"相看两不厌，只有敬亭山"(《独坐敬亭山》)，又让我们想到辛弃疾的"我见青山多妩媚，料青山、见我应如是"(《贺新郎》)。将人与树、与山、与自然紧密地联系在一起，就好像是一对好朋友。

这首《苔》是写给普通人的，写给你和我的。它为我们自己而喝彩，为我们自己的人生而盛开。

己亥杂诗（其五）

［清］龚自珍

浩荡离愁白日斜，吟鞭东指即天涯。
落红不是无情物，化作春泥更护花。

·选自《龚自珍全集》第十辑（上海古籍出版社1999年版）。

龚自珍（1792—1841）

字璱人，号定庵，又号羽琌山民，仁和（今属浙江杭州）人。清代著名思想家、文学家。曾任内阁中书、礼部主事等职，后辞官南归执教书院。他是晚清重要的思想启蒙人物，主张"更法""改图"。其诗气势磅礴，开创新局，对晚清"诗界革命"影响巨大。《清史稿》《清史列传》有传。著述甚丰，今人辑为《龚自珍全集》。

第81课 / 龚自珍《己亥杂诗》(其五)

这首诗的意思比较简单。"浩荡离愁白日斜",诗人离开北京的时候,正是黄昏时分,白日西斜,离别的忧伤浩荡不绝,诗人心里充满了惆怅。"吟鞭东指即天涯",诗人骑在马背上,马鞭东指之地就是自己即将要去的天涯之地,也就是江浙一带。第三、四句说:"落红不是无情物,化作春泥更护花。"意思是,一朵红花坠落到地上,并不意味着它从此成了无情之物,走向消亡。恰恰相反,这朵红花落到泥土间就化作了春泥,滋养着花枝绽放出更美丽的花朵。其实,这是诗人以"落红"自比,意谓自己虽然离开了政治中心北京,但仍关心国家的前途和命运,自己的人生也并未就此走向没落,而是要从事更有意义、更有价值的事业。

龚自珍是清代著名的思想家、文学家,他的父亲、祖父都是高官,母亲是大学问家段玉裁的女儿。受家庭影响,龚自珍从小非常喜欢学习。他八岁左右开始研习《大学》,十二岁左右随外公段玉裁学习《说文解字》,十三岁作《知觉辨》。龚自珍应进士第成绩优异,名列前三甲第十九名。走上仕途后,他极力主张革除弊政,抵抗外来侵略,全力支持林则徐禁除鸦片。由于他刚直不阿、揭露时弊,遭到了朝廷权贵的排挤和打击。清宣宗道光十九年(1839)春,鸦片战争爆发的前一年,龚自珍决定辞官南下,担任江苏丹阳云阳书院讲席,后又兼任其父主持的杭州紫阳书院讲席。

可见他这次南下将要从事教书育人事业,这也正是"化作春泥更护花"的实际内涵。从北京到南方的路上,龚自珍忧国忧民,写下了许多激昂而富有深情的诗文。在给朋友的信中，他说：一路上用鸡毛笔将诗写在记账本的纸上。写完一首，就将这张纸撕下来，团成一个纸团，投在口袋里。最后将袋子里所有的纸团汇聚起来，一共是三百一十五枚，也就是三百一十五首诗。这些诗题材多样，一坐卧一饮食，历历在目。(《与吴虹生书》一一)这首《己亥杂诗》就写于这一时期，它最大的特点就是将中国古代传统的落花、飞花题材提升到了一个全新的境界。诗人很清楚，这一次离开北京将是永远的离开。他离开北京，就像这一片片飞花离开花枝，纷纷坠落，堆砌在丛丛花树底下，化作红粉的春泥。在传统诗词当中，落花本是悲伤之事，比如李煜的《浪淘沙》："流水落花春去也，天上人间。"李清照的《一剪梅》："花自飘零水自流，一种相思，两处闲愁。"更有《红楼梦》中林黛玉的《葬花词》："侬今葬花人笑痴，他年葬侬知是谁。"但龚自珍却让落花焕发了全新的光彩。他大声宣告：我这片落花绝不会化作没有生命的废料，我花落归根，最后化为春泥，还要去滋养未来的花朵，去孕育下一个五彩缤纷的春天。

为什么落花题材能够在龚自珍的手中大放光彩？因为龚自珍的时代已经不再是汉唐盛世，而是一个列强环伺、国家危亡的时代，是一个仁人志士开始奋起变革、抗击外来侵略的时代。龚自珍则是这个时代的领风气之先者。他的许多诗作鞭挞黑暗，揭露矛盾，讴歌理想，别创新局，有着强烈的忧患意识，对晚清"诗界革命"诸家影响深远。在《己亥杂诗》(其二二〇)中，龚自珍写道："九州生气恃风雷，万马齐暗究可哀。我劝天公重抖擞，不拘一格降人才。"或许正可以与这首诗相互对读，相映生辉，令人一唱三叹，永不能忘。

后记

书稿完成之际,发现所选诗词篇目,正好八十一篇。

"八十一"是个高深而玄妙的数字。老子《道德经》是八十一章,《西游记》唐僧师徒取经遭遇了八十一难。看来,天地大道,人世沧桑,都与这个神奇的数字有些关系。

我们选讲的八十一首诗词,也是一个人间世事的小宇宙——有"不识庐山真面目,只缘身在此山中"(宋·苏轼《题西林壁》)的辩证立场,有"山重水复疑无路,柳暗花明又一村"(宋·陆游《游山西村》)的人生哲思,有"晴空一鹤排云上,便引诗情到碧霄"(唐·刘禹锡《秋词》二首其一)的万般豪情,有"相见时难别亦难,东风无力百花残"(唐·李商隐《无题》)的深情哀婉……诗词的篇幅虽不长,但诗情飞扬,"思接千载"(南朝梁·刘勰《文心雕龙》),"心游万仞"(西晋·陆机《文赋》),正所谓"乾坤万里眼,时序百年心"(唐·杜甫《春日江村》五首其一)!

古典诗词的普及、推广,很有必要,也很不容易。这八十一首诗词,大多都是中小学课本里的篇目,在《中国诗词大会》《经典咏流传》等央视文化节目中也做过解读,但要落在纸面上,在书中讲深讲透讲新,还须下更多的功夫。不仅要深入理解诗人的创作初衷、背景,还要深刻领会前人、时贤的研读心得,更要在反复研读文本、文献的基础上有所发现、有所创新。总之,学术研究是普及、推广的重要基础,普及、推广则要考虑大众的切实需求。一首诗,不管怎样穿越时空,诗人浸润在诗中的创作初心恒久不移，这是诗作的内核；同时，不同年代、不同身份的人，对一首诗的感受、理解也各有不同，这是诗作内核的丰富与拓展。所有这些方面结合起来，才能真正读懂一首诗，一首诗也才能真正进入不同时代的人心。

这本小书，写了两年多，个中甘苦，冷暖自知。写作中，学习、参考了先贤、时贤的不少文献、研究成果。有的随文注明，有的限于篇幅没有注出，但诸位方家的真知灼见、高情厚谊都铭记在心，在此谨致真诚的谢意。

特别感谢人民文学出版社编辑团队精益求精的优质编校工作，没有大家的包容与坚持，就不会有这本书的面世。

写作中，我的研究生田萌萌、王笑非、余丹、杨一泓、鹿越、谢雨情、高笑、张田雨、闫旻、曹璐、张冠柔等，先后提供了许多切实的帮助，在此也表示衷心的感谢。

"文章千古事，得失寸心知。"（唐·杜甫《偶题》）这本小书肯定还有很多不足，也有不少错谬之处，恳望各位专家和读者朋友批评指正。

辛丑年三月初一
首都北京，春意浓浓